周本淳 著

周本淳集

第一卷

蹇斋论文集粹 上

人民文学出版社

图书在版编目（CIP）数据

周本淳集：全八册/周本淳著．—北京：人民文学出版社，2021
ISBN 978-7-02-017019-7

Ⅰ.①周… Ⅱ.①周… Ⅲ.①中国文学—古典文学研究—文集 Ⅳ.①I206.2-53

中国版本图书馆 CIP 数据核字（2021）第 038624 号

责任编辑　葛云波
装帧设计　黄云香
责任印制　任　祎

出版发行　人民文学出版社
社　　址　北京市朝内大街 166 号
邮政编码　100705

印　　刷　北京建宏印刷有限公司
经　　销　全国新华书店等

字　　数　2300 千字
开　　本　880 毫米×1230 毫米　1/32
印　　张　92　插页 24
版　　次　2021 年 12 月北京第 1 版
印　　次　2021 年 12 月第 1 次印刷

书　　号　978-7-02-017019-7
定　　价　519.00 元(全八册)

如有印装质量问题,请与本社图书销售中心调换。电话:010-65233595

出版说明

周本淳(1921—2002),字骞斋,安徽合肥人。淮阴师范学院(原淮阴师范专科学校)教授,江苏省语言学会学术委员会委员,是著名的文史研究学者,在古籍整理与研究以及中国诗学研究等方面卓有成就,整理出版了多种经典古籍,出版了多种学术专著,审订《全清词·顺康卷》、《苕溪渔隐丛话》等,主编全国高等师范专科学校教材《古代汉语》(华东师范大学出版社1990年初版),对新时期的古典文学教学与研究,均做出了重要贡献。

《周本淳集》共八卷,收录周本淳先生的学术论著与重要的古籍整理成果,情况如下:

第一卷、第二卷收录《骞斋论文集粹》,在《读常见书札记》(江苏教育出版社1990年初版)、《考辩评论与鉴赏》(中国戏剧出版社1999年初版)的基础上,广泛搜罗集外学术论文,并进行分门别类的编排。

第三卷收录《离骚浅释》(1978年油印本)、《诗词蒙语》(上海文艺出版社2001年初版)、《骞斋诗录》(2001年初自印本)、《怎样学好语文》(江苏人民出版社1956年初版)四种专著,以及散文一束、信札一束。

1

第四卷、第五卷收录《诗话总龟》(前后集),原由人民文学出版社1987年简体直排,今改为简体横排。

第六卷收录《唐才子传校正》,原由江苏古籍出版社1987年繁体直排,今改为简体横排。

第七卷收录《唐音癸签》,原由上海古籍出版社1981年繁体直排,今改为简体横排。

第八卷收录《唐人绝句类选》,浙江古籍出版社1985年初版。本次整理,书末附录周夫人钱煦著《定轩诗词钞》、周先民编著《周本淳先生年谱》、周先民编《周本淳著述总目》。

本文集主要由周先民、周先林负责整理,各卷补充了周本淳先生生前的批改文字,吸收了学界一些宝贵意见和建议;在编辑过程中,订正了原书的一些文字、标点等方面的排校讹误。限于时间和水平,一定还存在不少疏漏,敬请方家指正。

兹值周本淳先生诞辰百年之际,精编先生著述,予以出版,以志纪念。

总目次

第一卷　骞斋论文集粹(上)　　　　　　　周本淳　著
第二卷　骞斋论文集粹(下)　　　　　　　周本淳　著
第三卷　离骚浅释　诗词蒙语　骞斋诗录
　　　　怎样学好语文　　　　　　　　　周本淳　著
第四卷　诗话总龟(前集)　　[宋]阮　阅　编撰　周本淳　校点
第五卷　诗话总龟(后集)　　[宋]阮　阅　编撰　周本淳　校点
第六卷　唐才子传校正　　　[元]辛文房　编撰　周本淳　校正
第七卷　唐音癸签　　　　　[明]胡震亨　编撰　周本淳　校点
第八卷　唐人绝句类选　　　　　　　　　周本淳　选析

序

张 强

周本淳先生(1921—2002)是我国著名的文史研究专家,是我尊敬的师长。在《周本淳集》出版之际,由我来作序,真是诚惶诚恐。我净手焚香,虚心拜读,仿佛再次看到先生论道时,击筑当歌,吟诵《离骚》的风采。

周先生的人生旅程可分为三个阶段:出生到新中国成立,新中国成立到改革开放以前,改革开放到去世。这三个人生阶段,与"五四"以来中华民族摆脱苦难、寻求自强的历程大体上对应。

周先生出生于安徽合肥西乡的一个耕读世家。追溯历史,合肥西乡的周氏家族,是周平王次子姬烈的后人。在繁衍壮大的过程中,逐步形成了汝南、沛县、合肥西乡三个居住中心。他的四世祖周盛华,有兄弟六人,于太平军经略皖北时,曾经办团练自卫,"兄盛华及弟三人皆死事,惟存盛波与弟盛传,以勇名"(《清史稿·周盛波传》)。盛波领导的盛字营、盛传领导的传字营因骁勇善战,很快成为淮军中战斗力极为强悍的部队。二人官拜一品,周氏家族因此而呈现一派兴旺的景象。

"天津教案"(同治九年,1870)发生后,周盛传奉命进驻马厂（今河北沧州青县马厂），从四个方面采取了加强海防和拱卫京畿的措施：加固大沽新城（今天津塘沽东南）、扩建炮台、兴建从马厂到大沽新城的大道、沿马新大道建驿站（四十里一大站、十里一小站）。五年后，即光绪元年（1875），周盛传率部进驻潦水套并操练新军，此举实开满清小站练兵之先河。光绪十年，还乡侍母的周盛波奉命在淮北招募、训练淮军，五千精壮士兵开赴天津，成为加强津沽海防的重要力量。

周先生出生的年代，正是中国各种政治力量不断分化和整合的年代。他出生于1921年，这一时间，上距辛亥革命成功仅十年。十年是百废待兴、除旧布新的十年，是一个经历恢复帝制和再造共和的过程。生活在这样的时代，救万民于倒悬之中，是每一个中国人的责任。

本淳先生的父亲早亡，母亲吴元玲担负起培养儿子本厚、本淳的责任。吴家是合肥东乡的望族，吴父曾出任道州知州。面对列强步步进逼、军阀混战等错综复杂的局面，母亲下决心将孩子培养成有用之才，以孟母三迁为榜样，将七八岁的周氏兄弟送到距家百里的养正小学读书。养正小学是皖北首屈一指的以传授西学为主的新式学堂，办在合肥东乡六家畈。此地是吴家的祖居地，为培养家族子弟，吴氏族人兴办了这所小学。

以入养正小学读书为起点，周氏兄弟走上了求学、放眼世界、探索人生的道路。1938年，在抗日救亡的紧要关头，本淳先生的兄长本厚先生投奔了新四军。为了不牵累家庭，他改名"萍"，因是老大，故取名"伯萍"，意在明志，表达精忠报国的死士之心。当本淳先生也要投身于抗日救亡的运动时，伯萍先生说："自古忠孝不能两全，我为国尽忠，你为家尽孝。"从此，兄弟二人远隔千里，开始了各自的人生旅途。后来，伯萍成为新中国的副部长及全权处理非洲事务的外交官；本淳先生则担负起侍奉老母的责任，直到她九十二岁去世。

从入养正小学读书再到考入浙江大学，本淳先生接受的教育主要是新式的。不过，考察其思想行为的运动轨迹，周先生是以士的入世进取精神担当社会责任的。这与家教及接受桐城派的思想有密切的关系。桐城派的文章成为天下师法的对象，固然与其有精美的艺术形式相关，更重要的是，桐城派作文以"载道"为价值取向，建立了以经学为"道统"的思想体系。关注桐城派，除了需要关注他们讲究辞章的作文之法外，更重要的是，要关注他们以文化担当的入世进取精神，以天下为己任的文化使命感。

近人研究盛军及周氏兄弟时，大都认为周盛波、周盛传尚武少墨。不过，从他们与时人往来的书札中当知，这一说法多有欠妥之处（周盛波书札可参见博宝拍卖网公布的书影，周盛传书札可参见周盛传撰、周家驹续辑《周武壮公遗书》）。儒学是周氏家族培养子弟的逻辑起点，重视文教是周氏长期累积的家风。如周盛波之子周家谦博通经史，其著作《六分池馆随笔》、《盘盦诗钞》等都表达了以儒家是非为是非的观点。周盛传之子周子昂兴办光宗学校，专门培养周氏族人。在这中间，桐城派经世致用的文化精神给周氏家族以重要的影响。周氏家族第七次修订宗谱时，请陈澹然（1859—1930）为宗谱撰文，是绝非偶然的。陈澹然是桐城派后期的重要人物，熟悉湘军、淮军故事，与李鸿章、张之洞、陈宝箴、黎元洪、袁世凯等多有交往，曾搜集湘军史料撰写《江表忠略》。赵尔巽任《清史稿》总裁、桐城派马其昶任《清史稿》总纂时，陈澹然为分纂。以周盛波兄弟建功立业为标志，周家经历了由耕读之家到建立军功，成为"中兴将帅"的变化,不过,他们似乎更愿意恢复耕读之家的本色,走经世致用之路。修家谱请序,从一个侧面传递了周氏家族以经世致用为治家理念的信息。

桐城派一向有教授乡里、主讲异邑书院的文化传统。在"学者多归向桐城"(曾国藩《欧阳生文集序》)的过程中,桐城派的思想主张早已传播到不同的区域。事实上,桐城派一直是本淳先生关注的重点对象。《震川先生集》是周先生校点的第一部古籍,他在前言中讲:"在散文风格上,归有光上继司马迁以及唐宋八大家的传统,下开方苞、姚鼐等桐城派散文的先河。"强调了归有光对桐城派散文的开启作用。在介绍归有光生平事迹时,特意强调了归有光在长兴县任知县时的作为,肯定的是归有光的经世致用的思想。

周氏家族以程朱理学为立家之本,与桐城派推崇程朱理学有共通之处。周氏家族十一世续修家谱时,议定了班辈排行,表达了家族的价值取向和规定家族发展的方向:"国有文方盛",规定了周氏家族以《诗》、《书》传家为基本思路;"家行孝本先",规定了周氏家族以孝为先的家风;"典章崇法守",道出了周氏家族恪守儒家经义的家风;"理学绍心传"道出了周氏家族与宋代理学的关系。从这样的角度看,周先生接受的学校教育虽是新式的,但家庭教育则是传统的,两种优良的营养促成了他的人生和学术的思想。具体地讲,周先生听从长兄的意见,将侍奉老母视为终生的责任,是由家风决定的;走上治学之路,与桐城派注重义理、考据、辞章有某种内在的联系;以凛然正气痛斥时弊,则是治学以经世致用为本位的生动写照。进而言之,桐城派的考证、辞章之学,培养了他严谨的治学态度;其入世进取的精神,铸造了他关心国家前途和命运的耿直性格。

1949年新中国成立,面对大好形势,在南京第一中学供职的周先生满怀希望,全身心地投入到教学之中,开始了研习中国古代文学的历程。1957年周先生完成了《离骚浅释》,遗憾的是,一个满怀着赤子之心的希望祖国强大昌盛的读书人,却遭受了不公正的待遇。就在书稿完成之际,他因三条罪状(参见周先民《周本淳先生年谱》),被错打成"右派"。尽管如此,他始终抱着搞错了的想法继续为人民服务,并以屈原激励自己,相信总有一天会真相大白。"虽九死其犹未悔",在困境中,他以屈原为榜样,学古人以《离骚》佐酒,期待着光明的到来。他《自嘲》诗中吟道:"碰壁经年未褪狂,何须竿木始逢场。为牛为马随呼应,是鬼是人自主张。偶放强颜争曲直,难随众口说雌黄。莫嫌雨雾凄迷甚,暖眼当空有太阳。"(《謇斋诗录》)

改革开放以后,周先生以前所未有的热情投入教学和古籍整理工作中。在这中间,应约校点了《震川先生集》、《唐音癸签》、《唐才子传校正》、《诗话总龟》、《小仓山房诗文集》,重订了《苕溪渔隐丛话》等古籍。此外,应程千帆先生、周勋初先生之请,主持了《全清词·顺康卷》的审订工作,该书共二十册,工作十分繁重,他不计名利,纠正了编纂过程中的大量错误。

周先生的学术成果主要集中在四个方面:校点古籍、诗学研究、考证古籍中的错讹、诗词创作。四者相辅相成,反映了他治学的不同层面。他是如何将四者融为一体的?我以为,有四点值得注意。

其一,周先生胸怀广阔,有为国家文化事业服务的坚定信念。他以孟子"富贵不能淫,贫贱不能移,威武不能屈"、"穷则独善其身,达则兼济天下"相激励。在《离骚浅释》中说"忧之核心则为欲别而不忍别、不能别"等语,虽是在解说《离骚》,但完全可视为夫子自道,他从来没有因为"见斥"产生怨怼,相反,一直以屈原为榜样激励自己。

其二,周先生有深厚的小学功底,治学上承章黄学派,能在娴熟地运用训诂、文字、音韵等知识的过程中,从版本入手,发现别人不能发现的问题。他的学识曾引起章黄学派的后学洪诚、徐复等先生的关注。徐复先生有"晚稽校疏,无与比伦"的评价(周先惠等编《我们的父亲母亲——周本淳钱煦追思录》),高度赞赏周先生的小学基本功。《震川先生集》是周先生改革开放初期出版的一部古籍校点著作。此集原由汪旭初先生断句,汪东先生(1890—1963),字旭初,江苏吴县人,著名的语言文字学家,经史百家,无不研习,从章太炎先生学习文字学等,与黄侃、钱玄同、吴承仕合称"章门四弟子",曾为中央大学文学院院长。1963年汪先生因病去世。上海古籍出版社后来又请周先生接手校点,应该是鉴于他拥有深厚的小学学养。

其三,周先生读书治学孜孜不倦,善于"把见到的、想到的一些不同意见记下来"(《读常见书札记·自序》),打下了深厚的文史基础。如《读常见书札记》收录的考证文章涉及经、史、子、集等四部,如果没有焚膏继晷的精神,没有超乎寻常的阅读量,是无法做到的。程千帆先生评价道:"友朋中老学不倦如袁伯业者,先生而外,无他人也。"(《闲堂书简》)袁伯业,名遗,东汉人,袁绍从兄。曹操曾说:"长大而能勤学者,惟吾与袁伯业耳。"(曹丕《典论·自叙》)程先生以袁伯业为喻来称赞周先生,由衷地发出"先生而外,无他人也"的赞叹之辞,生动地概括了他求真求实的治学态度,精准地勾勒出他"发愤忘食,乐以忘忧,不知老之将至"的学人形象。

其四,诗词创作是周先生解决古代诗学问题的重要武器。

在漫长的治学生涯中,周先生出版了诗学著作《诗词蒙语》,编辑了《唐人绝句类选》,油印了《离骚浅释》,自费出版了旧体诗词集《塞斋诗录》等。在这中间,他独特的品诗和鉴赏能力成为解决校点问题的重要法宝。如他在翻阅《陈与义集》时,看到"独留奏章在人间"等诗句时,立即认识到"'章'当从《诚斋集》作'草',平仄始叶"(《读常见书札记》)。类似的例子比比皆是,给予人的启发甚夥。

写到这里,我不禁想起莫砺锋先生在江苏古代文学第一次理事会上谈到周先生时,专门举例说明了《读常见书札记》一书的学术价值,认为这本不厚的著作解决了古代文史中许多重要的问题,其份量超过那些砖头厚的研究成果。莫先生的一席话,引起在座五十多位知名学者及教授的共鸣。改革开放初期,周先生应程千帆、孙望等先生的邀请,先后为南京大学、南京师范大学两校的研究生授课,讲授诗学和小学。长江学者程章灿教授谈起听周先生授课的感受时说:"周先生是一位治学严谨、不可多得的学者。他的诗词创作能力为他深入地研究唐诗提供了不可多得的视角。"如今,这些侍坐者大都成为国内外知名的学者。

步先贤之踵武,续今日之华章。苏轼拜谒淮阴侯韩信庙以后,写下了"书轨新邦,英雄旧里"(《淮阴侯庙记》)的感慨。我真诚地希望,淮阴师范学院中国古代文学学科以周本淳先生等老一辈学者为榜样,为繁荣中国的文化事业无怨无悔地添砖献瓦。

是为序。

2016年6月12日初稿于淮阴

27日修改于西安

整理前言

周先民

先父的著述选集终于要面世了。当此之际,我不由得心潮起伏,难以平静。二百馀万字的八卷本《周本淳集》是对先父学术成就以及诗歌创作的集中展示,既为他一辈子投身其中的祖国的学术事业增光添彩,也是对他人生及学术研究的最好纪念。

小子学识浅薄,无法系统全面地阐述先父的学术成就,这里只能本着"非曰能之,愿学焉"的恭谨态度,对《周本淳集》作一个粗浅的介绍,希望能起到一点导读的作用。

一

校点古籍是先父治学的主项,最能显示其博大精深之学识素养与精益求精之治学态度。他先后校点了《唐音癸签》、《震川先生集》、《唐才子传校正》、《小仓山房诗文集》、《诗话总龟》等五部古籍,重订了《苕溪渔隐丛话》。1992年受南京大学程千帆先生的委托,承担了皇皇二十巨册的《全清词·顺康卷》的审订工作。

古谚曰:"书经三写,乌焉成马。"古籍传承至今,经过多次翻刻抄印,鲁鱼亥豕之类的讹误在所难免;同时某些古籍作者囿于一己见闻,限于当时条件,也会出现以讹传讹、张冠李戴之类的舛误。所以刮垢磨光的古籍校点,就成为一项必不可少的基础性的学术工作。《唐语林》卷二云:"稷下有言曰:'学识何如观点书。'点书之难,不唯句度义理,兼在知字之正音、借音。"先父跋涉其中,深知其难,除了慎之又慎,还更进一步,尽可能地"处处为读者着想,下笔时即如读者在旁,每一落笔,皆思如何使读者用力少而获益多"(《读校随感录》)。有渊博的学识做基础,有审慎的态度做保证,又始终站在"为读者着想"的立场,其校点古籍的学术水平似已不难推想。

先父在大量的校点古籍的实践中,积累了丰富的经验,有很多独到的心得,提出了一些建设性的意见,并写有很多论述古籍校点问题的论文,皆为甘苦之言,心得之语,经验之谈。

万馀字的《读校随感录》,举出了古籍中存在的大量误校实例;同时先父又根据自己在校点古籍时解决疑难杂症的实践经验,提出了校点古籍时必须高度注意的几个问题:一是要有时间观念,必须处处留心时间。从时间入手,就有可能发现问题,解决问题,并避免许多讹误。二是对地名、人名必须格外用心。古今地名同异变化极多,人名相同者、人名易混淆者亦不少,所以必须慎之又慎。三是对诗句、词律需多加注意,稍不留神,即可能张冠李戴,或句读出现错误。四是强调了追本溯源的重要性,提出了如何避免讹误的方法,呼吁校点者既要提高学识修养,又要端正工作态度。因为勤能补拙,若能勤于翻检,追本溯源,自可减免讹误。值得强调的是,这篇论文在指出病症、挖出病灶的同时,还具体入微地将自己发现并解决这些问题的过程一一展示了出来,从而使论文对古籍校点工作既具有一般意义上的指导性,又具有切实可行的示范性。

《吹毛索瘢,涤瑕荡垢——谈〈陈与义集〉校点问题》,对中华书局校点本《陈与义集》从"校字失当"、"篇名误漏"、"人名失误"、"引号不当"、"失其句读"五个方面,举出校点六十五处失误,且给出正解。篇末"感想与建议"一节里,又语重心长地指出:"校点唐以后的诗文集",必须具备以下几方面的基础知识:"熟悉诗律及诗词惯用表达方式","注意时代及目录版本常识","更重要的是了解古人行文的习惯"。这三点皆为作者的经验之谈,对校点工作是有指导意义的。

有原书可供稽查,有线索可供寻觅,相对容易一些;而要发现原书的问题,纠正原书的错误,往往无迹可寻,无处着手,难度就更大了。要发现并解决这些问题,不但要有由博识炼就的学术敏感,还需要有追本溯源、一查到底的执著精神,以及精益求精的严谨作风。

如《唐音癸签》引用"郑良孺"之说十四条,文献中竟全然不见其名。根据所引条文提供的线索,仅可推知其为明人。欲知其人其书,简直无从下手,阙而存疑似亦无不可。先父在多方查找无果后,却并未放弃,而是凭借学术敏感,断定此人名有误。于是覆检《明史·艺文志》,其中录有"程良孺"著《茹古集》八十卷。"郑"与"程",音近易讹,遂循此再检《四库全书总目提要》,查得程良孺著《读书考定》三十卷。此后先父又亲往上海图书馆查阅《读书考定》,通读一过,《唐音癸签》所引十四条果然尽在其中,遂订正了《唐音癸签》传抄过程中出现的一大谬误。

南京大学程千帆先生委托先父审订《全清词·顺康卷》时,

曾委派张宏生教授负责沟通、保障工作。张先生的文章《风俗本自淳》(载《追思录》)再现了先父审订《全清词·顺康卷》时的工作风貌,具体而生动:

> 他能在没有任何原始依据的情况下,一眼看过去,就能知道某一句是否有问题,这是长期积累的深厚学养而形成的直感,不是轻易就能达到的……有漏去整行的,有张冠李戴的,有漏去一字导致语意不顺的,有抄错一字导致平仄不符的,也有分不清夹注上下文而错行的……他所发现的这些问题,后来或经我核对,或经他本人核对,往往都能证实他的判断……有时复印件上的字迹模糊不清,要花很多时间查对辨认,辨认不出,就只能以空围"□"标识出来。但周先生敏感地发现,有时所谓"□",其实并不是底本的问题,而是复印机和技术的问题,去原图书馆一查,果然如此。

博识造就的学术敏感,赋予先父一双火眼金睛,使他善于发现问题;追本溯源的执著精神,又使他从不轻言放弃,尽已可能地解决问题;而严谨的作风又使他慎之又慎,尽量利用一切可能的机会去核实材料,减少讹误。有这三点作保证,欲让其校点过古籍的质量不高,不亦难乎!

二

先父的考据文章,篇数很多,篇幅都比较短小,却有着他在治学方面读书万卷的大学问、轹古切今的大境界。

这方面的论文主要收在《读常见书札记》(1990)与《考辩评论与鉴赏:〈蹇斋说诗〉之二》(1999)。前者早在1983年底就已编定。开头两篇,初稿写于1957年,其他六十六篇写于1979年至1983年间;后者则主要收入1984年以后发表的论文。

如果研究工作所依赖的文本存在作者、文字等讹误、混乱现象,学术研究势必就会基础不牢,所以考据工作在学术研究中是不可或缺的。先父的这些考据性论文不是体大思精的掘井式的力作,而是于古籍丛林中漫步时的偶得,在时间上不为时代所限,在空间上不为专题所限,只是徜徉于常见的古籍之中,遇到碍眼之处,即去深究一下,考其真伪,辨其优劣,张皇幽眇,订补罅缺。从古籍分类上看,涉及经、史、集三大门类,而以诗话、诗文为主。其考据的范围之广、涉及的古籍之杂,解决的问题之多,在当代考据学林林总总的研究成果中,是独树一帜、自成一家的。从性质上,约可分为四类:一是与古籍校点有关,二是考辨立论,三是学术商榷,四是辨析词义。第三类占了多数,它们有一个特点:以证据说话,分析则要言不烦,展示了先父学问博大的一面,从中可以领略到他那由博闻强识造就的火眼金睛,欣赏到他那在纠错答疑时,因胸有成竹而展现出来的游刃有馀的从容风度。"考辨立论"类型的论文,则更多地显示了其学问精深的一面,表现了其思维严密、视野开阔、善于分析与综合的卓越的思辨能力。

先父的考证文章还有一个特点,就是本着学术面前人人平等的原则,敢于碰硬,并喜欢碰硬。比如《〈宋诗话辑佚〉有关〈诗话总龟〉条目补正》、《〈诗话总龟〉版本源流考略》两篇,都是与前辈权威学者郭绍虞先生商榷的考证性论文。《〈世说新语〉原名考略》一文,主要是针对号称收藏了唐写本残卷《世说新书》的日本汉学家神田醇及其推崇者罗振玉的。《王庭珪别号、贬年及生卒——〈宋诗选注〉有关王庭珪材料正误》则是与当代学术泰斗钱锺书先生商榷的文章。

三

《诗词蒙语》是一部厚积薄发、体大思精的诗学专著,是先父五十年间读诗品诗的结晶与授诗作诗的心得。它大处着眼,小处落墨,从二十个方面,对古典诗词、尤其是近体诗的基本作法,诸如平仄、对偶、炼字、炼句、谋篇、题引等都作了具体细致的阐述;对近体诗的表现方法,诸如用典、象征、比兴、时地、情理等都作了切中肯綮的论述。其文字深入浅出,审核精要,可以说既是初学者读诗解诗的向导,也为爱好者开启了品诗作诗的门径。在论述方法方面,特别重视实证性,具有旁征博引、知识面广的特色。

研究古典诗学的很多,旧体诗作得好的研究者就不太多了;擅长旧体诗创作的学者,对古人写诗的甘苦、匠心、情思,自然更容易心领神会,搔到痒处。《诗词蒙语》之所以能做到实用性、实证性、学术性三者的有机结合,正是因为它既是一位长期从事古典诗学研究的学者的学术专论,又是一位有着丰富的旧体诗创作经历的诗人的经验之谈(本集收录他的诗集《寒斋诗录》),故所言皆为本色当行的心得语。

进入新时期以来,古诗文赏析成为一大热门,专家学者在这一领域里,八仙过海,各显神通。先父也不例外,视普及古典文学之精华为己任,接受邀约为各种鉴赏辞典、报刊杂志写了大量的赏析文章。从广义上说,诗歌赏析文章也是一种诗学研究,是站在接受的立场,作微观的分析。一般说来,写作赏析文章的套路是,用优美的文辞,作浅显的阐释,学术的含金量相对较低。

但是细读先父的赏析文章,不能不说,雅俗共赏的赏析文章也是可以含有高度的学术性的。他还特别注重阐释近体诗的格律特点,有意识地普及格律知识。所以这类文章既是"术业有专攻"的学者的赏析,也是对诗词创作"甘苦寸心知"的诗人的赏析。

  《周本淳集》的出版,不仅为祖国的学术大厦增添了砖瓦,而且较为全面生动地映现出一位既是学者又是诗人的博雅君子的形象。与那些声名显赫的当代大家相比,先父的学术成果似乎不够壮观,似乎与他的学识才华不成正比。但如果了解到他青壮年时,只是一位课务繁忙并缺乏学术研究条件的中学老师;了解到他 1958 年被打成"右派"、被剥夺发表权达二十年之久这个背景;了解到他的绝大多数研究成果都产生于 1978 年五十八岁时调到淮阴师专以后,就会对他那手不释卷、博闻强识的当代鸿儒形象肃然起敬,就能切实地感受到他在当代学林中的存在意义。

  为先父编一部著述文集的愿望,早就萦绕于心,不曾想这么快就能付诸实现。2012 年 9 月,我应淮阴师院副院长张强教授之邀,前往文学院作学术讲演时,他向我郑重提出为先父出版选集的建议。他说:"这一方面可以集中展示与彰显周本淳先生的学术成果,表达淮阴师院对周先生的敬仰与缅怀之情;另一方面也可为今后文学院的发展做一个学术支撑。"其后他又多次拨冗与我细谈,对选集的大致规模及编排细节,都提出了指导性的意见,并为落实这件大事做了许多工作,克服了许多困难。现在,在其热情倡议、悉心指导下,《周本淳集》终于隆重出版在即。他在百忙之中,还为本书撰写了序言。借此机会,对鼎力相助的张强先生表示最衷心的感谢!

本书是在我和小妹先林共同构想和实际操作的基础上,由我汇辑完成的,但大姐先惠、大姐夫张俊、二姐先平、弟武军也都尽了力所能及的力量。十五年前,我们兄弟姐妹五人曾合力编成了四十馀万字的纪念集《我们的父亲母亲——周本淳钱煦追思录》,此次又合力编成了《周本淳集》这部巨著(附录中有母亲的《定轩诗词钞》),先父母九泉有知,一定会倍感欣慰吧。

在整理过程中,得到了良师益友、日本南山大学教授蔡毅先生的切实指导,本书责编葛云波先生为提高本书质量,付出了极大的心血,这都是我难以忘怀而必须致谢的。

另外,我在本文以及《周本淳先生年谱》的编写过程中,参考或引用了许多先生的文字,谨一并致谢。

2021年11月,草于名古屋闲人斋

目 录

刮垢磨光——校点古籍类

读校随感录 …………………………………………… 1
标好人名,方便读者
　　——古籍误标人名举例 ……………………………… 17
《诗话总龟》校点三题 ………………………………… 23
《宋诗话辑佚》有关《诗话总龟》条目补正 ………… 39
《宋诗纪事续补》疏失举例 …………………………… 53
评《历代诗话续编》的校点
　　——从《碧溪诗话》谈起 …………………………… 60
中华书局版《苏轼诗集》错误举例 …………………… 82
吹毛索瘢,涤瑕荡垢
　　——谈《陈与义集》校点问题 ……………………… 90
校点《归震川全集》前言 ……………………………… 100
《小仓山房诗文集》校点前言 ………………………… 114

钩深致远——考辨立论类

曹刿其人,君子乎？刺客乎？

1

——古文备课随录 ……………………………… 131
终军请缨及生年考 ……………………………………… 138
"英雄亦到分香处"
　　——读魏武《遗令》 …………………………… 140
王粲《七哀诗》第一首作年 …………………………… 149
《世说新语》原名考略 ………………………………… 151
《雁门太守行》题义 …………………………………… 157
唐朝李氏的辈分问题 …………………………………… 159
童子　弱冠　他日
　　——试论王勃作《滕王阁序》之时间 ………… 161
"前不见古人"句非陈子昂首创 ……………………… 168
李白"一生低首谢宣城"析 …………………………… 171
读甫之诗，识甫之心
　　——舒雅《杜甫诗序记》评介 ………………… 181
杜甫与苏轼论书诗之比较 ……………………………… 186
唐人咏杨妃所引起的思考 ……………………………… 196
张志和生卒年考述 ……………………………………… 204
"迷仙引"又一体作者 ………………………………… 210
诗的散文化和散文的诗化
　　——试论欧阳修散文之特色 …………………… 212
略论王安石苏轼友谊的基础
　　——金陵之会的思考 …………………………… 221
苏诗与宋代文化 ………………………………………… 232
略论秦少游的绝句
　　——从所谓"女郎诗"谈起 …………………… 248
读《容斋诗话》 ………………………………………… 260

《诗话总龟》版本源流考略
　　——兼向郭绍虞先生请教 …………………………… *274*
《苕溪渔隐丛话前集》成于孝宗初年说 ……………………… *283*
从《白石道人诗说》论白石之诗 …………………………… *288*
辛文房的文学观和《唐才子传》的得失 …………………… *298*
胡震亨的家世生平及其著述考略 …………………………… *317*
有关胡震亨材料补正 ………………………………………… *330*
明清诗坛上不可无此一席
　　——试论胡夏客其人其诗 …………………………… *342*
袁枚与"桐城派" ……………………………………………… *359*
发挥文化优势，提高旅游品位
　　——略论苏州开展唐宋诗词意境游 ………………… *369*

指疵决疑——学术商榷类

"官奴"非王献之小字 ………………………………………… *383*
王昌龄早期颂扬扩边战争吗？
　　——与吴学恒、王绥青两同志商榷 ………………… *386*
李白《草书歌行》的真伪
　　——读《张旭年考》小记 …………………………… *391*
《蜀道难》"自注"辨误 ………………………………………… *395*
高适五十学诗之谬说探源 …………………………………… *398*
也谈《望岳》的立足点 ………………………………………… *402*
从"岳庙"与"岳寺"谈起
　　——韩愈《谒衡岳庙遂宿岳寺题门楼》两条
　　　　注解的辨析 ……………………………………… *404*
读常见书札记（四则） ………………………………………… *411*

3

元锡生平考略
　　——驳"李儃字元锡"之误 …………………… 416
戴叔伦诗题之误 ……………………………………… 426
孟郊、李贺、张碧、张瀛 …………………………… 428
《睢阳感怀》诗讥许远说志疑 ……………………… 431
送牛僧孺太湖石的李苏州非李谅 …………………… 433
读常见书札记（三则）………………………………… 435
读宋初九僧诗零拾 …………………………………… 443
为宋祁辨诬 …………………………………………… 448
王令"署门"诗不足信 ……………………………… 452
《辨奸论》并非伪作 ………………………………… 454
苏老泉就是苏东坡 …………………………………… 459
老泉、东坡赘语 ……………………………………… 461
"羽扇纶巾"究竟指谁？ …………………………… 464
关于苏轼《石钟山记》 ……………………………… 467
《四书》始名志疑 …………………………………… 470
王庭珪别号、贬年及生卒
　　——《宋诗选注》有关王庭珪材料正误 ……… 472
陆游《钗头凤》主题辨疑 …………………………… 477
元好问《论诗绝句》非青年之作 …………………… 481
关于《五人墓碑记》 ………………………………… 484
普及性著作也要防止错误
　　——《宋诗鉴赏辞典》硬伤十例 ……………… 487
《中国古代文化史》指疵 …………………………… 495
"鲍叔和"现象亟应防止 …………………………… 504

咬文嚼字——词义辨析类

风马牛不相及 …………………………………………… 507
《离骚》"委厥美"辨 …………………………………… 509
"触龙"与"触詟" ……………………………………… 513
"飞霜"与"埋轮"别解 ………………………………… 515
谢客 ……………………………………………………… 517
"天下非小弱"解 ………………………………………… 518
"中外"质疑 ……………………………………………… 522
孔雀　磐石　蒲苇
　　——《孔雀东南飞》教学拾零 ………………… 524
唐代取人之"身" ………………………………………… 526
古典作品教学拾零(四则) ……………………………… 528
"炼师"词意变迁说略 …………………………………… 531
"圣"为"侦探"说溯源 ………………………………… 533
何谓"周星" ……………………………………………… 535
"金埒铜山" ……………………………………………… 539
新版《辞源》、《辞海》释词义项补正举隅 …………… 540
关于《汉字的忧思》的忧思 …………………………… 549

含英咀华——诗词赏析类

古代诗国里的王昭君 …………………………………… 552
董道不豫,日月齐光
　　——《涉江》赏析 ……………………………… 559
《长歌行》赏析 ………………………………………… 565
会当凌绝顶　一览众山小 ……………………………… 568
情意缠绵　言词委婉

——浅析张潮的《江南行》 ………………………… 570
奇葩竞放,各有千秋
　　——洞庭君山三绝对读 …………………………… 573
唐人写早行的几首五律和温庭筠的《商山早行》 ………… 579
罗邺《赏春》浅析 ………………………………………… 585
细腻含蓄,别具一格
　　——读《才调集》中无名氏的杂诗 ……………… 588
黯然一别,去住神伤
　　——柳永《雨霖铃》浅析 ………………………… 591
随机变化　不主故常
　　——谈苏轼两首论书七古 ………………………… 594
借古伤今,因题见意
　　——读陈与义《巴丘书事》 ……………………… 600
气往轹古,辞来切今
　　——评胡夏客《昭君辞》 ………………………… 604
纳须弥于芥子
　　——查慎行《舟夜书所见》的精湛技巧 ………… 613

读校随感录

古人有言:"书经三写,乌焉成马。"校书如扫落叶,如拂几尘,可见疵误之难免。稷下有谚曰:"学识何如观点书。"古人所谓点书,指校其误字、正其音读及断其句读而已。今日校点古籍,率加新式标点,其中有专名号、引号等,对阅读者使用愈便,对校点者要求愈高;稍有疏忽,动成谬误。近年既多涉猎此类标点本,教学之馀,又复从事若干校点工作。个中甘苦,略有会心,随笔札录,名之曰"读校随感录",以就正于同好。然以偏处乡隅,难逢善本,就事论事,未能多方覆按,读者谅之。

时间观念

校书当求善本,宋椠元钞,既当珍若拱璧,然亦不可株守。有以时间推求,即可决其疵谬。如人民文学出版社版廖德明同志校点之《苕溪渔隐丛话》,据校点者列举各本,不可不谓精善。然开卷即误。如《前集》序其成书在"戊辰",即绍兴十八年(1148),而末却径署"绍兴甲寅(四年,1134),槐夏之月陈奉议刊于万卷堂"。刻书早于成书十四年之久,岂非荒谬绝伦!此"绍兴"当为"绍熙",甲寅为绍熙五年(1194)。郭绍虞先生《宋诗话考》以为人民文学出版社"误植",其实不然。各本凡有此行者均误。惟《绣谷亭书录》所引作"绍熙"。校点者墨守善本见闻未周,又未计时间,以致相沿而不察也。

同书第六页"故大明大始中(原校点者注:旧抄本'大始'作'泰始'),文章殆同书钞。"按大明为宋孝武帝年号(457—464)"泰始"为宋明帝年号(466—471),本甚了了,校点者不从旧钞而从刻本作"大始",遂令人莫知其为何代何帝之年号矣。

注意时间,尚可发现传统刻本之问题。《苕溪渔隐丛话前集》卷五十八引洪迈《夷坚志》云:

> 陈甲为成都守李西瑢琴馆客,舍于治事堂东偏之双竹斋。绍兴三十一年四月……(《诗话总龟后集》卷四十二作"二十一年"与《夷坚志·甲志》卷十七《孟蜀宫人》条合。)

此"三十一年"当为"二十一年"。

《夷坚志》成书之年,钱大昕《洪文敏公年谱》订为"绍兴二十九年",洪迈年三十七。钱氏为朴学大师,尤精史乘。然此条实误,以年代推之即明。上引《夷坚甲志·孟蜀宫人》条末云:"(陈)甲以绍兴三十年登乙科。"

如依钱说书成于"绍兴二十九年",焉能记及陈甲"以绍兴三十年登乙科"?又《夷坚乙志》序云:

> 《夷坚初志》成,士大夫或传之。今锓板于蜀于婺于临安,盖家有其书。人以予好奇尚异也,每得一说,或千里寄声,于是五年间又得卷帙多寡与前编等,乃以乙志名之……乾道二年十二月十八日番阳洪迈景卢叙。

按乾道二年为公元1166年(十二月实际已入1167年),上推五年,古人习惯多依头尾计算,则《夷坚甲志》当成于绍兴三十二年(1162),若五年为实足间隔,则成于绍兴三十一年。钱谱以此时间衡之,其误自见也。

只迷信善本,不注意时间,则易成笑柄。《四库简明目录标注》于《苕溪渔隐丛话》下邵章注云:

> [续录]宋刊本,李木斋藏宋刊本,存后集卷五至二十,十一行,二十二字,白口,板心下记人名。字方崭精绝,疑北宋刊也。

书成于南宋,而邵章居然"疑北宋刊也",亦可谓不思之甚矣。同类之误如日本神田醇藏有一段号称"唐写本"之《世说新书》残卷,于跋语中故神其说云:

> 千载之后,犹能存临川之旧者,独此卷耳!

杨守敬亦随声附和云"以还临川之旧"。1956年文学古籍刊行社印行此书,书前说明亦称"当是未经宋、齐间人敬胤删削的原本",稍一按其时代,唐人写本,充其量仅可断其未经唐以后人窜乱,焉能定其为未经数百年前宋、齐间人之手,而为"临川之旧"?且此卷明有刘孝标注,又焉能"还临川之旧"?随人说短长至此地步,殊令人啼笑皆非。

从事校点者不可不加强时间观念也。强调时间观念,不特可避免此类笑柄,且可有助于多方,略述如下:

强调时间观念,对辨别真伪亦有助益。如李白《草书歌行》所谓"少年上人字怀素,草书天下称独步"者,自苏子瞻以来即言其非李白作。胡应麟《诗薮》独能从时间着眼最有说服力。《怀素自序帖》作于大历十二年丁巳(777),历举当时名诗人如卢象、钱起、戴叔伦之流而不及李白,此时白卒已十五年。李白诗名远在诸人之上,若白有此作,怀素当必置之前列。《怀素自叙帖》于白死后尚未题李白之名,即可推定所谓《草书歌行》必非李白作也。

又如戴叔伦诗中有题为《冬日有怀李贺长吉》(《全唐诗》卷二百七十三),王琦《李长吉诗歌汇解》采入"首卷",全诗如下:

> 岁晚斋居寂,情人动我思。每因一尊酒,重和百篇诗。月冷猿啼惨,天高雁去迟。夜郎流落久,何日是归期?

按戴叔伦大历中已著诗名。据两《唐书》有关材料推算,应卒于贞元六年,其年李贺始生。且李贺亦无流落夜郎事,此题必误。可能为怀李白而作。

重视时间观念,对说部诸书之歧误,亦可借以是正。如修订本《辞海》土部"坦率"条②云:

> 粗鲁。五代王定保《唐摭言》十《海叙不遇》:宋济老于辞场,举止可笑。尝试赋误落官韵,抚膺曰:"宋五坦率矣。"由此大著。后礼部上甲乙名,明皇先问曰:"宋五坦率否。"

按王定保此条实采自唐李肇《国史补》卷下,而有错误。《国史补》云:

> 宋济老于辞场,举止可笑。尝试赋,误落官韵,抚膺曰:"宋五又坦率矣。"由此大著名。后礼部上甲乙名,德宗先问曰:"宋五免坦率否?"

两相比较,《国史补》多"又"、"名"、"免"三字,意味深长。《太平广记》卷一百八十,载此事,文稍详,云出《卢氏小说》,亦作"德宗"。而"德宗"、"明皇"时代相去数十年,究竟孰是孰非,稍加稽考,即可判明。

按宋济与符载、杨衡同读书于蜀之青城山,杨衡、符载又与崔群同隐庐山,《唐诗纪事》卷五十一载有明文。崔群与韩愈同时。柳宗元之《柳河东集》卷三十五有《贺赵江陵宗儒辟符载启》,可见宋济同时之人,与韩、柳相接。宋济无缘得于明皇时"老于辞场"。故此条自应从李肇《国史补》作"德宗"。李肇为元和中人,与宋济时代相次。举典溯源,《辞海》自当引《国史补》。且王定保误"德宗"为"明皇"。稍有时间观念即不致误引《唐摭言》为证矣。又徐松《登科记考》卷十八,以为德宗当为宪宗,理或宜然,总非玄宗时事也。

地名　人名

古今地名同异变化,更仆难数。且昔人行文从简,往往不署其为州为郡为县为邑,故不能轻于论断。李一氓同志《花间集校》用"诸佳本详参互校,不泥古,不矜秘"(人民文学出版社《出版说明》),在若干校本中洵推矜慎。然于地名鉴定亦有可议者,如温庭筠《更漏子》:

> 背江楼,临海月。城上角声呜咽。堤柳动,岛烟昏。两行秋雁分。　京口路,归帆渡。正是芳菲欲度。银烛尽,玉绳低。一声村落鸡。

李校云:

> "京口路",鄂本、汤本作"西陵路"。按京口在今镇江,西陵属今湖北,承上"海月"、"岛烟"句,作"京口"是。

按"西陵"若指县名则在湖北或河南。诚与"海月"、"岛烟"无涉,然诗词中用"西陵"亦可为镇名。如《文选》卷二十五谢惠连《西陵遇风献康乐》中云:"昨发浦阳汭,今宿浙江湄。"刘履《风雅翼》(亦名《选诗补注》)卷七:

> 西陵一曰西兴,在今萧山县。

唐刘长卿《送人游越》诗云:

> 西陵带潮处,落日满扁舟。

《极玄集》卷下灵一《酬皇甫冉西陵见寄》云:"西陵潮信满,岛屿没中流。"宋宋次道《送客西陵》诗末云"梦魂应绕浙江东"。苏轼《钱唐六井记》首云:"潮水避钱唐而东击西陵,所从来远矣。"可见温之前后诗人亦用"西陵"为镇名,苏词所谓"钱塘江上、西兴浦口,几度斜晖"者即其地,与"海月"、"岛烟"正相呼应。故温词《更漏子》"西陵"、"京口"不妨并存,李校于此似欠详审。

注意地名结合诗人经历,亦可有助于辨明作者。如洪迈《万首唐人绝句》有钱起《江行无题》百首五绝,实为其曾孙钱珝之诗,王士禛《唐人万首绝句选》、沈德潜《唐诗别裁集》均归之钱起。《全唐诗》编入钱起卷中而注云:"一作钱珝诗"。人民文学出版社新出之《中国历代诗歌选》亦依《全唐诗》之例,依违两可。实则明人胡震亨《唐音癸签》卷三十二结合人地经历,定为钱珝,已判然无疑。胡氏曰:

> 钱珝,起之曾孙也。起释褐校书,终尚书考功郎。珝官历中书舍人,掌纶诰,后坐累贬抚州司马。其《江行》绝句百首正赴抚时途中所作也。珝有他文载《英华》中云:"夏

六月获谴佐郡,秋八月自襄阳浮舟而下。"今其诗有:"润色非东里,官曹更建章";"去指龙沙路,徒悬象阙心";"岘山回首望,如别故乡人";及"好日当秋半"、"九日自佳节"等句。其官、其谪地、其经途、其时日,无勿与珝合者,起无是也。

人名、地名加专名线,至便读者,然略不经意,反成讹舛,贻误于人。姑举上海师大古籍整理组校点之《容斋随笔》为例:

《随笔》卷四《宁馨阿堵》条(50页):

> 王恬拨王胡之手曰……

按晋代王氏名多带之字如王羲之、献之、徽之父子等,此为常例。此处引王恬事见《世说新语·忿狷第三十一》,人名王胡之,非王胡。

《续笔》卷二《义理之说无穷》条(234页):

> 惟朱子发读为戊己之己。

按古人称人君前臣名,父前子名,师前弟名,其外多用字号而罕直呼其名,朱震字子发,有《汉上易集传》十一卷,见《四库全书总目·易类二》。洪氏于二程、张载均不尊称为"子",年辈长于朱熹,更无称"子"之理。《五笔》卷八《承袭用经语误》条称朱熹为新安朱氏(902页)可证。校点者标为朱子文理亦难通。然此类错误,非仅见此书,从事校点者,不可忽也。

古人又尝以官称代名姓,如东坡称"内翰"、子由称"黄门"、山谷称"太史"、后山称"正字"之类,人所习知。《苕溪渔隐丛话后集》227页引《四六谈麈》云:

> 东坡岭外归,与人启云:"七年远谪,不意自全;万里生

还,适有天幸。"所衬字皆汉人语也。又《黄门谢复官表》云:"一毫以上,皆出于上恩;累岁偷安,有惭于公议。"

此"黄门"为子由,与东坡对举,所引见《栾城后集》卷十八《谢复官表二首》之二,"上恩"当依集作"君恩"。标入文名,可谓不思之甚。

古人姓中有今日稀有者,尤须细心。如前书7页"径毁悲仇仲(原校点者注:'仇'原作'求',今据宋本、徐钞本校改),林残忆巨源。"按《三辅决录》曰:

> 蒋诩字元卿,舍中三径,惟羊仲、求仲从之游。

见《文选》注卷四十五,江总诗正用此事。校点者迷信宋本,径改为"仇",失其原旨矣。

同一时代,姓名有全同者,如唐时之两李益、两韩翃,人所熟知。又有时代前后参差而经历相同,掉以轻心,则易讹误。如诗人韦应物,曾为苏州刺史,而刘禹锡为苏州刺史时又有《举韦应物自代状》。其时诗人韦应物早已前卒,见于白居易《与元九书》。古人曾有混而为一,则疑诗人韦应物自天宝始仕至太和中,寿及百岁,岂非大谬!晚唐诗人有郑谷,而中唐戴叔伦集中有《别郑谷》,皎然诗中有《题郑谷江畔桐斋》(注曰:郑生好琴,性达,兼寡欲),又有《夏日题郑谷江上纳凉馆》。故岑仲勉先生《读全唐诗札记》据以断云:

> 依此,则中唐别有郑谷,与唐末之郑都官异。

此种博稽群集,始下断语之治学态度,最宜取法。异代同名,不可不慎。

古人尊称其号,或以郡望,同一朝代常有相同者,尤须慎重,如吕氏称"东莱"较著者南北宋之交有吕本中（字居仁，1084—1145）乃诗人，著《江西诗社宗派图》；有吕祖谦（字伯恭，1137—1181）为理学家，与朱熹、张栻、陈亮、叶适等同时，据言新婚燕尔，闭户不出，乃成《东莱左氏博议》简称《东莱博议》，传为美谈。二人皆称"东莱先生"。一为祖，一为孙。1980年6月8日《光明日报》《东风》版振甫《一首小诗的比喻》云：

> 南宋作家吕本中，字居仁，以《东莱博议》著称……

祖孙两代，混而同之，流播海外，岂不贻笑大方。故人名字号，行文者不可掉以轻心也。

诗句　词律

诗话之类，多引诗词，固不待言，综合性笔记引及诗词之片言只语，亦屡见不鲜。校点者或由见闻未周，或由漫不经意，错校误标，层见迭出。即以杜甫、韩愈、王安石、苏轼等唐宋大家诗篇为例，错误亦复相当惊人。略举数条，以见一斑。

《苕溪渔隐丛话后集》292页：

> 《诗说隽永》云：李伯纪为行营使，时王仲时、张仲宗俱为属。王颀长，张短小，白事相随。一馆职同在幕下，戏云："启行营：大鸡昂然来，小鸡竦而侍。"（原校点者联注："侍"原作"待"，今据宋本校改。）

按"大鸡昂然来，小鸡竦而待"为韩愈、孟郊《斗鸡联句》之首联，馆职盖用以戏之，正当作"待"。校点者不谙其出处，遂望文生义从宋本改为"侍"字：殊失原旨。

《苕溪渔隐丛话前集》多处将诗句误标为诗题，甚至割裂不

成文理,如 65 页:

> 《杜位宅守岁诗》旧本作《守岁阿咸家》。

按杜集此题首句作"守岁阿戎家",山谷意在较"阿咸"、"阿戎"之优劣,校点者竟将首句当诗题。

同书 181 页:

> 余谓非特此为然,东坡亦有之,《避谤诗》"寻医畏病酒入务"……

按古香斋本《施注苏诗》卷十一《七月五日二首》五古首云:"避谤诗寻医,畏病酒入务。"校点者不悉苏诗,见诗字即以为诗题。无独有偶。同书 227 页:

> 如《周顗宅作》:"阿兰若娄约,身归窣堵波。"皆以梵语对梵语,亦此类。

按《王荆文公诗笺注》卷四十三《与道原游西庄过宝乘》七绝:

> 周顗宅作阿兰若,娄约身归窣堵波。蕙帐铜瓶皆梦事,翛然陈迹翳松萝。

"阿兰若"、"窣堵波"皆梵语相对。校点者见一"作"字遂截前四字为诗题,馀十字则不知所云矣。

至于本非一诗,强行牵合,如 41 页"麻鞋见天子,垢腻脚不袜"一为《述怀》、一为《北征》之例,所在尤多。《容斋随笔》校点错误远比《苕溪渔隐丛话》为少,然此类错标亦非尟见。如苏轼七律《红梅三首》有"抱丛暗蕊初含子",七古《花落复次前韵》首句"玉妃谪堕烟雨村"。《容斋随笔》839 页却标成一联为

"抱丛暗蕊初含子,玉妃滴堕烟雨村"。与此相反,杜甫《奉观严郑公厅事岷山沱江画图十韵》"直讶松杉冷,兼疑菱荇香"该书214页却又硬行拆散,标为"直讶松杉冷","兼疑菱荇香"。

词有格律,必辨其调名,按律标点,否则难免舛误。《苕溪渔隐丛话后集》卷三十七,320页:

> 苕溪渔隐曰:吴兴郡圃,今有六客亭,即公择、子瞻、元素、子野、令举、孝叔,时公择守吴兴也。东坡有云:"予昔与张子野、刘孝叔、李公择、陈令举、杨元素会于吴兴,时子野作《六客词》,其卒章云:'尽道贤人聚吴分,试问也应旁有老人星。'凡十五年,再过吴兴,(原校点者注:"兴"字原无,今据徐钞本明钞本校补。)而五人者皆已亡之矣。时张仲谋与曹子方、刘景文、苏伯固、张秉道为坐客,仲谋请作《后六客词》云:'月满苕溪照玉堂,五星一老斗光芒。十五年间真梦里,何事长庚,对月独凄凉。绿鬓苍颜同一醉,还是六人吟笑水云乡。宾主谈锋谁得似。看取曹刘,今对两苏张。'"

东坡此词调名《定风波》。叶韵方式较罕见,平韵中包仄韵,校点者似乎盲于此道,以意为之。当注意叶仄韵处。正确标点如下:

> 月满苕溪照夜堂,五星一老斗光芒。十五年间真梦里,何事?长庚对月独凄凉。　　绿鬓(龙笺本作"发")苍颜同一醉,还是,六人吟笑水云乡。宾主谈锋谁得似?看取,曹刘今对两苏张。

中华书局校点本《挥麈录·后录馀话》289—290页:

> 曾文肃十子,最钟爱外祖空青公。有寿词云:"江南客

家,有宁馨儿。三世文章称大手,一门兄弟独良眉。籍甚众多。推千里足。来自渥洼,池莫倚善。题鹦鹉,赋青山。须待健时归,不似傲当时。"其后外祖果以词翰名世,可谓父子为知己也。

中间寿词标点不能卒读,实则不过《双调·望江南》耳,当标为:

> 江南客,家有宁馨儿。三世文章称大手,一门兄弟独良眉。籍甚众多推。　千里足,来自渥洼池。莫倚善题鹦鹉赋,青山须待健时归,不似傲当时。

合此二误观之,凡遇长短句,若不先明词律,未宜骤下铅黄也。

追本溯源,力避讹误

上述问题之出现,既与学识修养有关,又与工作态度相涉。古人云,勤能补拙。若能勤于翻检,查证源头,自可减免讹误。兹就个人甘苦,略举数例。

张溥《五人墓碑记》歌颂天启年间苏州市民奋击阉党事,事既义烈,文亦悲壮,熔记叙、议论、感慨于一炉,一唱三叹,于明代散文中,不可多得。其中有云"予犹记周公之被逮,在丁卯三月之望"。江苏人民出版社《中国古代文学作品选》下册遂据以叙述周顺昌之被逮为天启七年。然《明史·熹宗纪》"(天启)六年二月……戊戌以苏杭织造太监李实奏,逮前应天巡抚周起元、吏部主事周顺昌……"同书卷二四五《周顺昌传》记其死于狱中"时六年六月十有七日也。"张溥亲记其事,疑若较《明史》为可

信。然检丛书集成本《周忠介公烬馀集》卷四附录,周之儿女姻亲殷献臣所为《年谱》明言:

> 丙寅,公年四十三,三月五日有旨逮周缪二公……十五日途中喧传驾帖又至,薄暮果逮公。

张文提及之"孟长姚公"姚希孟有《开读始末》云:

> 天启六年丙寅三月,吴氓因开读鼓谍,击杀旗尉李国柱……越三日始宣诏,则三月十八日也。

顺昌子茂兰于崇祯元年上《鸣冤疏》云"三年立庭"亦当从丙寅起算。

彭定求《端孝先生传》云:

> 年八十二而终,距忠介之变,岁纪同丙寅也。

《五人传》:

> 丙寅三月望,吏部被逮。

凡此均足证明事确为天启六年丙寅三月。《明史·熹宗纪》"二月戊戌"为北京发令时间,至苏州则已三月望。翦伯赞先生主编之《中外历史年表》于天启六年二月记"苏州以缇骑捕周顺昌,民变",盖仅据《明史·熹宗纪》而小误一月,《中国古代文学作品选》下册乃沿张溥文本之误推后为天启七年则大谬矣。尝怪张溥此文作于崇祯初年,当时诸人固在,何竟误而不察。此后得睹此碑石本,则"丁卯"已易为"丙寅",盖上石时已正其讹而文集则仍旧耳。追本穷源,参诸石本,则此误可免。

古人引书未必皆覆核,误甲为乙,亦所难免。周煇《清波杂志》卷八有云:

葛常之侍郎著《韵语阳秋》评诗,一条云:沈存中云退之《城南联句》"竹影金锁碎"者日光也,恨句中无日字尔。余谓不然。杜子美云:"老身倦马河堤永,踏尽黄榆绿槐影。"亦何必用日字。作诗正要如此。葛之说云尔。辉考此诗乃东坡《召还至都门先寄子由》,首云:"老身倦马河堤永,踏尽黄榆绿槐影。"终篇皆为子由设,当是误书子瞻为子美耳。

余校《唐音癸签》,卷二十"黑暗"条云:"杜诗:'黑暗通蛮货。'段成式以为南人称象牙白暗,犀角黑暗……"按胡氏此条盖出于洪驹父,《苕溪渔隐丛话前集》卷九:

> 《洪驹父诗话》云:"老杜诗:'黑暗通蛮货。'黑暗,犀角也。波斯国谓象牙为白暗,犀角为黑暗。二事并见段成式《酉阳杂俎》。"

遍寻杜集,实无"黑暗通蛮货"之句,而苏子瞻《送乔施州》(古香斋本《施注苏诗》卷十一)七律第三联云:"鸡号黑暗通蛮货,蜂闹黄连采蜜花。"施注、王注均未引杜诗。乃知此亦洪驹父误记子瞻为子美所致,若不寻根究柢,则必以讹传讹。

《唐音癸签》卷三引唐子西"律伤严,近寡恩"。《历代诗话》本《唐子西文录》、王世贞《艺苑卮言》均作此六字,而《苕溪渔隐丛话前集》卷八:

> 《唐子西语录》云:诗在与人商论,深求其疵而去之,等闲一字放过不可。殆近法家,难以言恕矣。故谓之诗律。东坡云:"敢将诗律斗深严。"予亦云:诗律伤严近寡恩。

以东坡诗句例之,唐语亦当为诗句。后读唐庚《遣兴》云:"酒经自得非多学,诗律伤严近寡恩。"得此出处,则可订其脱误无疑矣。

《唐音癸签》卷十三"永遇乐"注云:

> 杜秘书工小词,邻女酥香能讽才人歌曲,悦而奔之。事发,杜流河朔,述此诀别。女□附持纸三唱而死。见《锦绣万花谷》,云唐人。

余先拟校"附"前缺字,然《四库》文津阁本亦如此,后就文义推求,疑"□附"二字为衍文,然苦无佐证。乃覆查《锦绣万花谷》。上海图书馆藏会同馆铜活字一百卷本未见此条。复于南京图书馆藏之嘉靖刊一百二十卷本《前集》卷十七得其原文,"□附"果衍,于心始安。

古人引书亦有错其主名,校点尤为费力。《唐音癸签》引用"郑良孺"之说十馀条。然郑为何人,所著何书,均无从稽考。仅于所引条文中可推知为明人。查《明史·艺文志》有程良孺《茹古集》八十卷。《四库全书总目》复有其《读书考定》一书,按《提要》所言内容,疑即其人。且胡震亨为海盐人,程、郑音近易讹。然此仅想其当然,难以断其必然。后至上海图书馆得见《读书考定》全书,所引十馀条尽在其中,然后此案始定。

亦有极意搜求终不得其解者。如《唐音癸签》卷三十"相思子"条云:

> 《笔丛》谓唐人骰子近方寸,凡四点;当加绯者,或镂相思子其中。温庭筠诗云:"玲珑骰子安红豆,入骨相思知也无。(按温集作'知不知')"相思子即今红豆也。愚按,岭南闽中有相思木,岁久结子,色红,如大豆,故名相思子。每一树结子数斛,非即红豆也。岂飞卿姑借用耶?《徐氏笔精》

其中"箖"字遍寻明以前字书包括《集韵》均无其字。而检徐㸌《笔精》初刻本及胡应麟《少室山房笔丛》皆作"箖",推其文义,当即"嵌"字,盖草书"竹"头近于"山"形而致讹。因改从"嵌"而于校记中说明原委,庶乎稍省读者翻检之劳。

校书如扫尘,旋扫旋生。若校点者处处为读者着想,下笔时即如读者在旁,每一落笔,皆思如何使读者用力少而获益多,如何免走校点者所走之弯路,又如何展示己之推论过程供其参稽,而复提供原本之面目任其抉择等等。倘皆能如此着力,庶乎校点水平日见其高,前述谬误,寡之又寡,以至于无。则不独出版界之喜讯,对转变学风亦有所裨益。"非曰能之,愿学焉",因录之以自勉。

(原载《徐州师范学院学报》1981 年第 2 期,略有改动)

标好人名,方便读者
——古籍误标人名举例

标校古籍,便利初学,实为古籍整理中一项经常工作。首先必须句读无误,其次则须标好专名。盖人名、地名一经标出,语意自明。人名问题尤难于地名。偶阅中华书局1980年版《宋诗话辑佚》,1981年版之《历代诗话》及人民文学出版社之《苕溪渔隐丛话》,标名之误,约有数端,刺举于次,希引起出版部门及校点古籍者之重视,以进一步提高点校质量。

文本　观杜诗　住时青幕

《宋诗话辑佚》275页《苏易简越江吟》条:"世传琴曲宫声十小调……文本①云……"

①案"文本"前当有"岑"字。(文字照录原书,对于专名线,仅标出存在问题之处,下同)

按苏易简为宋太宗朝之翰林学士,岑文本为唐太宗时之宰相,时代了不相涉。此"文"字实为"又"字之误。《四部丛刊》第一次印本之《诗话总龟》似"文"字,第二次印本即明为"又"字。又案此事《诗话总龟》未注出处,明抄本并无"又"下文字。

而《苕溪渔隐丛话前集》卷十六明标云《冷斋夜话》(今本未见，然今本《冷斋夜话》决非全璧，《总龟》、《丛话》中屡有出于今本之外者)"又本"作"又一本"，语意更明(《宋诗话辑佚》据上条推为《古今诗话》亦嫌武断，以非本文论述中心，故从略)。此则因校勘未细而误也。又如126页《范希文诗》条：

> 范希文《赠钓者诗》云："江上往来人，尽爱鲈鱼美。看君一叶舟，出没风涛里。"又观杜诗：④"一棹轻如叶，旁观亦损神。他时在平地，无忽险中人。"(《类说》本)
>
> ④案《后山诗话》此是范仲淹《淮上遇风》诗。

按"杜"字实为"渡"之误。如上所标，则以此四句为杜子美诗矣。此则见《诗话总龟》卷一出《翰府名谈》，全文如下：

> 范希文有《赠钓者诗》曰："江上往来人，尽爱鲈鱼美，君看一叶舟，出没风涛里。"《观竞渡诗》曰："小艇破涛去，旁观亦损神。他年在平地，无忽险中人。"皆不徒作也。

若标点者引此旁校，则断不致以为杜公诗也。

《苕溪渔隐丛话前集》卷六十418页：

> 《后山诗话》云：<u>住时青幕</u>之子妇，妓也……

标校者以"住时青幕"为住幕字时青。此盖诸本《苕溪渔隐丛话》多作"住"。检津逮本《后山诗话》作"往"，盖指"往时青州幕官"而言，此类事例有所讳，多不直称名字，故当标为"往时青幕"。《历代诗话》308页文字不误，"青"漏标专名线。

此皆因校勘未审而致讹也。

李于志　钱忠道

《历代诗话》304 页《后山诗话》：

> 又为李于志叙当世名贵服金石药,欲生而死者数辈……

按事见韩愈《昌黎集》卷三十四（世綵堂本）题为《故太学博士李君墓志铭》,首云："太学博士顿丘李于（一本作干），余兄孙女婿也。"人名李于或李干,因未述其字,故无从确定。"志"指为其"墓志"。标入名中,不思甚矣。

《苕溪渔隐丛话前集》417 页：

> 《青琐集》云："治平中,钱忠道过吴江……"

下文有"忠悦之","喜忠此诗"、"奉忠箕帚"字样,人当名"钱忠",然古人双名亦有单称一字者,不可遽订其误。检《青琐高议》卷五《长桥怨》条首云："钱忠字惟思。"则此疑可决。

此非校勘问题,盖误以单名为双名也。

歆向　唐阿灰　乐史　岭南能

《宋诗话辑佚》83—84《邢居实呻吟集》云：

> 惇夫之卒也,山谷以诗哭之云："诗到年来更老成,江山为助笔纵横。眼看白骨埋黄土,何况人间父子情。"盖〔谓〕惇夫与其父歆向也。⑧
>
> ⑧玉屑引至此。又居实为恕子,恕字和叔,此云"歆向"疑误。

按王直方之意盖以刘歆比邢居实,以刘向比邢恕,歆向用为子与父,当标为歆、向,《宋辑》疑"歆向"为恕字之误,所谓差之毫厘谬以千里也。

《苕溪渔隐丛话后集》335页：

> 《复斋漫录》云："刘伟明既丧妾而不能忘，为《清平乐》词云……"与唐阿灰之词有间矣。

"唐阿灰"三字连标颇似全名，实则"阿灰"为唐张祎之侄张曙之小字，事见《北梦琐言》卷八（文长不录）。此则未知出典而致误也。

《宋辑》215页：

> 案：此则出李濬《松窗录》（《摭异记》）及《乐史》、《太真外传》。

乐史为人名，作《太真外传》者，此标为书名，或由校对不细所致，然此名有"史"字亦易为粗心者误为书名，不可不慎。

《历代诗话》381页：

> 晦堂心禅师初退黄龙院，作诗云："不住唐朝寺，闲为宋地僧。生涯三事衲，故旧一枝藤。乞食随缘过，逢山任意登。相逢莫相笑，不是岭南能。"

按此诗所谓"岭南能"者指禅宗六祖慧能，能下当有专名号，僧名二字者常举其一，习见不鲜，而韵语中尤多也。

萧斧　典谒　宗衮

《宋辑》175页《金陵赏心亭诗》条：

> 金陵赏心亭，丁晋公建也，秦淮绝致。公以家藏《袁安卧雪图》张于其屏。乃唐周昉笔，经十四守，无敢觊觎者。

后为太守窃去,以凡笔画芦雁易之。王密学琪来作守,登临赋诗曰:"千里秦淮在玉壶,江山清丽壮吴都。昔人已化辽天鹤,旧画难寻《卧雪图》。冉冉流年去京国,萧萧华发老江湖。残蝉不会登临意,又噪西风入座隅。"此诗乃窃④窃画者萧斧也。⑤(《总龟》前十六)

案:此则出《湘山野录》卷上,亦见《渑水燕谈录》卷七。④"窃"当作"讥"。

⑤《湘山野录》作"此诗与江山相表里,为贸画者之萧斧也。"

按"萧斧"犹"肃斧",盖谓此诗如诛窃画者之斧钺也。《湘山野录》之"贸画"义同盗窃(以凡笔易名笔),着一"之"字,义本显豁,"萧斧"决非人名。月窗本《诗话总龟》误重一"窃"字,《宋诗话辑佚》以为"当作讥",去之愈远,明抄本、缪校本《诗话总龟》"窃"字均不重可证也。又"辽天鹤"系用辽东丁令威事,"辽"下亦当有专名号。

非专名而误为人名尚可举"典谒"一例,前书238页《名纸生毛》条:

刘鲁风,江西投所知,为典谒所阻,因得一绝曰……

按"典谒"为执事中之通名,不当标专名号,自不待言。

《历代诗话》281页《温公续诗话》:

宗衮尝曰:"残人矜才,逆诈恃明,吾终身不为也。"

按古人于同宗的达官贵人,例称"宗衮",如谢朓称谢安为"宗衮",以为同姓之荣耀,非人名也。

上述各例,或有因校对粗略所致,然若有按语之例则不能归

咎手民,作者当引以自警;近人傅增湘《藏园群书题记·校北梦琐言跋》云:

> 昔人谓不尽观天下书,慎勿妄下雌黄。余更为之进一解曰:读书不得旧本,慎勿轻言校勘。

此实甘苦之言,亦可移于标点。余谓欲使标名无误,一须注意校勘,如第一类所举者。二须博稽群籍,若遇疑难莫定者,能翻检原出处则如"钱忠道"、"李于志"之类单名标双名之误可以避免。三则标宋代之书则须注意所能见及之宋时以前之书。勤能补拙,笨鸟先飞,人一能之己百之。自惭寡薄,炳烛馀光,但愿贡此一得之愚,使古籍标点日臻完善,非欲以一眚掩前举诸先生之大德也。读者谅之。

(原载《读常见书札记》,江苏教育出版社,1990年3月版)

《诗话总龟》校点三题

今天存在的宋人编的诗话总集,主要有三部:《诗话总龟》、胡仔的《苕溪渔隐丛话》和魏庆之的《诗人玉屑》。《玉屑》成书最晚,重在诗法。黄升在《序》里说:

> 诗之有评,犹医之有方也。评不精,何益于诗;方不灵,何益于医?……诗话之编多矣。《总龟》最为疏驳。其可取者惟《苕溪丛话》,然贪多务得,不泛则冗。求其有益于诗者,如披沙简金,闷闷而后得之,故观者或不能终卷。

黄升在批评前二书之后,又极力称赞《诗人玉屑》,认为是做诗的灵丹妙药,他说:

> 是犹仓公、华佗,按病处方,虽庸医得之犹可借之已疾,而况医之善者哉!方今海内诗人林立,是书既行,皆得灵方;取宝囊玉屑之饭,瀹之以冰瓯雪碗,荐之以菊英兰露,吾知其换骨而仙也必矣。

黄升完全从诗法的角度,扬此抑彼,不能说全无道理,但如从更广泛的意义来看,前两书的价值,实在《诗人玉屑》之上。

《诗话总龟》和《苕溪渔隐丛话》成书相后先,而《诗话总龟》的问题远较《苕溪渔隐丛话》为复杂。我去年为人民文学出版社校点《诗话总龟》，本月完成。现仅就版本源流、粗略评价和校点隅得三点，谈谈个人的看法，以就教于专家和广大读者。

版本源流

《诗话总龟》的版本结集问题，从《苕溪渔隐丛话》开始，直至今人郭绍虞先生的《宋诗话考·诗总》都有论述，郭先生所言尤详。但是细读一过，核以今日所见各本，深感智者千虑，一失或所难免。所以本文所言，与郭先生不无出入。

《诗话总龟》初名《诗总》，作者是阮阅。阅字闳休，自号散翁，亦号松菊道人，舒城人。元丰八年（1085）中进士榜名"美成"。做过钱塘幕官，后从户部郎官出为巢县知县，宣和中做郴州知州。曾经用七言绝句写了《郴州百咏》（《四库》著录，实存92首）。因为擅长绝句，所以有个"阮绝句"的外号。南宋建炎元年（1127）以中奉大夫做袁州知州，官声很好，后来致仕了，就住在宜春。明抄本《诗话总龟序》曾提到"戊辰（绍兴十八年，1148）春宦游闽川"，恐出书贾附会，无从证实。阮阅著作有《松菊集》五卷（今佚）、《郴州百咏》、《诗总》十卷（为《诗话总龟》之前身）、《巢令君阮户部词》一卷（唯见于《皕宋楼藏书志》），《全宋词》存词六首。

阮阅所著原名《诗总》，胡仔《苕溪渔隐丛话》对此十分重视，先后三次提及。先在《苕溪渔隐丛话·序》里介绍《诗总》的内容和自己对这部书的重视，胡仔说：

> 绍兴丙辰，余侍亲赴官岭右，道过湘中，闻舒城阮阅昔为郴州守，尝编《诗总》，颇为详备。行役匆匆，不暇细从知

识间借观。后十三年,余居苕水,友生洪庆远从宗子彦章获传此集。余取读之,盖阮因古今诗话附以诸家小说,分门增广,独元祐以来诸公诗话不载焉。考编此《诗总》,乃宣和癸卯,是时元祐文章,禁而弗用,故阮因以略之。余今遂取元祐以来诸公诗话及史传小说所载事实可以发明诗句及增益见闻者,纂为一集。凡《诗总》所有,此不复纂集,庶免重复。

在《前集》卷十一里,胡仔又说:

闽中近时又刊《诗话总龟》,此集即阮阅所编《诗总》也。余于《渔隐丛话·序》已备言之。阮字闳休,官至中大夫,尝作监司郡守,庐州舒城人,其《诗总》十卷分门编集,今乃为人易其旧序,去其姓名,略加以《苏黄门诗说》,更号曰《诗话总龟》以欺世盗名耳。

在《后集》卷三十六里,胡仔又说:

闽中近时刊行《诗话总龟》,即舒城阮阅所编《诗总》也。余家有此集,今《总龟》不载此序,故录于此云。(序文略)

胡仔这些话既表现对《诗总》的重视,又在时间上提供《诗总》变为《诗话总龟》的线索。《诗总》的序,写明"宣和五年(1123)十一月朔"。胡仔于《苕溪渔隐丛话·序》里提到他在绍兴丙辰(1136)听到《诗总》的名字,到绍兴十三年(1143)才见到这部书(序中所谓后"十三年"当指绍兴十三年,否则绍兴六年后之十三年当为十九年,如首尾合计亦为十八年,则于序文当言"今年"),书名未变。到丁亥(乾道三年,1167)写《后集·序》

时早已在闽中有刻本变成《诗话总龟》了。胡仔于此书没有说明卷数,只是说两书内容相同,不过增加了《苏黄门诗说》而已。这是《诗总》变成《诗话总龟》的由来。

方回在《桐江集》卷七(《宛委别藏》本)说到彼时又有七十卷本之《诗话总龟》,在《渔隐丛话考》里,方回说:

> 阮休《诗总》旧本,余求之不能得,今所谓《诗话总龟》者,删改阮休旧序,合《古今诗话》与《诗总》,添入诸家之说名为《总龟》,标曰"益都褚斗南仁杰纂集",前、后续刊七十卷,麻沙书坊捏合本也。

在《诗话总龟考》中,方回又说:

> 《诗话总龟》前、后、续、别七十卷,改阮阮休旧序冠其首……按今《总龟》又非胡元任闽本《总龟》矣……所谓作序人"华阳逸老"者书坊伪名;所谓集录益都褚斗南仁杰者,其姓名不芳;中间去取不当;可备类书谈柄之万一,初学诗者恐不可以此为准也。

郭先生疑方回所见七十回有二刻本,我以为仅一种刻本,就是"麻沙书坊捏合本",此书今不传,无从考定。《桐江集》错字很多,所以两处叙述微异,不能据以定为二本。

用今天见到的明刻本和明抄本来推定,宋时100卷本之《诗话总龟》至少有两种,一为明月窗道人刻者,就是《四部丛刊》之底本,虽有九十八卷,实际逸去"寄赠门"中、下二卷。程珌在书末的跋语中说:

> 龙舒阮子集《百家诗话总龟》,前卷四十有八,后卷五十,实抄录未传之书也。

这说明他所根据的是抄本。这个刻本有时避宋讳,如避英宗讳,改司空曙为司空晓,改"上林多少树"为"木"避钦宗讳,改"桓"为"威"如"鲁威公"等,遇到宋帝都空格或提行,可知底本为宋抄。明抄本我见到两部,南京图书馆的有丁丙跋,北京图书馆的有莫棠跋,但这不是莫友芝旧藏。因为《邵亭知见传本书目》中《诗话总龟》仍为九十八卷的月窗本。这两种抄本同一底本,但抄手极劣。另有宋兰挥"友竹轩"藏的清抄本,抄手甚精。细加核校,三抄本同出一源,但和月窗底本迥异。郭先生似未见此抄本而以为两种刻本同出一源,实未细考。抄本与月窗本之区别,不仅前集多两卷,而且各卷又多出若干条。更为不同者,如"咏茶"、"神仙"、"释氏"、"丽人"等门,编排次序大不相同。至于《天禄琳琅书目续卷二十》所说:

> 宋阮阅撰……在诗话中荟萃最为繁富。前有绍兴辛酉阅自序,是书明宗室月窗道人曾有刊本,讹舛特甚。此本抄手极工。

《天禄琳琅书目》中这个《百家诗话总龟》,郭先生以为是刻本,并且和月窗本同出一源,我以为决不同出一源。最明显之证据是《后集》门类列"丽人"于"释氏"前,这一点和三种抄本相同,而和月窗本迥别,丁丙在《明抄本题识》里说:

> 《前集》四十八卷,四十五类;《后集》五十卷,六十一类;明宗室月窗道人所刊。《天禄琳琅书目》载书凡百卷,《前集》五十卷,分四十五门,《后集》五十卷,分六十门。月窗本讹舛特甚,此本抄手极工云。今本与《天禄》卷数相同,惟《前集》多"苦吟"一类,《后集》多"御宴"一类。而抄手拙劣,鲁鱼成队,非精校不能悦目,特较之月窗本为善耳。

根据程珙的跋语、丁丙的题识推测,及"抄手极工"的话来分析,我以为《天禄琳琅书目》里提的仍然是抄本。可惜的是经询故宫博物院朱季潢先生,此书已去台湾,无从查对,只可存疑。此本祖本应与抄本为近。这样看来,宋代的《诗话总龟》除七十回之外,当有三本,大同而小异。

以上仅就有关题跋分析。若细考原书,我以为今天的《诗话总龟前集》基本为阮书。理由是,凡所引书皆为北宋或稍前的,各门引书最后者为《冷斋夜话》和《遁斋闲览》。在前列《集一百家诗话总目》中惟有《碧溪诗话》一种,为乾道四年(1168)始成。然细检五十卷各条,实无《碧溪诗话》,所以我怀疑这五十卷基本为阮书,而加此所谓"集一百家诗话总目"者,应该是书贾所为。胡仔所见,应该基本相同。胡仔对《诗话总龟》的批评,也未必完全符合实际。缪荃孙《艺风堂文漫存》卷五《诗话总龟跋》说:

> 再考《渔隐丛话·序》云,阅所编《诗总》,颇为详备,独元祐诸公诗话不载焉,遂谓此书成于癸卯,是时禁元祐文字,因而未采。《提要》一仍其语。细读一过,内采二苏、黄、秦诗话,卷卷有之,并录《玉局遗文》、《东坡诗话》,并采《百斛明珠》,亦东坡手笔。岂元任未见之耶?馆臣亦未见之耶?又云:阅书惟采旧文,无所考正,此则多附考证之语,尤足以资参订;然此书有辨证者多与《丛话》同。又元任序云《诗总》所载皆不录,是元任撰书在散翁之后,何以两书相同者甚多并标有"苕溪渔隐云云",又似互相采摭,殊不可解。疑此集残缺,后人取《渔隐丛话》补之。即月窗本不足据,抄本亦如此,不知天壤间尚有善本以决吾疑否也?

缪艺风为晚清民初目录版本专家，博极群书，群推翘楚。他对《诗话总龟》曾以月窗本为底本，校以明抄本，故言之有物，不是捕风系影。但缪未分《诗总》与《诗话总龟》，胡仔有知，谅难心服。即以胡仔所言，《诗总》加《苏黄门诗说》即成《诗话总龟》，恐亦未必然。撇开缪氏所举二苏、秦、黄不谈，即以《古今诗话》为例，两书同用，何啻百数。《古今诗话》与元祐文章无干，胡仔所云避免重复的说法，自难令人信服。胡氏又以《诗总》改为《诗话总龟》为"欺世盗名"，亦未免武断，说是"欺世"还勉强，说是"盗名"，编者未标姓名，怎么加上"盗名"的罪过呢？我以为从《诗话总龟前集》内容分析，引书未及南渡，成书只在高宗朝，当时阮阅健在，因元祐文禁既开，就在各门中充实苏黄等人之说，因而改个书名叫《诗话总龟》，也在情理之中。为什么不写自己名字呢？古人著书常有如此现象。何况标"阮一阅"之月窗本，在壬集中却明为"阮阅"。所以我以为《诗话总龟前集》基本为阮阅原书，只是书前略有增添以资炫卖罢了。

《后集》决为书坊捏合。《后集》五十卷，取材于《碧溪诗话》、《韵语阳秋》、《苕溪渔隐丛话》三部书的，要占一大半，而且《总龟》体例，引文在前，书名旁注于末。《苕溪渔隐丛话》则引书在前，下有"云""曰"等字样，《总龟前集》条例井然，《后集》就时有混乱。如缪艺风所怀疑的情况，极有可能。又引书百家，也是凑数，所列《韵语阳秋》、《葛常之诗话》、《丹阳集》三者，实际都见于《韵语阳秋》。《三山语录》和《三山老人语录》也是一体二名。《后集》成书的时间，依所引各书推测，当在南宋光宗时代，因为已经引用张南轩、吕东莱、朱晦庵等文集，又引了洪迈的《夷坚志》，而陆游的《老学庵笔记》却未能征引。从体例说，《老学庵学记》应该最适合，只能解释为编《后集》时，还没有见到《老学庵笔记》,这就可推知此书下限。

粗略评价

《诗话总龟》与《苕溪渔隐丛话》编辑时间互为先后,《苕溪渔隐丛话》成于一人之手,前修未密,后出转精,是学术著作的普遍现象。《诗话总龟前集》分门纂集,可能受《艺文类聚》、《初学记》之类类书的启发,而根据收诗的情况予以变通,较之《古今诗话》等已大为进步,这一点郭绍虞先生已有详细叙述,这里不再重复。《苕溪渔隐丛话》进一步以人为纲,搜罗异说,加以辨证,既较《诗话总龟》为精密。《四库全书总目·集部·诗文评类一》里评论《苕溪隐丛话》说:

> 其书继阮阅《诗话总龟》而作,前有自序,称阅所载者皆不录。二书相辅而行,北宋以前之诗话大抵略备矣。然阅书多录杂事,颇近小说;此则论文考义者居多,去取较为谨严。阅书分类编辑,多立名目;此则惟以作者时代为先后,能成家者列其名,琐闻轶句则或附录之,或类聚之,体例亦较为明晰。阅书惟采摭旧文,无所考正;此则多附辨证之语,尤足以资参订,故阅书不甚见重于世,而此书则诸家援据多所取资焉。

《提要》这段议论大体平允,然而对《诗话总龟》的价值,似乎估计太低。在《郴江百咏》里,《提要》却说:

> 而阅素留心吟咏,所作《诗话总龟》遗篇旧事,采摭颇详,于兹事殊非草草。

这里从资料丰富着眼评论《总龟》,我以为是搔着痒处,今天来看,这一点还是《诗话总龟》的主要作用。

本来编辑这类书,以人为纲或以类相从,各有优缺点,必须相互补充。即以《苕溪渔溪丛话》而论,尽管以人为纲,也不能不辅以事类相从。典型的例子,如《后集》卷十一在卢仝(玉川子)后面,把咏茶的都排比起来,因为"卢仝七碗茶"太有名。所以从研究一个人的材料来看,以人为纲是十分必要的。如果从研究相同的题材而有多样的艺术表现方法来着眼,《诗话总龟》的分门编辑就会给读者以启发,不能以"疏驳"而轻予否定。至于分类是否尽善尽美,那是另一问题。

再就搜集资料来说,《总龟》与《丛话》相辅相成,不能单打一。因为《丛话》着眼在大家,胡仔说:"余纂集《丛话》盖以子美之诗为宗。"(《前集》卷十四)这是事实,胡仔的重点是两大家:唐朝的杜甫,宋朝的苏轼,两人在《前集》六十卷中,各占九卷之多。《后集》四十卷,杜甫四卷,苏轼五卷,合计一百卷书,两人共占二十七卷。《诗话总龟》以类相从,多收小家,一鳞半爪赖以流传。下面从诗话、作品、说部几方面各举数例,以见一斑。

以诗话来说,《四库提要》认为"二书相辅而行,北宋以前之诗话大抵略备",可以信从。郭绍虞先生《宋诗话辑佚》,大量取材于两书,就是最好的说明。可惜的是郭先生所据的是《四部丛刊》初印的月窗本,第二次印的已有补充和订正,郭先生似未寓目,而明抄本又比月窗本多出许多条,我将另有他文予以补正。

以作品来说,可以补总集漏收的还不少。如《前集》卷七:

> 梁刘孝标《舞诗》曰"转袖随歌发,顿履赴弦馀。度行过接手,回身乍敛裾。

这首诗丁福保辑的《全梁诗》就漏收了。（逯钦立仅依《艺文类聚》卷四三作刘孝仪。）

又如五代诗人翁宏，《全唐诗》仅收诗三首，另有断句三联。而《前集》卷十一引他的诗：

《塞上曲》云："风高弓力大，霜重角声干。"《海中山》云："客帆来异域，别岛落蟠桃。"《中秋月》云："寒清万国土，冷辟（月窗本作'斗'，依明抄本改）四维根。"……《南越行》云："因寻买珠客，误入射猿家。"《细雨》云："何处残春夜，和花落古宫。"《途中逢故人》云："孤舟半夜雨，上国十年心。"

这比《全唐诗》所收多了六联断句。

又如《前集》卷三十五（月窗本卷三十三）《纪梦门上》记关永言改石曼卿诗为《迷仙引》事，这个《迷仙引》的又一体，万树的《词律》未收，《钦定词谱》收了，只引杨湜《古今词话》却没有作者和本事，唯赖《诗话总龟》保存了这条资料。

以上就诗话、作品两方面看到《诗话总龟》的价值。又因为《诗话总龟》不止是采撷诗话，而且杂引大量小说，所引的书，很多都散佚了，赖《诗话总龟》还可辑存一些资料。即使现存的书，也有残缺，可以从《总龟》中得到补充。以《北梦琐言》为例，通行本二十卷，缪荃孙《云自在龛丛书》本子多辑了四卷佚文，全从《太平广记》中辑出。而《诗话总龟》中标《北梦琐言》而为今本所无者，还有几条，我们举《神仙门下》一条，可确定为孙书佚文，而非《总龟》弄错书名（弄错书名的事，在《总龟》屡见不鲜，我所校正者至少数十处）。

唐仪凤中，清城县横源翠围山下有民王仙柯，服道士所

> 遗灵丹拔宅上升,已具《仙传拾遗》。蜀州僧中寤释学道播于方州。偶于龙池山逢人精神爽朗,异于常叟,即王仙柯也。寤公曰:"闻仙名久矣,何幸相逢,飞升之后,胡为来此?"仙柯曰:"吾等有灵药,止能飞步。今全家隐于后山。更修道法。遐举之事,吾何望焉?但长寿而已。"寤公以诗赠之曰:"瞻思不及望仙兄,早晚遐飞入太清。手种一株松未老,炉烧九转药新成。心中已得《黄庭》术,头上应无白发生。异日却归华表语,待教凡俗普闻名。"自后不复遇。葆光子闻于真人曰,世人学道,资一丹一药,聊固其命。倚以修道,未得证就,避忌尤多。三官巡逻,摄入鬼录。所以频改姓名,先用尸解,然后栖止灵岳,进取上法。或五岳授事,效职仙曹,优游人间,或至千岁,功德升闻,即朝玉皇。海岳之间往往遐举者,世人无由知也。今之初得道者,止于仙隐;有腾空者,服金丹也。遐举之事,未有希望。

条末明著《北梦琐言》。这中间有"葆光子",可以确凿地断定为《北梦琐言》佚文。

举此一例,可见如果从事唐宋笔记说部等的辑佚工作,《诗话总龟》不失为宝藏可供开掘。如果从这个角度来衡量,《诗话总龟》的价值至少不在《苕溪渔隐丛话》之下,更非《诗人玉屑》所能比的了。

因此,我认为笼统地以"疏驳"二字否定《诗话总龟》,固然不能令人信服;片面地只表扬《苕溪渔隐丛话》如《四库全书总目》所言,也不能视为定论。从研究主要作家来说,《苕溪渔隐丛话》远非《诗话总龟》可比;但从广泛保存资料特别是无数不著名诗人的资料来看,《诗话总龟》有其一日之长,尽管《后集》

杂抄无绪,也不能抹杀全书。

校点隅得

校点古书的工作,看起来很机械,只要细心就行,做起来却很不简单。修《新唐书》的宋祁,在《笔记》里引颜之推的告诫说:"读天下书未遍,不得妄下雌黄。"这就是说为了校得正确,需要多方面的知识。近代的藏书家和目录版本学者傅增湘在《藏园群书题记·校北梦琐言跋》里又补充了颜之推和宋祁的意见说:

> 昔人谓不尽观天下书,慎勿妄下雌黄。余更为之进一解曰:读书不得旧本,慎勿轻言校勘。

这确实是深知其中甘苦的经验之谈。《诗话总龟》容易得到的是《四部丛刊》影印的明代月窗道人刊本。今天所知的明刊本仅此一种。《天禄琳琅书目》所称"抄手极工"的本子,已不在大陆,无从觅校。我所能见到的善本,明抄两种、清抄一种(见前)外,北京图书馆善本部尚有缪荃孙校本,以月窗本为底本(《前集》原刻,《后集》影抄),校以抄本。其中对月窗本的讹舛脱漏,订正不下百数。几本之间,如何取舍,也很费斟酌。姑且举《前集》卷一、《后集》卷四十九各一例来说说。

> (夏侯)嘉正好炉火,仍以不得两制为恨……尝曰:"使我得水银半两,知制诰一日,平生足矣。"(《前集》卷一《圣制门》)

我先怀疑"得水银半两"可以从市上买,其中必有脱字。三个抄本都一样。检《玉壶清话》(《知不足斋丛书》本)卷七作

"干得水银半两"。这个"干"字表明是用水银成真银（也叫白金），缪校本于银下重一银字，作"得水银银半两"。我喜出望外，但是缪校本一律不附校语根据，我怀疑他用的是《天禄琳琅书目》所列之本，否则就我见到的明清抄本都无此条，缪校出于抄本之外的很多，就无法解释。但"水银银"的说法虽是"炉火家"的术语（也叫"药金"），究竟不经见。查唐周贺（先出家为僧名清塞）的《赠王道士》诗结句说："关西来往路，谁得水银银"，又《稗海》本魏泰《东轩笔录》卷二也叙述这件事作"水银银一钱"，曾慥《类说》（古籍刊行社影印明刊本）卷五十五引《玉壶清话》也作"水银银一钱"，这样才看出缪校的精审，就依缪校补一"银"字。从这里可以看到多见善本特别是名家精校本的重要。

> 张景阳《七命》有"浮三翼，戏中沚"之句，诗家多以三翼为轻舟……按《越绝书·伍子胥水战兵法内经》曰：大翼一艘广一丈五尺二寸，长十丈；中翼一艘广一丈三尺五寸，长五丈六尺；小翼一艘广一丈二尺，长九丈……（《后集》卷四十九《器用门》）

校到这里，总觉怀疑，为什么中翼特别短呢？但各本都一样，月窗本此条未注出处，前条"水车"注《碧溪》实为《韵语阳秋》卷二十之文，抄本注《碧溪诗话》，缪校本于前条校改为"常之"（《韵语阳秋》也有称为《葛常之诗话》、《葛立方诗话》的），此条缪校本注"同上"，《碧溪诗话》无这一条，复检《韵语阳秋》卷二十正有此条而中华书局排印的《历代诗话》本647页却是这样：

> 中翼一艘，广一丈三尺五寸，长五丈六尺，小翼一艘，广

一丈九尺,长二丈。

我找不到善本对勘,但中华书局这里的数字是荒唐的。小翼"一丈九尺,长二丈"岂不接近正方,古代那有这种战船呢?只有利用他校一着了。今本《越绝书》里压根儿没有这段文字。检李善注本《文选》卷三十五,数字是:

> 大翼一艘长十丈,中翼一艘长九丈六尺,小翼一艘长九丈。

这样,中翼的长度才合理,因此把那个"长五丈六尺"据《文选注》校改为"长九丈六尺"。乡先辈刘叔雅(文典)先生曾经反对以类书改正文,实当遵奉。张耒《明道杂志》里也说:"读书有义未通,而辄改字,最学者大病也。"所以使用类书或旧注从事校勘,必须十分谨慎,因为古人引书常有撮其大义的。就拿李善《文选注》来说,引书四百多种,亡佚参半,拿今天存在的版本如《三国志》去核对李善的引文,一字不差者却并不多见。

现在的校点为初学着想,例须加专名号。要使用正确,也得先有校勘的精审,否则易致讹舛。郭绍虞先生《宋诗话辑佚》,对学术界贡献之大,自不待言。但一是由于未见抄本而且用的是《四部丛刊》第一次印本,又加上欢喜用类推来确定出处,常常有不应有的错误。如该书275页《苏易简越江吟》:

> 世传琴曲宫声十小调……苏易简得《越江吟》,词曰"神仙神仙瑶池宴。片片碧桃零落春风晚。翠云开处,隐隐金舆挽。玉麟背冷清风远。"文本[①]云:"非云非烟瑶池宴。片片碧桃零落黄金殿。虾须半卷天香散。春云知孤竹,清婉入霄汉。红颜醉,态烂漫,金舆转。霓旌影乱箫声

远。"不知孰是。(《总龟》前四)

①案"文本"前当有"岑"字。

案:此二则《总龟》均不注出处,以其前为《古今诗话》,疑亦《诗话》中语。

"文本"的"文"字是"又"字的错字。第二次印本已改正。苏易简是宋太宗的翰林学士,岑文本是唐太宗的宰相,郭先生一个疏忽,又加上案语,岂不大谬。又明抄本无"又本"以下文字,如果看到了,也不会出这种岔子。又案这一条见于《苕溪渔隐丛话前集》卷十六,明标为《冷斋夜话》(今本未见,然今本《冷斋夜话》决非全璧,《总龟》、《丛话》中屡有出于今本之外的)。郭先生推为《古今诗话》亦失之武断。《渔隐丛话》"又本"作"又一本"就更不会当作"岑文本"了。

又175页《金陵赏心亭诗》:

金陵赏心亭,丁晋公建也,秦淮绝致。公以家藏《袁安卧雪图》张于其屏。乃唐周昉笔,经十四守,无敢觊觎者。后为太守窃去,以凡笔画芦雁易之。王密学琪来作守,登临赋诗曰:"千里秦淮在玉壶,江山清丽壮吴都。昔人已化辽天鹤,旧画难寻《卧雪图》。冉冉流年去京国,萧萧华发老江湖。残蝉不会登临意,又噪西风入坐隅。"此诗乃窃④窃画者萧斧也。⑤(《总龟》前十六)

④"窃"当作"讥"。

⑤《湘山野录》作"此诗与江山相表里,为贸画者之萧斧也"。

按之明抄本和缪校本都只有一个"窃"字。所谓"萧斧"意同"斧钺",这句是说王琪这首诗对窃画者是最有力的批判,犹如斧钺之诛。《湘山野录》卷上作"为贸画者之萧斧"意思更显豁,月窗本重一"窃"字遂使郭先生以为"讥"字之误,把萧斧误为人名。

该书83—84页《邢居实呻吟集》条:

> 邢居实字惇夫,年少豪迈,所与游皆一时名士……惇夫之卒也,山谷以诗哭之曰:"诗到年来更老成,江山为助笔纵横。眼看白骨埋黄土,何况人间父子情。"盖〔谓〕惇夫与其父歆向也。"⑧
>
> ⑧又居实为恕子,恕字和叔,此云"歆向"疑误。

按,歆向盖指刘歆刘向,因为从儿子这方面说,所以称"歆向"而不像一般人称"刘向、歆父子"。把"歆向"当一个并误为邢恕的字,就差之毫厘谬以千里了。

郭先生《宋诗话辑佚》搜罗之勤,我十分敬佩。但这个标点本的错漏却所在多有。我准备专文补正。这里举几个例子,也是为了警醒自己。

校点《诗话总龟》最烦难的工作,是若干条漏注出处的要为它们寻出娘家,出处注错的要叫它们归队,而见闻不广,记忆尤差,要完成补正出处的任务,只有尽其在我。希望海内鸿博有以教之,我的校点工作,就算为这部书达到完善的地步起点铺路作用,也就不枉此举了。

(前二节原载《淮阳师专学报》1982年第1期,
第三节原载《考辩评论与鉴赏——〈蹇斋说诗〉
之二》,中国戏剧出版社,1999年10月版)

《宋诗话辑佚》有关《诗话总龟》条目补正

郭绍虞先生《宋诗话辑佚》，三十年代即已蜚声海内。1978年又经蒋凡先生重加核对付印，较初印之本质量又有提高。此书大量采用《苕溪渔隐丛话》及《诗话总龟》材料。《渔隐丛话》刻本较多，无大差异。而《诗话总龟》之刻本原仅明月窗道人刊之九十八卷本，《四部丛刊》曾加影印，始广流传。前人评月窗本"讹舛特甚"，主要是《前集》缺《寄赠门》中、下两卷，有若干卷复缺若干条，同时编次有讹，所注出处有错或漏注者。至于字句之误，可谓触目皆是。《四部丛刊》第一次印本，错误尤多。第二次印本除校正若干单字外，《前集》卷二十第七页后补抄配一页。除月窗本外，南京图书馆藏有八千卷楼之明抄本一百卷，其中《前集》自卷四至十一为据月窗本抄配者。北京图书馆藏莫棠所跋之明抄本，复有缪荃孙以明抄本校补之月窗本，取此三本以校月窗本，所正之处甚多。《宋诗话辑佚》所据之《总龟》似《四部丛刊》第一次印者，因此缺漏讹误者所在多有。月窗本编次较乱，漏注出处者多，《宋诗话辑佚》往往仅据上则或下则出处以推定为何书，而上举抄本则多注明出处，此亦可资补正。余兹所为约有三端：一曰补，补《宋诗话辑佚》漏辑者；二曰正，正其出处讹误者；三曰挑，举其字句标点之代表性错误若干条为例,非若前二项之毕举也。次序一以《宋诗话辑佚》为准云。

一、《王直方诗话》所补八条

江淹云:"蝴蝶飞南园"。李白云:"春园绿草飞蝴蝶"语意大相似。《王直方诗话》(明抄本卷八,郭辑依月窗本类推为《诗史》卷五,470页)

欧阳文忠守颍日,因小雪,会饮聚星堂赋诗,约不得用玉月梨梅练絮(原误"紫",依明抄本改)白舞鹅鹤等事。欧公篇略云:"脱遗前言笑尘杂,搜索万象窥溟漠。"自后四十馀年,莫有继音。元祐六年,东坡在颍,因祷雪于张龙公获应,遂复举前令。篇末云:"汝南先贤有故事,醉翁诗话谁能说:当时号令君听取,白战不许持寸铁。"《王直方诗话》

山谷有"蕨芽已作小儿拳"之句,张阁云:此忍人也。时阁方为河内推官,而通判葛繁最喜蔬食诵经,故阁亦断荤而有此语。同前(以上见卷二十后七页,《丛刊》第二次印本)

荆公有集句云:"可惜昂藏一丈夫,从来不读半行书。子云识字终投阁,幸是元无免破除。"

赵德父曰:"明诚得叶涛校本,此篇是赠一要人者,今集中所题非也。"《王直方诗话》(以上见明抄本卷二十八"寄赠门下")

晁以道有诗寄余,余最喜其两句云:"怀抱故人云外尽,交游今日眼前稀。"同前

晁以道尝以诗寄田承君云:"百事古人能卤莽,一钱今日试商量。"注:拜张司业诗云:"此生已是蹉跎去,百事从他卤莽休。""商量",京师俚语。余以谓"商量"两字古今人用之多矣,岂独为京师旧俚语耶?同前(以上均见明抄本卷二十八)

张耒熙宁中梦行入空中,闻天风海涛,声振林木,徐见海中

楼阙金碧，琼琚琅珮者数百人，揖宣出纸请赋诗，细视笔砚皆碧玉色，且戒之曰："此间文章要似隐起鸾凤，当与织女机杼分巧，过是乃人间语耳。"宣成一绝句云："天风吹散赤城霞，染出连云万树花。误入醉乡迷去路，傍人应笑忘还家。"有仙人曰："子诗虽佳绝，未免近凡。"酌酒一杯极甘寒，忽觉身堕万仞山而寤。
《王直方诗话》（明抄本后集卷四十，月窗本作《西清诗话》）

二、《古今诗话》所补二十二条，附说一条

陈羽《姑苏台》诗云："忆昔吴王争霸日，歌谣满路上高台。三千宫女看花处，人尽台空花自开。"（明抄本注《古今诗话》，见前集卷十五，月窗本漏注）

周世宗征淮南，王师围寿春。翰林学士陶穀使吴越，学士惟王著而已。李相时为主客郎中知制诰，遂有北门之名，迁屯田正郎。丞相范质、端明殿学士窦仪俱作诗贺之，曰："翰苑重求李谪仙，词锋颖利胜龙泉。朝趋建礼霞烘日，夜直承明月映天。圣主重知缘国士，相公多喜为同年。青春才子金门贵，蜀锦袍新夺日鲜。"此范诗也。"厩马牵来哗哗嘶，马蹄随步蹑云梯。新街锦帐达三字，旧制星垣放五题。视草健毫从席选，受降恩诏待公批。仙才已在神仙地，逢见刘晨为指迷。"此窦诗也。《古今诗话》

谏议窦禹锡有子五人，俱登科。禹锡云："仪、俨已归华省。"冯瀛王赠之诗曰："燕山窦十郎，教子有义方。灵椿一株老，丹桂五枝芳。"仪，翰林学士、礼部尚书；俨，翰林学士，吏部尚书；侃，起居郎；偁，谏议大夫、参知政事；僖，左补阙：时论荣之。同前

冯当世秋试于乡里，主司坚欲黜落，已而缀之榜末。时鄂倅南宫诚监试，诚当拆封，太不平，力主之，遂至魁选。明年，庭试

第一,除荆南倅,诚迁长沙倅。当世以诗贺诚曰:"常思鹏海隔飞翻,曾得天风送羽翰。恩比丘山何以戴?心同金石欲移难。经年空叹音书绝,千里长思道义宽。每向江陵访遗迹,邑人犹指县题看。"盖江陵县额,诚所书也。同前

王贞白寄诗谷曰:"五百首新诗,缄题寄去时。只应夫子鉴,不要俗人知。火鼠重烧毳,冰蚕乍吐丝。直须天上手,裁作领头披。"同前(明抄本卷二十七"寄赠门中")

苏子美赠秘演大师诗曰:"垂颐孤坐若痴虎,眼吻乍开无光精。"演颔额方厚,瞻视徐缓,常若睡。演以浓墨涂去"无"字,改为"犹光精"。子美诟之,演曰:"吾见活,岂得无光精耶?"又云:"卖药得钱只沽酒,一饮数斗犹惺惺。"又抹去。子美曰:"吾诗何人敢点窜?"演曰:"公之诗出则传四海,吾不能断荤酒,为浮屠罪人,何堪更为公暴之也?"《古今诗话》

唐中丞南卓、詹事崔枭因谏事出。崔,支江令,卓,松滋令,矫翼翩翩,无所拘束。南尝以诗赠副从事曰:"翱翔曾在玉京天,堕落江南地几千。从事不须轻县宰,满身犹带御炉烟。"《古今诗话》

元微之为御史,鞠狱梓潼。时白乐天尚书在都下,与名辈游慈恩寺,花下小酌,作诗寄微之曰:"花时同醉破春愁,醉把花枝当酒筹。忽忆故人天际去,计程今日到梁(原作"凉",依缪荃孙校本改,下同)州。"元果至褒城,亦寄《梦游诗》曰:"梦公兄弟曲江头,又向慈恩寺里游。驿吏唤人驱马去,忽惊身已在梁州。"千里神游,若合符节。朋友之道,不其至欤?同前

张渍,会昌中陈商状元下及第,翰林覆考,落渍等八人,赵渭南赠诗曰:"莫向春风诉酒杯,谪仙真个是仙才。犹堪分世为祥瑞,曾到蓬莱顶上来。"同前

开成中,杨汝士以户部侍郎检校尚书镇东川,白乐天即其妹婿也。时乐天以太子少傅分洛,戏代内子贺兄嫂曰:"刘刚与妇共升仙,弄玉随夫亦上天。何似沙歌领崔叟,碧油幢引向东川。"沙歌,汝士小字。又云:"金花银碗饶兄用,彩画罗裙任嫂裁。嫁得黔娄为妹婿,可能空寄蜀笺来?"同前

元载末年纳薛瑶英为姬,以金丝帐、却尘褥卧之,以红绡衣衣之,无一两。载以瑶英体轻,不胜重衣,于异国求此服也。惟贾至、杨公南与载友善,往往潜见其歌舞。贾至赠诗曰:"舞怯铢衣重,笑宜桃脸开。方知汉武帝,虚筑避风台。"公南亦作歌曰:"雪面淡蛾天上女,凤箫鸾翅欲飞去。玉钗碧翠步无尘,楚腰如束不胜春。"《古今诗话》

高士杨夔尝著《冗书》三卷,驰名于士大夫间。唐末下第,优游江左,郑谷赠之诗曰:"三复兄书高且奇,不妨仍省百篇诗。江湖休洒东风泪,十字香于一桂枝。"同前

皇祐中,馆中诗笔惟石昌年最得唐人风格。有僧携琴来访,赠以诗曰:"郑卫堙俗耳,正声追不回。谁传《广陵散》,斫尽峄阳材。古意为师复,清风寻我来。幽阴竹轩下,重约月明开。"同前

何逊字仲言,八岁能诗。沈约尝曰:"吾读公诗,一日三复,犹不已。"故李义山诗曰:"寄言何逊休联句,瘦尽东阳姓沈人。"同前

张燕公《寄姚司马》云:"共公春种瓜,本期清夏暑。瓜成人已去,失望将何语。"《古今诗话》(以上明抄本卷二十八"寄赠门下")

王元之在朝,与执政不足,作《江豚》诗讥肥大云:"食啗鱼虾少肥腯。"又云:"江云漠漠江雨来,天意为霖不干汝。"俗云江豚出则风雨。(明抄本前集卷三十七"冯瀛王"条后,"孙

仪"条前。)

景祐科场中有嘲词,时萧定基为殿中侍御史监试,章为善、王宗道、王博文为试官。其词曰:"章生'故国三千里',宗道'深宫二十年'。殿院'一声《河满子》',龙图'双泪落君前'。"盖章家闽中,王为宫教,萧对上唱《河满子》,王对上泣下,以年渐高未进册也。《古今诗话》

方干为徐凝所器重,尝有诗云"押得新诗草里论",反语云"村里老",所以诮凝。《古今诗话》(以上明抄本前集卷三十八)

张祜,长庆中为令狐文公所知。公镇太平日表荐,以诗三百首献于朝。祜至京,属元稹偃仰内廷,上因召问祜之辞藻上下。稹对曰:"张祜雕虫小巧,壮夫不为。若奖激太过,恐变陛下风教。"上颔之。由是寂寞而归。祜以诗自悼曰:"贺知章口徒劳说,孟浩然身更不疑。"同前(前条为"宋之问",注《古今诗话》。明抄本前集卷四十四"怨嗟门")

吕渭为御史,出知安陆。一日燕坐,忽见一碧衣云:"不久,玉帝南游炎洲,命子随行纠正群仙。炎洲苦热,上帝赐公清凉丹一粒。"吞之若冰雪下咽。公颇异其事,亦与所亲者言之。不久,公捐馆。朱明复登第,自湖北渡湘江。道见吏兵数百人前导,次见公乘玉角青鹿,左右皆青衣童。明复拜曰:"公何之也?公其已仙乎?"公曰:"吾侍上帝南游,不得叙款曲。"口占一篇为别云:"功行偶然书玉阙,衣冠无限葬尘埃。我今从帝为司纠,更有何人直柏台!"数日,闻公谢世。《古今诗话》(明抄本前集卷四十八"神仙门")

横浦大庾岭,有富家子慕道,建庵接云水士多年。一日众建黄箓大斋方罢,忽有一褴缕道人至求斋,众不之恤,或加凌辱。道人题一词曰:"暂游大庾,白鹤飞来谁共语?岭畔人家,曾见寒梅几度花！春来春去，人在落花流水处。花满前溪，藏尽神仙人不知。"末书云："无心昌老来。"五字作三样笔势。题毕，竟入云堂，良久不出，迹之已不见。徐视其字，深透壁后矣。始知"昌"字无心，乃吕公也。众共叹惋。（明抄本前集卷四十八"神仙门""岳阳楼"条后，前二条皆注《古今诗话》）

南汉考功员外郎钟允章，邕州人，乾祐初至广，燕射中的。伶人进诗有曰"金箭离弦三尺电，星髇（此字原空，据《全唐诗》第二十九册"同文本"校补）破的一声雷"之句。大喜赏。《古今诗话》（明抄本前集卷四十八"俳优门"）

牧之为御史分司洛阳，时李司徒罢镇闲居，声妓为当时第一。一日开筵，朝士臻赴，以杜尝持宪，不敢邀饮。杜讽坐客达意，愿预斯会。李驰书，杜闻命遽来。会中女妓百馀，皆绝色殊艺。杜独坐南行瞪目注视，满引三卮，问李曰："闻有紫云者孰是？"李指示之，杜凝睇良久，曰："名不虚得，宜以见惠。"李俯首而笑，诸妓亦皆回首破颜。杜又自引三爵，朗吟而起曰："华堂今日绮筵开，谁唤分司御史来！忽发狂言惊满座，两行红粉一时回。"意气闲逸，旁若无人。《古今诗话》（明抄本后集卷三十五《寓情门》）

附说：前集卷十六

洪州西山与滕王阁相对，过客多留诗。有僧览之，告郡守曰："诗无佳者，何不去之？"守愕然曰："能作佳句乎？"因为诗曰："洪州太白方，积翠倚穹苍。几夜碍新月，半江无夕阳。"同前（明抄本前为《古今诗话》，月窗本夹注云："《雅言杂载》、《古今诗话》此陈文亮诗。亮因天下既定，作诗云……"《宋诗话辑佚》288页《僧题滕王阁诗》只依月窗本夹注推论。实可径录明抄本为据也。）

三、《诗史》所补五条,另二条存疑

京师曹氏,家藏《阮步兵诗》一卷,唐人所书,与世所传多异,有数十首,集中所无。其一篇云:"放心怀寸阴,羲和将欲冥。挥袂抚长剑,仰视浮云行。云间有立鹄,抗首扬哀声,一飞冲青天,强世不再鸣。安与鹑鷃徒,翩翩戏中庭。"又云:"嘉木不成蹊,东园损桃李。秋风吹飞雀,零落从此始。繁华有憔悴,堂上生荆杞。驱马舍之去,去上西山址。一身不自保,况复恋妻子。零霜被野草,岁暮亦云已。"诗语皆类此,非后人明矣。孔宗翰亦有本,与此多同。《诗史》(明抄本卷十,月窗本脱去"繁华有憔悴"以下六十二字。)

文潞公初登第,以大理评事知榆次县,新鞔衙鼓来,至,公戏书其上曰:"置向谯楼一任挝,挝多挝少不知他。如今幸有黄䌷被,拿出头来放早衙。"《诗史》(明抄本前集卷四十,"韩浦"条后)

内朝晨入庭内错立,至驾欲坐,即御史台知班唱班。王彦和汾与刘贡父放同趋朝,王戏刘曰:"内朝日日须呼汝。"刘应声曰:"寒食年年必上公。"

王平甫博学耿介,语言轻肆,人或戏为心风。熙宁中乞郡,得湖州,舒王以诗送之曰:"吴兴太守美如何?柳恽诗才不足多。遥想郡人迎下担,白蘋洲上起沧波。"讥其风也。平甫知其意,即以"吴兴太守美如何"为破题作诗十首。其一曰:"吴兴太守美如何?太守从来恶祝鮀。生若不为上柱国,死时犹合作阎罗。"舒王闻之曰:"阎罗见阙,请便赴任。"

方圭好为恶诗。宋公序知扬州日,圭来谒,宴于平山堂。圭诵诗不已,宋欲他辞已之,顾野外牛就木磨痒,谓坐客胡诙曰:"青牛恃力狂挨木。"诙应声曰:"妖鸟啼春不避人。"宋公大笑。圭悟其意,饮散,至客次,欲奋拳击诙,众救而免。并同上按：月窗本脱去"文潞公"一条，"并同上"即为一同于《谈苑》，而刘攽、王安石等与杨亿时代远不相接，故知明抄本为是，"并同上"即同为《诗史》也。

全州道士蒋晖，志行高卓，洞宾谒之，适蒋他出。洞宾题诗于壁曰："醉舞高歌海上山，天瓢承露结金丹。夜深鹤透秋空碧，万里西风一剑寒。"书云："无上宫主访蒋晖作。"遂去。晖归，大惊曰："宫字无上，吕翁也。"追不可得。（明抄本前集卷四十八"神仙门"，其后二条为"马自然"、"殷七七"均注《诗史》，前为《谈苑》，录此待考）

淮南有一士人高氏，尝作一绝云："杨花日日常无定，海燕年年却有归。一瞬青春疾如电，等闲看尽缕金衣。"（明抄本卷四十四"怨嗟门""韩渥"条后前为《诗史》，后为《倦游录》"刘宾"条，疑为《诗史》。）

四、《纪诗》所补二条

南屏谦师妙于茶事，自云：得之于心，应之于手，非可以言传学到者。师偶于寿星院远来谒茶语诗，因以诗论之曰："泻汤旧得茶三昧，觅句还窥诗一斑。清夜漫漫困搜搅，斋肠那得许坚顽！"《纪诗》（明抄本卷二十七"寄赠门中"）

诗云："意气百年内，平生一寸心。欲交天下士，未面已虚襟。君子重名义，直道冠衣襟。风云何可托，怀抱自然深。落霞净霜景，坠叶下风林。若上南登岸，希傍北山岑。"此贺遂亮赠韩思彦诗也。《成都学馆记》，遂亮撰，颜有意书，书辞皆奇雅。常意不见遂亮文辞，偶读《国史谱》得此诗，遂录之。《纪诗》（明抄本卷二十八"寄赠门下"）

五、《闲居诗话》补一条

临海县渔人张仪于海上见铜莲花趺,送长安北寺,与大兴善寺阿育王金象大小正同。后有异僧云:"天竺阿育王象忽失所在,时有僧梦云:'吾出河东,为高理所得。僧在阿育王寺。'""故特远来寻理。"引僧入寺,僧故放光,僧云:"有圆光,寻之必至。"咸安年间,合浦人董崇之因采珠见海底有异光,取获圆光奏上。晋简文帝使施象上,宛然正同。台上有西域古书,胡僧求那跋摩识之,梵书也。云是阿育王第四女所造。隋(疑为"简")文帝载入内道场,梁武帝太极殿寺遭火,东明观道士戏咏曰:"道善何曾善,云兴又不兴。如来焚亦尽,唯有一群僧。"识者虽以荣诗为能,亦因减其声。《闲居诗话》(明抄本卷三十八)

六、《吕氏童蒙诗训》补半条

学者须做有用文字,不可尽力虚言。有用文字,议论文字是也。议论文字,须以董仲舒、刘向为主,《礼记》、《周礼》及《新序》、《说苑》之类皆当贯穿熟考,则做一日便有一日工夫。近世文字如曾子固诸序,尤须详味。学古人文字须得短处……(下与《苕溪渔隐丛话前集》卷四十八全同,郭辑只用"学古人"以下。未见《诗话总龟后集》卷三十一《诗病门》全文,当据补。)

计补三十八条又半,存疑及附说者均未计。

上文皆补其遗漏,此则正其出处。其《总龟》所有,而条末引书未注《总龟》者,一律从略,如《王直方诗话》中《嘲王禹玉诗》(21页)见于明抄本后集卷三十七,《诗用毳毳字》(22页)见于明抄本前集卷十四较《类说》为详,均不补《总龟》字详。

94—95页《蜡梅诗》郭按云：

　　《总龟》前二十《乐趣》十引此则作《玉局遗文》。考为蜡梅解嘲诗不见《东坡集》中，而任渊《山谷诗注》卷五《戏咏蜡梅诗》注引《王立之诗话》，然则此当出《直方诗话》，《总龟》引作《玉局遗文》者，误也。

　　淳按：《四部丛刊》第二次印本于此前补一页，正作《王直方诗话》。与明抄本同，非《总龟》之误。

　　107页《巧匠斫山骨》、108页《可遵诗》郭按之误同前条，以未见明抄本甚至《四部丛刊》二次印之月窗本也。

　　185页《方勉妻许氏诗》郭据"同前"二字，订为《古今诗话》，实则明抄本此条前有《衡州天庆观道士》条，明注《青琐集》，则此条亦当为《青琐集》，与《竹庄诗话》合，非《古今诗话》也。

　　194页《章台柳》条，明抄本注《异闻集》，195页《纩衣题诗》，明抄本注出《翰府名谈》，《御沟红叶》事，《艺苑雌黄》引此谓出《名贤诗话》，均非《古今诗话》。郭辑仅因前有《古今诗话》遂一律归入其中，而未见明抄本逐条注明，不容类推也。

　　275页《苏易简越江吟》条，《苕溪渔隐丛话前集》卷十六明作《冷斋夜话》，不当类推为《古今诗话》。

　　285页《布衣云水客》条，见《茅亭客话》卷三《淘沙子》条，非《古今诗话》。

　　460页《孙定诗》，明抄本此前为《王起》条注《摭言》，此条注"同上"即指《摭言》，见该书卷十，非《诗史》。

　　470页《江淹李白诗相似》，明抄本明注《王直方诗话》，不当类推为《诗史》。

473页《沈询诗谶》,见《南部新书·庚》,不能推为《诗史》。

474页《夏英公藏撅诗》,《类说》卷十六作《倦游杂录》,475页《著也马留》同。郭书前后各条均类推为《诗史》,实难信从。

516页《周陵诗》,郭云:"案:《总龟》前二十八引此则,未注出处,以在《纪诗》后,疑亦《纪诗》中语。"以现存《纪诗》内容看,均与东坡有关。此则见于《江邻几杂志》,与东坡无涉,不当作《纪诗》条目。

以上15事皆确凿为出处误注者,另有疑似之间数十条,皆不涉及。

字句小误及标点不当者,各书皆然,有为手民误植,然亦有过在编校者,不可遍举,略挑数端,意在引起注意而已。仍依原书页码为序,便检核也。

38页《杜默豪于歌》条:"有《送守道六子诗》云⋯⋯"按"子"当依缪校本作"字",盖杜默此诗为六言,非送六人也。

60页《一水护田两山排闼》条:"荆公叔金陵⋯⋯"第二次印本"叔"作"在",当从。

68页《读彭泽诗有感》:"余自夏历秋,每热七八十日不衰。""每"第二次印本作"毒",当从,"每"字于义难通也。

81页《椀脱蒸饼》:"山谷既返袁⋯⋯",第二次印本作"山谷既饭素"当从,盖山谷非袁人。而下文所言正素食也。

84页"盖惇夫与其父歆向也。"郭注:"又居实为恕子,恕字和叔,此云'歆向'疑误。"按山谷盖言邢居实与其父恕犹刘歆、刘向,皆学者也。以歆向为一人,大谬。

126页《范希文诗》:"又观杜诗云:'一棹危于叶,旁观亦损神。他时在平地,无忽险中人。'"按《总龟前集》卷一作"观渡",作"杜"而标专名以为杜甫诗,谬矣。

143页《杨微之诗》:"杨微之侍读,太宗闻其名,索之,著数百篇奏御。"案:第二次印本"之"作"所",是,盖其平日所著,非因索而仓卒为之也。

157页《栽竹诗》:"更起粉墙高千尺,莫令墙外俗人看。"第二次印本作"百尺",平仄始叶。

175页《金陵赏心亭诗》:"此诗乃窃窃画者萧斧也。"按:"萧斧"意犹"斧钺",非人名,明抄本不重"窃"字。

182页《乐天游大林寺诗》:"王气有早晚。"第二次印本作"土气",当从。

187页《徐凝题牡丹诗》:"徐凝自富春来谒,公先题牡丹云……"按当作"谒公,先……"盖诗为徐凝作,非白居易作也。

189页《德宗得宝马瑞鞭》:"进退缓急皆如其意,因谓之功臣乘。幸诸苑……"按当作"因谓之功臣。乘幸诸苑"。《唐诗纪事》卷三十亦作"谓之功臣","乘"字属上则费解矣。

215页《滟滪歌》:"《水经》云:'白帝山城门西江有孤石,冬出二十馀丈,夏即没去。郡二十里有瞿塘滩,言……瞿塘不可下。'"按之《水经注》卷三十三《江水》条原文仅至"没去",标点者未检原书,轻加引号,遂令读者误以为皆《水经注》原文矣。

219页《张端杀猪》:"张端为河南司录府,当祭灶……"按"司录府"不成语,"府"当属下读。

238页《名纸生毛》:"为典谒所阻。"典谒乃执事之称,非专名。

275页《苏易简越江吟》:"文本云。"按此见《苕溪渔隐丛话前集》卷十六作"又一本",《总龟》第二次印本省一字作"又本",以之为"岑文本",谬以千里矣。

51

438页《余靖胡语诗》:"汉《史记》榤木白狼诗,汉语则协,夷语则否。"按事见《后汉书·西南夷传》,非《史记》,"记"乃动词,标为书名,不思甚矣。

排印本之误,触处可见,以上挑取数例,以见一斑,甚望能重加校勘,以免以讹传讹。

前修未密,后出转精。《宋诗话辑佚》筚路蓝缕,厥功至伟,予之所以不揣冒昧补之正之挑之者,实深爱其书,欲去其瑕颣以臻完璧。

《颜氏家训·勉学》云:

> 校定书籍,亦何容易!自扬雄、刘向,方称此职耳。观天下书未遍,不得妄下雌黄。或彼以为非,此以为是;或本同末异,或两文皆欠,不可偏信一隅也。

近人傅增湘《藏园群书题记·校北梦琐言跋》云:

> 昔人谓不尽观天下书,慎勿妄下雌黄。余更为之进一解曰:读书不得旧本,慎勿轻言校勘。

此则久历书林之甘苦而言之,殊有深味。《诗话总龟》今日已知最佳者为《天禄琳琅书目》著录之明抄本,惜乎已去台湾。余未之见。他日若能获睹,必将补余此文之不足,跂予望之矣。

(1982年5月于淮阴师专,原载《读常见书札记》)

《宋诗纪事续补》疏失举例

孔凡礼先生所辑《宋诗纪事续补》,继厉鹗、陆心源诸家之后,网罗遗佚,从255部著作中,搜集厉、陆二人所辑之外的诗人诗作,成书三十卷,作为《全宋诗研究资料丛刊》之一公之于世。这对宋诗的研究工作做出了贡献,受到有关研究工作者的重视,有的书评作了很高的评价。因为工作需要,阅读一过,觉得值得商榷之处也还存在,因此不揣固陋,随文剌举以就正于孔先生。孔先生所举各书,寒斋插架多付缺如,故未敢对全书作综合评论,仅就个人记忆所及举例(文字标点概付缺如),以期能使此书臻于完善。

1. 84页 胡籍溪条 85页《送兄子厚擢国学博士》:"先生直上芸香阁,阁老新裁豸角冠。留取幽人卧空谷,一川风月要人看。"(道光《万年县志》)

淳按:此为朱熹诗,题为《寄刘珙胡宪》不但见于本集,而且厉辑卷四十五胡宪条(上海古籍出版社版1151页,后均据此本)、卷四十八朱熹条(1215页)均有此诗。从内容看,"先生"指胡宪,"阁老"指刘珙,"幽人"自指,如果照《万年县志》的标题,"阁老"没着落,对哥哥自称"幽人"也令人奇怪。此条必误。

2. 96页 皇祐朝士《赞赵师旦》:"不愧山西士大夫。"(《舆地纪胜》卷一〇一……)

淳按:此为元绛诗之末句,厉辑卷十三元绛《赵潜叔殉节诗》:"转战谯门日欲晡,空拳犹自把戈铁。身垂虎口方安坐,命在鸿毛更疾呼。柱下杲卿存断节,袴中杵臼得遗孤。空馀三尺英雄气,不愧山西士大夫。"(328页)厉辑是根据《后村诗话》,实则此诗见于《云斋广录》,被采入《诗话总龟》卷一"忠义门"(人民文学出版社拙校本4页,下引均用此本)。"拳"缪荃孙校本作"弮","命在"《总龟》作"命弃",较胜于《后村诗话》,孔辑此条当删。

3.104页　周师厚条句:"举眼不堪观郑獬,回头犹得压陈抟。"(《甬上宋元诗略》卷一引《朱定国诗话》:郑毅夫榜明州人周师厚,以名极低,只压得陈抟一人,自赋诗云云。按此则纪事本《夷坚志·乙志》卷一《李三英诗》条。)

淳按:所引事见《诗话总龟·诙谐门》(月窗本卷三十九,明抄本卷四十一,拙校本402页)。朱定国和苏轼同时,和云龙山人张天骥是好友,见《诗话总龟·讥诮门》(拙校本369页)。早于洪迈《夷坚乙志》(成书于乾道二年1166,改版于乾道八年1172)好几十年,怎么能根据洪迈的记载写这件事呢?事实是洪迈提到这件事未提出处而已。这条按语颠倒了历史时代,而且出处应以《诗话总龟》为先,《甬上宋元诗略》远在其后。

4.305页　何泾《寒夜泊舟长河二首》:"霜落长汀积水清,寒星无数傍船明。菰蒲深处疑无地,犹有人家笑语声。""平沙渺渺烟苍苍,菰蒲才熟杨柳黄。扁舟系岸不忍去,秋风斜日鲈鱼香。"(《甬上宋元诗略》卷四引《三茅志》)

淳按:此二诗为宋人诗话经常提到之名诗。第一首是秦观《秋日三首》中的一首,只是把秦诗的"邗沟"改成"长汀",将

"忽有"改成"犹有",真成"点金成铁"。第二首是陈尧佐的诗,见于厉辑卷四题作《吴江》,末句"香"作"乡"(104页),这是有原因的。《苕溪渔隐丛话前集》卷二十七《陈文惠》:"张文潜云:陈文惠有《题松江》诗,落句云:'西风斜日鲈鱼香。'言惟松江有鲈鱼耳,当用此乡字,而数处见皆作香字,鱼未为羹蔌,虽嘉鱼直腥耳,安得香哉!"(人民文学出版社版183页)张文潜的评论有否道理,姑置不论,《历代吟谱》大约相信这个意见改成了"乡"字,厉辑因之。两首都是很知名的诗,《三茅志》不足为据。

5. 378页　周尹潜《野泊对月有感》

淳按:周莘字尹潜,见于厉辑卷四十四,1113页,"莘字尹潜,钱塘人,邠之孙,为岳阳决曹掾,与陈去非为友。"《瀛奎律髓》卷三十二存此一诗,为厉辑所据。方回对作者多字而不名,直作"周尹潜",见上海古籍出版社《瀛奎律髓汇评》1369页。孔先生根据《洞庭君山诗集》误为另一人而注说:"尹潜,约为南宋初人。"未免疏陋。

6. 694页　王与钧《经筵彻章御赐诗卷》:"一种寒梅白玉条,迥临村路傍溪桥。应缘近水花先发,疑是经春雪未消。"(《永乐大典》卷二八一二引王与钧《蓝缕集》)

淳按:此为唐张谓诗,见赵宧光《万首唐人绝句》卷十二,书目文献出版社本222页。"一种"作"一树",似胜。《大典》不足据,不能以为宋诗而加辑录。

7. 871页　刘炎《讽州守》:"未到桃源来,长忆出家景。及到桃源了,还是鉴中影。"(光绪《吉安府志》卷十四《刘炎传》:"少负词学。淳祐间为永新尉,拙于逢迎,专一爱民,不稍枉法。适州守某有贪名,行部至县,觊觎之,炎不悟。既行,以诗讽之云……卒未迎合守意,守衔之。被诬罢去。")

淳按:此条有二大错误:根据文意,此四句是贪守向刘炎索贿的诗,不是刘炎作之诗;二是刘炎的时代必在南宋中期之前,而非理宗朝。此条原出《诗话总龟·讥诮门》:

> 刘炎少负词学,晚为永新尉,拙于政治,遂有贪名。太守行邑,觊觎之意而炎不悟,既行,以诗讽炎云:"未到桃源时,长忆出家景。及到桃源了,还似鉴中影。"炎乃和而复之。后因民诉受贿,遂按以法。炎复有诗云:"早知太守如狼虎,猎取膏粱以啖之。"(222页)

这条《总龟》未注出处,其前为《江南野录》,其后为《鉴戒录》。《诗话总龟前集》所收各书至北宋末,大体成书于南宋初(可参拙校本《前言》),《吉安府志》不可信。此条明说"以诗讽炎",《吉安府志》虽改"炎"为"之",但指代仍是明确的,不当误为炎作。

8. 1037页 黄庭君《赠贾使君》:"绿发将人领百蛮,横戈得句一开颜。少年圯下传书客,老去空同向道山。春入莺花空自笑,秋成梨枣为谁攀。何时定作风波光,待得征西鼓吹还。"(影印《诗渊》第1册第371页)

淳按:此诗见《黄山谷诗集注·内集》卷十二"将人"为"将军","风波"为"风光"。《诗渊》为抄本,错字极多,将"黄庭坚"错成"黄庭君",未能鉴别,遂致以讹传讹。

9. 1049页 裴悦《过洞庭湖》:"浪高风力大,挂席亦言迟。及到堪忧处,争如未济时。鱼龙深莫测,雷雨动须疑。此际情无赖,何门寄所思。"(《永乐大典》卷二二六一引《诗海绘章》)

淳按:此即《全唐诗》中之"裴说",诗句全同,"鱼龙深莫测"《全唐诗》"深"作"侵",与下句"动"字关系更密。

10. 1128 页 《吊曹觐》："款军樵门日再晡,空攀犹自把戈铁。身垂虎口方安坐,命若鸿毛竟败呼。柱下杲卿曾断骨,袴中杵臼得遗孤。可怜三尺英雄气,不怕西山士大夫。"(《青琐高议》前集卷十《曹太守传》)《青琐高议》卷十言曹死节后:"后赠公之诗甚众,惟鲁公参政之诗,格老气劲,杰出众诗之上。"孔先生据此辑为"鲁公尝官参政。鲁公或为姓鲁者,亦或为官参知政事而对(淳按当为"封")鲁国公者(后者有曾公亮;已见厉辑卷十一)然不能肯定,今姑次于此。"

淳按:此诗已见前例2,即元绛吊赵潜叔诗。《青琐高议》附会为吊曹太守觐。元绛曾为参知政事,鲁公或由误记。《青琐高议》记此事亦为皇祐年间死于侬智高者,知即就元诗改动几字,不当另立鲁公一目也。

例子暂时就举十个,因为这十个已经涉及这些疏失的几种类型了。一是把唐人的当成宋人的,如例6将张谓的当作王与钧的,例9的裴说,因为写成"裴悦"就当成宋人。二是明有主名却不知道,如例2和例10元绛诗。三是误甲为乙,如例1将朱熹诗误为胡籍溪,例4何泾的两首分别是陈尧佐和秦观的诗。四是误字为名,一人当成两,如例5的"周尹潜"明是厉辑的周莘。五是不能辨别错字而另出一人,如例8的黄庭君明是黄庭坚。六是错会文意,被受诗者当成作诗者,如例7的刘炎。七是时代颠倒,先后失序,如例3的"周师厚"条按语,将《朱定国诗话》当成出于《夷坚乙志》。

这些可能都算得"硬伤",为什么会出现这样的一些硬伤?我以为可能有如下一些原因:

一是一味贪多,不加抉择。从收书看,将《宣和遗事》等小说引用的诗篇都当成宋诗,如1181—1182页到《评隋炀帝》几首都是《万首唐人绝句》卷三十五胡曾的作品,它们的题目分别为《褒城》、《章华宫》、《陈宫》、《汴水》,一字不差。怎么能补宋代的诗呢?又如收人,作者在《简例》明说收到"宋遗民",但1023页收罗志任,作者在小传里说"元世祖至元二十四年(1287)应漕举不第",既然已经在宋亡近十年时参加元朝的"漕举",没有考上,怎么还能算宋遗民呢?这样遗民的概念就太滥了。

二是时间观念薄弱。从道理讲,材料的来源应该向前靠。溯源从祖,如果这一材料,宋人作品和元以后作品都有,当然应该取宋人的。而这本书恰恰相反,好多《苕溪渔隐丛话》和《诗话总龟》有的材料,作者弃而不取,反而取后人的。上举各例已有这方面内容。再如339页李廷彦"舍弟江南没,家兄塞北亡。"明明见于《苕溪渔隐丛话前集》卷五十五(377页),作者却引"涵芬楼《说郛》卷三十二",不是舍祖从孙吗?又488页沈昭远《无讼堂诗(有序)》作者引乾隆《袁州府志》,而明正德本《袁州府志》明明标阮阅,为了多一个沈昭远,方志选清代的而不取明代的,令人费解。

三是轻信抄本选本,不重视原书。如上举《诗渊》之"黄庭君",《甬上宋元诗略》之"何泾"等。抄本、选本一般容易张冠李戴或别风淮雨。即如陆游《书愤》:"早岁那知世事艰,中原北望气如山。楼船夜雪瓜洲渡,铁马秋风大散关。塞上长城空自许,镜中衰鬓已先斑。《出师》一表真名世,千载谁堪伯仲间。"这是家喻户晓的,但《诗林万选》把作者误为"洪遵"。厉辑卷四一五就辑了洪遵《书怀》(1146页)。所以从前代的选本、抄本中辑录诗作,要注意这方面的问题。

四是不细心。作者在《简例》三说"凡已见厉、陆二辑:宋诗作者及其诗作本书不收",那末对厉、陆已有材料应该逐首核对,以免重复。像周莘字尹潜,厉辑已有明文,居然会出现"周尹潜"一条,令人骇怪。元绛、朱熹诗亦复如此。

五是过分迷信后出的方志。方志保存大量地方文献,作用是巨大的。但修方志的人三六九等,有的很严格,有的很浮滥,尽量把一些作品往里拉,有时是望风捕影,使用时应尽量细心检验。如例2把朱熹的诗拉入胡籍溪名下,题目和内容不相符,即使不熟悉朱熹这首诗,也会引出疑问,何况是朱熹较出名的一首呢?

以个人精力纂集有唐一代诗歌的胡震亨,在《唐音癸签》的结尾有一段论述,我觉得是甘苦之言,抄录于下以结束本文,供有志于纂集工作者参考。

> 诸书中惟地志一类载诗为多,顾所载每详于今而略于古。或以今人诗冒古人名,又或改古人诗题,以就其地。甚有并其诗句亦稍加润色者。以故诗之伪不可信者十居七八。遍阅诸志,惟江右之袁,刘崧逸选微存;浙省之严,翁洮遗篇略载。此外寥寥,指难多屈矣。旧尝闻范东生辑有唐诗,问之姚叔祥,叔祥云:"见其借地志,屹屹抄写。"怪谓姚:"地志即不可不翻,那得真诗写?"后见人刻其所编《皮日休集》有襄志八景诗在内,因为浩叹。辑唐诗非捃采难,鉴辨难。(上海古籍出版社1985年拙校再版352页)

(原载于《古籍整理研究学刊》1990年第5期)

评《历代诗话续编》的校点
——从《碧溪诗话》谈起

丁福保继何文焕《历代诗话》之后,辑印了《历代诗话续编》,1916年上海医学书局排印发行。至今已将七十年,一般中等城市要找一部《续编》已经很不容易,更不要说小城镇了。中华书局继排印《历代诗话》之后,又校点印行了《续编》。不但加了新式标点,而且书后还附了四角号码的《人名索引》,对这部书的普及和使用者来说,无疑是件大好事。作为经常翻阅这类书籍的教学研究工作者,我首先得感谢中华书局的编辑和校点的同志。但是,如饥似渴地浏览一遍之后,发现校点的质量实在不能令人满意。因为手边恰好有《知不足斋丛书》本《碧溪诗话》,也就顺便校了一下,以《碧溪诗话》为主,谈一谈这方面的问题,提供读者、编辑和校点者参考,以期共同努力,提高这类校点本的质量。

校字问题

"书经三写,乌焉成马。""校书如扫落叶,如拂几尘。"古人用这些话说明校字之难免讹误,他的用意在提醒校书的人要十

分认真,而决不能用这来为误校漏校打掩护。有时一字之差,意思全反。以《苕溪诗话》为例,这次校字有两种情况,分述于下:

一、丁福保本(以下简称丁本)不错而此次校点本错的(原文直行繁体,标号在左旁,引用者改为横行简体,书名用"《 》",其馀标点一般不变),如:

> 备曰:"君有国士名望,有救世意,而求田问舍,言无可采……"(352 页 4 行)

这个"有"字使全句逻辑不通,检丁本及《知不足斋丛书》本(以下简称《知本》)都是"无"字,可谓"差之毫厘,谬以千里"。

> 永叔"万钉宝带烂腰环",人谓此带几处道着。观子美"绯鱼亦及之,扶病垂朱绂","挈滞看朱绂,银章付老翁"……(375 页倒 3 行)

这一段引号乱打一气,留待后面再谈。这个"滞"字根本讲不通,检丁本《知本》和《杜集》都作"带"字。

更严重的是 148 页《诚斋诗话》:

> 杜云:"侍臣双宋玉,战策两穰苴。"盖用如"六五帝,三王"。有用法家吏文语为诗句者,所谓以俗为雅。坡云:"避谤诗寻医,畏病酒入务。"如前卷僧四显万探支阑入,亦此类也。(2—3 行)

丁本原来是"六五帝,四三王",校点本把"四"字误植于第 3 行,使人莫名其妙。

二、丁本排印错误,但一检《知本》即可校正的,校点本却沿丁本之误,如:

> 然又不可不虑,故有"褊性合幽栖,直耻事干谒"之什,

以自见其志。(351页2—3行)

遍检《杜集》均无上引一联,也没有"直耻事干谒"这一句。检《知本》后七字作"干请伤直,耻事干谒"八个字。这里黄彻引了三句杜诗。"褊性合幽栖"题目是《畏人》,《早发》诗里有"干请伤直性"句,《自京赴奉先县咏怀五百字》"以兹悟生理,独耻事干谒",是人们念熟了的。丁福保妄改成七字,校点者不加考索,随意加个引号,凑成杜诗一联,以讹传讹。

同页第五行"已应舂得细",是《佐还山后寄》,指粮食加工,丁本"舂"误为"春",校点本也作"已应春得细",成何话说?

又卷四倒数第二则(366页倒3行)"老杜"起,当另为一则,校点本也没有根据《知本》另行。

三、如果进一步要求提高校点质量,那末《知本》也有一些明显错误,稍加翻检一下就可加以校正的,顺序举例如下:

352页3行"老师古寺昼闲房",《苏集》作"闭",指闭门专心作画,"闲"字形近而讹。

356页3行"未睹在民康","在"当依本集作"斯"。

357页2行"设网万鱼急",当依《杜集》作"设网提纲万鱼急"。

362页倒2行"因君为问平生否","生"当依《岑嘉州集》作"安"。

371页10行"《送惠休》则云'休公久别如相问'。"按惠休为六朝诗僧,刘禹锡不可能有送惠之作。检《刘宾客集》卷二十九题为《送慧则法师上都因呈广宣上人》,刘在诗中以"惠休"比广宣,"则"字衍文,当删。"慧"此写为"惠"。诗中以古人代今人常见,而题中当用今称,应为"《送惠则》云"。

387页8行"然居易《答元书》以三秦为报。"按此"秦"当为

"泰"字,形近易讹。见《白氏长庆集》卷二十八《与元微之书》中云:"此一泰也","此二泰也","此三泰也"。"泰"误为"秦"又标以专名,白居易如何能以"三秦"之地报元稹呢?

390页1行"如退之'始知神官未圣贤,护短凭愚要我敬'"。按此为韩愈《记梦》之句,当作"始知仙人未贤圣",这是七古换韵处,"圣"和"敬"叶。

395页5行"彼童而角,实讧小子。""讧"当依《大雅·抑》作"虹",溃也。

类似的情况,在《续编》里触处可见,如:

117页5、6行"而东坡诗有'蓝尾忽惊新火后,遨头及要浣花前'"。"及要"应依《苏集》作"要及",和"忽惊"正对。

203页倒4行"壶浆远见候,疑我与时偕""偕"当依《陶渊明集》作"乖",两字义正相反。

241页2行"二眼字","眼"当依《饮中八仙歌》作"眠",形近而讹。

309页10行"南海使君令北海","令"当为"今"。

又如《升庵诗话》卷八《孙器之评诗》(790页倒6行)首云"定陶孙器之评诗曰",按其内容全为敖陶孙《臞翁诗评》(详见《诗人玉屑》卷二)。敖陶孙字器之,杨慎误"敖"为"定",就把他当成"定陶"人姓孙了。郭绍虞先生《宋诗话考》中卷之上《敖器之诗话》已论述明白(郭文"卷二"误植为"卷一"),校者应加按语指明,以免贻误青年读者。这本校点本有此种加校办法,有些条也校得不错,但前后水准不一,好像杂出众手,未经统一。有的校语,抓了芝麻,漏了西瓜,为节省篇幅,只举一个例子来加以解剖。371页2行《艇斋诗话》:

> 山谷"平山行乐自不思①,岂有竹西歌吹愁",出杜牧之诗"平生五色线,愿补舜衣裳"。
> ①续校:"'思'疑当作'恶'。"

按"思"是"恶"字,但这条诗话,驴唇不对马嘴,如果"山"字是"生"字,那也只有"平生"二字相关。检《山谷内集》卷七《次韵王定国扬州见寄》:"平生行乐自不恶,岂有竹西歌吹愁。"任注:"行乐、不恶,并见上注。杜牧之诗:'斜阳竹西路,歌吹是扬州。'"(淳按此见冯注《樊川诗集》卷三题为《题扬州禅智寺》,末云:"谁知竹西路,歌吹是扬州。")这里应是指任注所引两句。又《苕溪渔隐丛话后集》卷三十二:

> 苕溪渔隐曰:"杜牧之诗云:'蔫红半落平池晚,曲渚飘成锦一张。'又云:'平生五色线,愿补衮衣裳。'鲁直皆用其语,诗云:'菰叶蘋花飞白鸟,一张红锦夕阳斜。'又云:'公有胸中五色线,平生补衮用功深。'"

很显然,《艇斋诗话》把两处引用小杜之诗混在一起,这可能是写本的脱误,脱掉"出杜牧之诗'谁知竹西路,歌吹是扬州'。"又脱掉山谷"公有胸中五色线,平生补衮用功深"两句。因此变得首尾不相吻合。既然加了"续校",却放过这个大问题,又漏了"平山"的"山"当为"生",只提出一个"思"当为"恶",对读者帮助就太小了。究其原因,没有深入追究一下错误的根源,而根基也不够厚实,因而如此。

标点问题

如果说,上面的情况主要是底本问题,不应苛求,那末,标点

符号是校点者加的,更能反映校点水平。这本《续编》标点符号问题也最突出。下面分句读、引号、专名三点举些较突出的例子:

一、句读问题

失其句读的,如:

> 临川:"道德文章吾事落,南华夫子盍行邪?"无落吾事,乃柳诗有"惆怅樵渔事,今还又落然",恐亦用此。(375页4、5行《碧溪诗话》卷六)

这里黄彻在说明王安石"道德文章吾事落"这句诗里"落"字的根源是《庄子》。按《庄子·天地》伯成子高回绝夏禹王的话:"夫子盍行邪?无落吾事。"成玄英疏:落,废也。这一则校点者把王诗当成两句,句读全乖,当作:

> 临川:"道德文章吾事落。"《南华》:"夫子盍行邪?无落吾事。"乃柳诗有"惆怅樵渔事,今还又落然",恐亦用此。

1130页8行起《国雅品》:

> 益初居听松,嘉中住惠山寺。先辈尝有买其山作宅兆者,访益于泉上曰:"师有新咏,得诵之。"益率意答云:"道人偶得《题竹》,有新句'听松无旧庐'之句。"

这一则和上例相反,把诗句割成了题目,遂令人不得其解,当为:

> 益率意答云:"道人偶得'题竹有新句,听松无旧庐'之句。"

这是一联工稳的五言律,一眼就能识别。句读是和对文字的理解分不开,理解不清,贸然下笔,以己昏昏,使人昏昏,所以不能

等闲放过。这本《续编》句读错误,不胜枚举,下面再举几个例子:中册《艺苑卮言》卷七王世贞评论李于鳞选诗态度说:

> 于鳞才可谓前无古人,至于裁鉴,亦不能无意向。余为其《古今诗删》序云:"令于鳞而轻退,古之作者间有之;于鳞舍格而轻进,古之作者则无是也。"此语虽为于鳞解纷,然亦大是实录。(1063末—1064首行)

这一段话,王世贞是在为李于鳞"解纷",主要是有人责难李于鳞选诗不够公正。第一句是由讲李创作之才引到"裁鉴","向"字属下,表示在写这本书以前做的序。序里主要强调李于鳞标准过严,而决不是滥。当作:

> 令于鳞而轻退古之作者,则有之;于鳞舍格而轻进古之作者,则无是也。

这样读者也就了然了。所谓"轻退古之作者"指可选而删去了;"舍格而轻进古之作者"指降低标准滥收一些人的诗。主语宾语本来很清楚,像校点者那样一标,变成拿古之作者的"进退"来和李于鳞比,使人如堕五里雾中。

再如下册《四溟诗话》卷二评论李杜绝句特点的几句话:

> 子美五言绝句,皆平韵,律体景多而情少。太白五言绝句平韵,律体兼仄韵,古体景少而情多。二公各尽其妙。(1170页倒数5、4行)

这段话是评李杜五言绝句的。从格律说,五言绝句分为律绝(和律诗平仄相同)和古绝。律绝叶平韵,古绝不限。这里说的"平韵律体"和"仄韵古体"即指此而言。校点者似乎没有这方面的基本常识,以致不知所云。当为:

> 子美五言绝句,皆平韵律体,景多而情少;太白五言绝句,平韵律体兼仄韵古体,景少而情多:二公各尽其妙。

至于该读而不读,不该逗而逗,或者一字前后,意思差得太远了。姑且顺序再提几个为例:

1. 36 页 3—4 行:

> 吴黄龙中童谣云:"行白者君,追汝句骊马。"

童谣一般都叶韵,校点者好像也不知道。这首童谣是三字句:"行白者,君追汝,句骊马。"句末都有韵。

2. 61 页 4 行《爱妾换马》条:

> 右其词有淮南王,作者不知是刘安否。

当在"者"字后逗断,是说词有"淮南王"作的,不知是不是刘安。《乐府诗集》卷七十三:

> 《乐府解题》曰:"《爱妾换马》旧说淮南王所作,疑淮南王即刘安也。"

可以互证。

3. 643 页倒 4 行《升庵诗话》卷一讲到女状元黄崇嘏:

> 作诗上蜀相周庠,庠首荐之,屡摄府县吏事,精敏,胥徒畏服。

应该是"屡摄府县",指代理府县长官。"吏事精敏,胥徒畏服。"不是代理府县小吏的事。

4. 812 页 5 行:

> 羊孚作《雪赞》曰:"资清以化,乘气以霏。遇象能鲜,即洁成辉。"桓允遂以书扇,余尝有《夏日》诗云:"纨扇书,

羊孚雪。玉笛吹，李白梅。"

杨慎后面明明是两句六言诗，却被拦腰斩成四个三字句，那个"雪"字在韵脚处，和谁相叶呢？

5. 1075页5—6行：

> 青莲起自布素，入为供奉，龙舟移馔，兽锦夺袍，见于杜诗及他传奇。所载天子调羹，宫妃捧砚，晚虽沦落，亦自可儿。

按杜公《寄李十二白二十韵》云："龙舟移棹晚，兽锦夺袍新。"此二事见杜诗，尤为可靠，"诗"后当断。"及他传奇所载……"指《开元天宝遗事》之类的小说家言。校点者在"传奇"处句断，"所载"变得没头没脑。

6. 1325页5—6行：

> 长公在惠州，日遗黄门书，自谓墨竹入神品。

"日"字当属上，指苏子瞻在惠州的时候，曾写信给苏子由。把"日"字属下变成苏子瞻每天给苏子由写信，岂不大笑话？

7. 1332页末行至次页头两行：

> 高骈镇成都，命酒佐薛涛妓行一字令。乃曰："须得一字象形，又须押韵。"公曰："口，有似没梁斗。"涛曰："川，有似三条椽。"公曰："奈何一条曲？"涛曰："相公为西川节度使，尚使一没梁斗至于穷，酒佐有一条椽儿曲，又何足怪？"骈亦为之哂焉。

薛涛自称为"穷酒佐"以和西川节度使相对比，当在"斗"字断句，"至于穷"属下"酒佐"上，薛涛怎么敢说堂堂的节度使"至于穷"呢？

二、引号问题

上面随手举的例子,已可看出句读问题成堆了,但比之引号来说,句读的毛病在校点本《续编》中还算次要的。乱用引号在这部《续编》中除最后一种《诗镜总论》外,其馀触目可见,仍然就《碧溪诗话》为例,即以所引李杜二家顺序举一下:

1. 347 页倒 2 行:

> 与太白"捶碎黄鹤楼,划却君山好"语亦何异。

两句不相干,当成了一联。

2. 351 页 4、5 行:

> 然又不可不虑,故有"褊性合幽栖,直耻事干谒"之什,以自见其志。亦如《示侄佐》云:"甚闻霜薤白,重惠意如何?已应春得细,颇觉寄来迟。"皆戏言也。

第一个引号问题已在"校字"部分说过了,不再重复。下面两联分别是《佐还山后寄》的第三首和第二首中的一联,根本不在一韵,又失粘,校点者即只当两联引在一起。

3. 353 页 1、2 行:

> 又"不比俗马空多肉,一洗万古凡马空"。

上一句是《李鄠县丈人胡马行》中的,下一句是人所熟悉的《丹青引》,又被捏成一联。

4. 同页末 2 行:

> 又有"草莱无径欲教锄,亦如厌就成都卜"而云"凭将百钱卜,漂泊问君平。"

"厌就成都卜"是一句五言,校点者却把黄彻的"亦如"装成七言和上句绞成一联。

5. 358 页末二行：

"山阴野雪兴难乘，佳晨强饭食犹寒"，皆斡旋其语，使就音律。近律有"天上骄云未肯同，十年江海别尝轻"，"花下壶芦鸟功提，与君盖亦不须倾"，皆此法也。

这里六句都有韵脚，校点者却一律把二句做一联，似乎一点叶韵常识也不懂，这样怎么能校点诗话呢？

6. 361 页 1 行起：

太白："辞粟卧首阳，屡空饥颜回。当代不乐饮，虚名安用哉？君不见梁王池上月，昔照梁王尊酒中。梁王已去明月在，黄鹂愁醉啼春风。分明感激眼前事，莫惜醉卧桃园东。"又："平原君安在，科斗生古池。坐客三千人，而今如有谁？君不见孔北海，英风豪气今安在？……"

按两处前面四句五言和后面"君不见"七言都不相干。黄彻引在一起，校点者就跟着当成一首诗。

7. 363 页 9 行：

杜："谁谓荼苦甘如荠，富贵于我如浮云。"

后面是《丹青引》中的名句，和前面不相干，又被凑成一联。

8. 374 页 2 行：

"心迹喜双清，茶瓜留客迟"似非用事。

上句是《屏迹》中的，下句是出于《巳上人茅斋》，一个庚韵，一个支韵，毫不相干，集句也无此法。

9. 375页末3、2行：

永叔"万钉宝带烂腰环"，人谓此带几度道着。观子美"绯鱼亦及之，扶病垂朱绂"，"挈滞看朱绂，银章付老翁"，世未有讥之者，岂以其人品不止宜此服邪？

按杜《春日江村》五首："扶病垂朱绂，归休步紫苔。""绯鱼"五字连上读，校点者却硬将作为一句杜诗，杜诗也难见这样的语句。上诗复有"赤管随王命，银章付老翁"一联，而《村雨》诗"挈带看朱绂，开箱睹黑裘"，校点者又把它们硬捏成一联了。

至于文中引及杜句如"大庇天下寒士"（《茅屋为秋风所破歌》，347页）"虬须似太宗"（《八哀》须作髯，352页）这些漏引号的一律不计。至于其他诗人的诗句，校点者又如何呢？姑且就卷四举例吧：

1. 362页末二行：

岑参云："乔生作尉别来久，因君为问平生（淳按当作安）否？""魏侯校理复何如？前月人来不得书。""夫子素多疾，别来未得节。""北庭苦寒地，体内今何如？"

按前四句题为《送魏升卿擢第归东都因怀魏校书陆浑乔潭》，后四句为《寄韩樽》，却被校点者硬性割断。

2. 363页3行：

退之诗翁"憔悴剧荒棘"。

韩愈《雪后寄崔二十六丞公》"诗翁憔悴剧荒棘"七字为句，诗翁指孟郊，不知校点者何缘截掉此二字！

3. 365页3、4行：

又有"穷鬼却须呼"，"乃知饭后钟"，"阇黎盖具眼"，

71

> "他年五君咏","山王一时数"

"乃知饭后钟,阇黎盖具眼",是苏轼《石塔寺》诗末二句。后面二句题为《叔弼云履常不饮故不作诗劝履常饮》皆苏诗一联,截成四段,意思怎么联起来呢?

4. 同页8行:

> 东坡有"强随举子踏槐花,槐花还似去年忙"。

上句是《董传留别》,下句又为一诗,韵脚也不相干。

5. 366页2行:

> 退之论数子,乃以张籍学古淡,东野为天葩吐奇芬。

按韩愈《醉赠张秘书》:"东野动惊俗,天葩吐奇芬。张籍学古淡,轩鹤避鸡群。"两句上加引号,读者更易理解为韩愈原句。

《碧溪诗话》对诗句加的引号错误百出,已如上述,那末是否只此一种特别严重呢?答曰,不然。除《诗镜总论》外,莫不皆然。再就《碧溪诗话》前后各举几条为例:

1. 《观林诗话》,121页中间:

> 涪翁云:"江南野中,有一种小白花,木高数尺,春开,极香,野人号为郑花。王荆公尝求此花栽,欲作诗而陋其名,予请名曰山礬。野人采郑花叶以染黄,不借礬而成色,故曰山礬。'海岸孤绝处,补陀落伽山。'译者谓小白山,余疑即此花是也。不然,何以观音老人端坐而不去也。"

这段山谷题跋,《苕溪渔隐丛话前集》卷四十七也引过,"补陀落伽山"只作"补陀山",应联上读,加上引号,变成两句诗,就令人费解了。"小白山"当据《山谷集》及胡仔所引作"小白花山"。句末为反问语气,句号亦欠妥。这是非诗而妄加诗句引号的一例。

2.《诚斋诗话》,142页末三行:

> 东夫《饮酒》云:"信脚到太古,又登岳阳楼。不作苍茫去,真成浪荡游。三年夜郎客,一柁洞庭秋。得句鹭飞处,看山天尽头。犹嫌未奇绝,更上岳阳楼。"

那有一首近体诗两句都用"岳阳楼"叶韵的道理!《登岳阳楼》是诗题,前一首《饮酒》只引了一句,校点者竟把下五字凑成一联,变成十句近体而叶重韵,岂非荒唐!

3. 再看中册《艺苑卮言》,995页末5行:

> 延年《五君》忽自秀于它作,如"沉醉似埋照,寓辞类托讽。鸾翮有时铩,龙性谁能驯",以比己之肮脏也。

上面的四句确是《五君咏》的,但前两句是《阮步兵》,后两句是《嵇中散》,分属两首小题目,韵也各异,竟然只用一个引号。

4. 下册如《国雅品》,1093页6、7行:

> 张学士志道境入清顿,未脱凤武,如:"野烟乔木晚,江雨落花深。鹿迹闲行见,松香隔座闻。鸟影似犹见,猿声疑或闻。"此例思深且幽,非元调也。

这三联诗,校点者括成一首。重两个闻韵,一看就该是另一首诗。前面四句很像一首诗中的两联,但是"深"是下平侵韵"闻"是上平文韵,近体官韵决不相通。稍微有点旧诗叶韵常识,也应知道这是分属三首,当用三个引号的。

5.《麓堂诗话》,1386页5行:

> 虽黄亦云"世有文章名一世"而诗不逮古人者,殆苏之

谓也,是大不然。

这是宋人传说的苏黄不能无争的公案。引号当至"殆苏之谓也"。校点者只引七个字,大约误为一句黄诗,"而"字就失去根据了。

这些都是诗句引号不当的例子。还有一段引文后加上引用者的话,校点者似乎都不觉察,往往不分青红皂白一股脑儿引起来。为了节省篇幅,举四个例子吧:

1. 253页4行:

唐梁锽《咏木老人》诗:"刻木牵丝作老翁,鸡皮鹤发与真同。须臾弄罢寂无事,却似人生一梦中。"《开元传信记》称"明皇还蜀,尝以为诵,而非明皇作也"。

"而非明皇作也"是吴开下的按语,《明皇杂录》说:"上既自蜀还京居南内,其后李辅国矫制移上西宫……上常怀戚戚,但吟'刻木…'"有人以为即明皇作,故吴开如此判断。《唐诗纪事》卷二十九引此则云:"不知明皇作或咏锽诗也?"未作判断。严格说"称"后不当用引号,而引至"作也"更为大谬。

2. 359页末三行:

盖尝《答许京兆书》云:"往时读书(自以)不至底滞,今(皆顽然无复省录),每读(古人)一传,再三伸卷,复观姓氏,在宗元则为瘴疠所扰,他人乃公患也。"

按黄彻所引见《柳河东集》卷三十,漏引的文字我用"()"补在上面。柳文至"氏"字止,应句断。"在宗元"起为引用者所加按语,稍微留心一点说话的口气,也就不会错为宗元原话了。

3. 898页《升庵诗话》卷十三《萧子显春别》条:

"江东大道日华春,垂杨挂柳扫轻尘。淇水昨送泪沾中,红妆宿昔已迎新。昨别下泪而送旧,今已红妆而迎新。"娼楼之本色也。六朝君臣,朝梁暮陈,何异于此。

自"昨"字起为杨慎借题发挥,校点者误为原诗,两个"新"字连叶,岂有理理?当引到上一"新"字。后一"新"后当改逗号。

4. 1331 页 3 行起引"唐子元荐论本朝之诗":

"洪武初……然正变云扰,而剽袭雷同,比兴渐微,而风雅稍远矣。词繁不能悉录,撮其大略而已。"

自"词繁"起明为俞弁的话,也把它当成唐荐的话引到一起,使人不解所谓。

三、专名号问题

新式标点,最难在专名号。习见的当然容易,有时一个人姓名是三个字或两个字,往往很费斟酌。本人曾刺举近年几种书籍中人名的错误草成《标好人名,方便读者》一文,见《淮阴师专学报》附刊《活页文史丛刊》166 号。《续编》在专名上的错误也很严重。下面分成几种情况各举数例说明:

1. 书名篇名错的:

663 页 4 行:

太白云:"《沧浪》吾有曲,《相子㪷》歌声。"

按相犹助也,相子㪷歌声,犹言助你唱㪷歌。把"相子㪷"当曲名,大误。

483 页 1、3 行:

相随于芛过楼前。
甘随于芛之后。

按此元鲁山乐队所歌之曲,最朴素者,皆当作篇名,非地名或人名。

751页5行:

> 苏东坡诗八首,大率皆田中语,其第四首云……

按此指苏诗《东坡八首》,东坡为篇名。

1121页倒4行:

> 余《哭公诗》曰……

这是顾起纶评论马负图时说的,公指马负图,诗题不可能作"哭公"字样。

1035页倒4行:

> 傅汝舟如言《法华》作风话,凡多圣少。

按"言法华"为僧名,非以"法华"为经名。

2. 人名错的,情况更严重:

698页3行:

> 杜子美《送人迎养》诗:"青青竹笋迎船出,白白江鱼入馔来。"用孟宗姜诗事。

按杜诗题为《送王十五判官扶侍还黔中得开字》,送人迎养非诗题,而尤误在人名。竹为孟宗事,鱼为姜诗事,两人皆以孝子出名,弄出一个"孟宗姜"来,如何交代?

再如齐朝的丘仲孚,172页5行标成"齐丘仲孚"。竟陵王萧子良,374页3行标成"竟陵王子良"。570页倒4行"老轲"诗人指孟轲,上文说"海滨乐可忘天下"即《孟子》假设瞽瞍杀人舜如何处的事,校点者标成"老轲"二人。967页6行"左马而至

西京"将左丘明、司马迁标成一人等等,指不胜屈。下面再举几个复杂一点的错误:

268 页倒 4 行:

> 前蜀王衍降后,唐王承旨作诗曰……

按当为"降后唐",或降,后唐王承旨指翰林承旨王锴,这里句读专名均误。

1118 页倒 2 行:

> 今督府张公序其诗文,以左迁高岑辈目之。

按李于鳞主张文必秦汉,诗必盛唐,所以张公用左丘明、司马迁恭维李文,用高适、岑参标榜李诗。四个人被标成一个"高岑"。

1304 页 7 行:

> 始知黄鹤有金注之昏耳。

按这里用"以瓦注者巧,以钩注者惮,以金注者昏"的典故。金注指以金作赌注,决非人姓名。

至于不是人名而误为人名的,如"珰"指宦官,左珰指大宦官,如岳珂之称童贯。497 页《康与之》条,却把左珰当成姓左名珰,标了四处。

"程文"指考文章,322 页 10 行称为人名。"方岳部使过汴必谒李"(1047 页 3 行),方岳指大的地方长官,从《书经》"四岳"而来,却当成专名。"胥靡"指服刑,1085 页倒 8 行出现"申公胥靡"。1122 页 2 行"官不废羲之草,乘兴还登白也楼"。王羲之的"之"被标掉了。

3. 漏标举例:

因为排印校对不精,漏是难免的,但根据上引的错误之多,有些恐怕不能诿之校对。

365 页 3、4 行：

> 他年五君咏，山王一齐数。

引号割裂已见上述。《五君咏》为颜延之诗，当标篇名，山涛、王戎为竹林七贤中未入颜诗的，此处翻用，漏专名。

360 倒 5 行"畏死仕新室"，新指新莽，不能不标。967 页 3、4 行：

> 乾刚坤柔，比乐师忧，临观之义，或与或求。

《乾》、《坤》、《比》、《师》、《临》、《观》都是《易》卦名，不标书名号就不易理解。

感想与建议

古籍加新式标点，原是方便初学，像这样众多的错误如不重视，可能效果适得其反。不过问题的严重性是这部《续编》的校点质量决不是当前出版物中最差的。前两个月买到书目文献出版社印的《万首唐人绝句》。这部书简体横排，只用句读，不用引号和专名，这样应该可以避免许多错误。而需要句逗的只有序文、凡例及洪迈的《投进札子》、《谢表》，1027 页的书我只看了后面五页的句读，《唐绝发凡》倒数第二条：

> 刊误未尽者权留之。凡重诗及非绝非唐诸作而一时误入者，将去之。则版缺欲增补则未考，聊附注其所误于后，以竢搜考缺诗添入，庶几两便。（1024—1025 页）

明明是"将去之则版缺，欲增补则未考"，对文却弄成破句。后面有洪迈的《谢表》，这是宋代的应用文，例用骈偶。骈文如用专名号是难于散文的,因为用典多。而如果只用句读,那比散文容易多了,因为句皆骈偶。尤其是应用文又有格式可循。且看其中的标点:

> 臣即时出城迎拜,还家望阙谢恩。祗受讫,肤使驰轺蕃锡曜纶章之渥,精镠制器、宝茗兼贡茗之珍。光塞门闾,欢倾里社。臣迈中谢伏念,臣愚无所用,老自宜休,与佛有缘……顷,因心好于唐文,辄尔手编于诗律,尝蒙宣索,每恨疏芜。比岁旁搜,遂及万篇之富,成书上奏。幸尘乙夜之观,敢觊华褒,更加异宠。得黄金百,初微季布之名;复白圭三,不虑南荣之玷。允谓非常之赐,真为不朽之荣,兹盖恭遇至尊。寿皇圣帝陛下……坐令搜琐,沐此恩晖,臣拜舞以还,怔营自失。如云如日,应无就望之期;若子若孙,惟誓糜捐之报。臣无任感天荷圣,激切屏营之至,谨录奏谢以闻谨奏。

一共五百字左右的表文,破句有八处之多,标点不当过十处。"搜"可能是"谀"(小)的误字,手边无底本,难以决定,可排除不计。当作:"祗受讫。肤使驰轺……之渥;精镠制器……之珍。""臣迈中谢。"这是套语。"伏念臣……宜休。""顷因……文……诗律。""遂及万篇之富。""成书上奏……之观。……更加异宠!""兹盖恭遇至尊寿皇圣帝陛下……沐此恩晖。""臣无任感天荷圣激切屏营之至。谨录奏谢以闻。"

如果拿《万首唐人绝句》这样的标点去给青年读者读,只会谬种流传,误人子弟。正如一位这方面负责的同志给我来信中说:"出书质量如此,何以对读者!"为此呼吁全体古典文献工作教学者来共同关心出版物的质量。

为此不揣冒昧,提出下列几点建议:

一、注意校点者的修养。这里有两方面,一是严肃认真的工作态度,勤勤恳恳、踏踏实实的作风。二是起码的知识条件。如一般文言文能够顺利点断。这必须多读一些作品,不能只依靠几本文言语法之类的入门捷径。比如说"也"、"矣"等在句末多数,但不能碰到这些句末助词就打句号。在《潭南诗话》中就有两处:

505 页 6、7 行:

《王直方诗话》既有所取,而鲍文虎杜时可间为注说,徐居仁复加编次,甚矣。世之识真者少也。

510 页倒 3 行:

陈后山亦有此论!甚矣。其妄议人也。

这两处"甚矣"皆当属下用逗号。

再如一般诗词常识、文化常识等等。前举引号、专名号方面的情况已足说明。出版部门的苦恼是能够从事这方面工作的专家学者往往无暇顾此,而从事者学力又很不适应,要认真校好一个本子实在不是容易的事,只有在工作中学习前进。

二、请专家看清样,严格把关。出版社可请长于这方面的专家看最后一次清样,一些破句及常识性的错误就会大大减少。应该在书上印出某某人校定的字样。这样书籍质量差,也有损他的声誉,就不会敷衍塞责。

请专家把关,必须是真正的专家,切切实实地负责把关,看稿的时限应该稍微放宽一些。

三、出版单位应热诚欢迎社会上对本社出版物提出的正确批评意见,和一些热心的读者加强联系,决不能惜疼护痒,害怕批评。这一点我认为上海古籍出版社是做得好的。1981年我在《徐州师范学院学报》第二期上发表《读校随感录》一文,中间涉及该社《容斋随笔》,他们就摘登在内部刊物上引起注意。别的出版社怎样,我就不大清楚了。凡是给"上古"提出校点疏漏之处,他们都能及时回信,因此也就乐于随手摘录寄去以帮助修改。我想出版社应该提倡这种作法。比如说中华书局总也有这种古籍整理之类的内部刊物吧!能不能把这篇批评登出来以提请注意呢?

总之,我希望我们的古籍整理质量要上不愧对祖先,中不愧对今日,下不愧对子孙。

(原载《淮阴师专学报》1984年第2期)

中华书局版《苏轼诗集》错误举例

1982年,中华书局出版了孔凡礼先生整理的《苏轼诗集》,本文就补、校、点方面问题各举数例,以期商榷。

一、增补方面

本书在查氏之外"辑佚"29首,粗读一过,约有三大问题:

一是明为他人之作,作者根据他书轻信为苏轼作品。2785页《绝句一首》"濛濛春雨湿邗沟……"整理者于2796页注云:

> 绝句一首《方舆览胜》卷四六亦收此诗,谓为欧阳修作。查《欧阳文忠公文集》,无此诗,作者难定,今录于此,待考。

这种审慎的态度是可取的。但2785页《僧》:

> 一钵即生涯,随缘度岁华。是山皆有寺,何处不为家。笠重吴天雪,鞋香楚地花。他年访禅室,宁惮路歧赊。(见《分门纂类唐宋时贤千家诗选》卷二二)

淳按:作者未加说明,当确信为东坡诗。实际是天圣间闽僧可士的《送僧》诗,《西清诗话》明白无误地说:"天圣间闽可士有

《送僧》诗云(四十字全同)"见于《苕溪渔隐丛话前集》卷五七《僧诗无蔬荀气》条,又见《诗话总龟后集》卷四四《释氏门》。《分门纂类唐宋时贤千家诗选》是杂抄成书,误甲为乙是家常便饭,使用时必须十分慎重。

二是把从苏轼诗中节录的语句误为又一作品。2790 页《题王晋卿画》:

> 两峰苍苍暗石壁,中有百道飞来泉。人间何处有此景,便欲往买二顷田。(见《珊瑚网·名画题跋》卷三,《适园丛书》本)

淳按:这实际是节录《书王定国所藏烟江叠嶂图》的词句(见本书卷三十,1608 页)"但见两崖苍苍暗绝壁,中有百道飞来泉……不知人间何处有此境,径欲往买二顷田"。几个字小异也是常见现象,不能当成佚诗。

三是随意解释。2874 页有《失题》一首:

> 读书头欲白,相对眼终青。身更万事俱头白,相对百年终眼青。看镜白头知我老,平生青眼为君明。故人相见尚青眼,新贵如今多白头。江山万里将头白,骨肉十年终眼青。(见史容《山谷外集诗注》卷一七《寄忠玉提刑》"读书头欲白,见士眼终青"句下引《王立之诗话》)

2796 页作者《增补校注》说:

> 失题一首　任渊《山谷诗集注》卷一《送王郎》"江山万里俱头白,骨肉十年终眼青"句下注文亦引此诗。任注注文未提《王立之诗话》,于每句之后加"又曰"字样,似为节引。今仍从《山谷外集诗注》。又《山谷诗集注》卷二《寄黄

几复》"想得读书头已白"句下,任渊引此诗头二句为注文。又《诗话总龟》、《苕溪渔隐丛话》谓为苏、黄二人作。意者或为二人联句,待考。

淳按:这样的解释太离奇了,天下哪有这样的"联句"？一篇之中竟然联用三个青字韵脚,而且又都是近体句式！实际上《苕溪渔隐丛话前集》卷四十八说得非常明白:

《王直方诗话》云:"读书头欲白,相对眼终青";"身更万事已头白,相对百年终眼青";"看镜白头知我老,平生青眼为君明";"故人相见尚青眼,新贵即今多白头";"江山万里将头白,骨肉十年终眼青";"白头逢国士,青眼酒樽开":此坡、谷所作也,其用青眼对白头者非一,而工拙亦各有差耳。老杜亦云:"别来头并白,相对眼终青。"

《诗话总龟前集》卷九与此相同,仅几个字小异,不赘引。这些诗句大多数是黄山谷的,史容注将"此坡、谷所作也"误成"此东坡诗也",稍微细心一点就会发现这里的问题,不知何故竟然把这当作东坡一首"失题"的佚诗。

二、校字问题

鲁鱼亥豕,印本难免,如398页"挂颇"当为"挂颊",1749页"赵师雍"当为"赵师雄",2131页"即石"当为"叩石",2111页"唐昆仑"当为"康昆仑"等等,或为误植,姑置不论,至如:

1."骏马随鹰搏野鲜"186页校曰"搏野鲜,查注、合注作'搏野鲜',外集作'搏野鲜',今从。"

淳按:字当作"搏",搏击之义,捕字费解,且此处平仄作仄仄平平仄仄平,作"搏"就变成仄仄平平平仄平,也拗口。

2."天目山前绿浸裙"418页校曰:"绿浸裙　甲集作'绿浸裾',合注:《诗案》、《丛话》'裙'作'芜'"。

淳按:"裙"为"裾"之误。这首绝句叶"虞"韵,"芜"是"虞"韵,"裾"是"鱼"韵。近体诗首句末为平声,一般入韵,或在邻近韵部,不可能远远飞到"文"韵里,知道旧体诗用韵的人,一看就知道"裙"是"裾"的形误(冯注不误),几处都作"裙"字,就不好解释了。

3."朝曦迎客艳重岗"468页校曰:"艳重岗"查注作"宴重岗。"

淳按:当依查注作"宴",诗题为《饮湖上先晴后雨》"宴"字正切题。

4."与君今世为兄弟"1014页校曰:"今世　施乙作'今世',今从。原作'世世'。"

淳按:此诗结语:"与君世世为兄弟,又结来生未了因。"发愿"世世"为兄弟,所以说"又结来生未了因"。改成"今世",下面一句就没有着落了。

5.1135页:"盖神宗闻变,当宁痛哭,自是不豫,以致大渐。"

淳按:"当宁"当为"当宁","宁"是人君视朝时站立之地,音zhù,"当宁"是人君的专用语,作者大约将"宁"误为"宁"的简化,以致出现这样的错误。

6."不肯入州府,故人馀老庞。殷勤与问讯,爱惜霜眉庞。"1515页作者校曰:"霜眉原作'双眉'。今从集甲、施本、类本、西楼帖。"

淳按:应作"爱惜双眉庞"。上一韵是"庞"字,不可能重押,同时"眉庞"也不词。"眉庞"指老人眉毛花白。庞字已含霜意,"霜眉"再加上"庞"字等于凑韵,自当作"双眉庞"。

例子不必多举,我想一味追求旧本、墨本,不顾旧诗及训诂的一般常识,也许是出现这类错误的主观原因。

三、标点方面

这部诗集作者没有使用人名、地名等专名号,可以避免若干错误,但即使只用句逗,错误也不少,顺序举出若干:

1. 60页:"公自注:湘东王高氏。"

淳按:此句自注在"二王台阁已卤莽"句下,湘东王指萧绎,高氏指后梁高从诲,中间不用顿号即易误为一人。

2. 600页:"车中有布,借吕布以指惠卿。姓曾,布名,其亲切如此。"

淳按:当标为"借吕布以指惠卿姓,曾布名。"如原文所标变成"惠卿姓曾名布",岂不荒唐?

3. 602页:"淮阴胜而不骄,乃能师;李左车李广诛霸陵尉,则薄于德矣。"

淳按:这样标把李左车李广混而为一,师字后面又失了对象,当标为"淮阴胜而不骄,乃能师李左车"。这是《史记·淮阴侯列传》写得明明白白的。

4. 640页:"《易·家人》:无攸,遂在中馈。"

淳按:当标为:"无攸遂,在中馈。"遂、馈相叶,"攸"是助词,"遂"不能属下为句。

5. 715页:"英宗以齐州防御使入,继以齐州为兴德军。"

淳按:当标至"入继",指仁宗先没有立太子,后来让英宗入继君位,齐州是英宗发迹之地,所以把它升格为兴德军。

6. 788页:"《施注》杜子美《醉歌行》:世上儿子徒纷纷,老子天下多忌讳而民弥贫。"

淳按:当标为"杜子美《醉歌行》:世上儿子徒纷纷。《老子》:天下多忌讳而民弥贫。"不能把两书混为一书。

7. 1088页:"君猷秀惠,列屋杯筯流行,多为赋词。"

淳按:当标为"秀惠列屋",指徐君猷姬妾众多,"列屋"属下则不知所云了。

8. 1114页:"《传灯录》神光法师语唐明皇曰:论明则照耀十方瑜珈师地,论日月星光及火珠灯炬等光,皆能破除昏暗,是名外光明。"

淳按:《瑜珈师地论》是佛教五部大论之一,当句为"十方。《瑜珈师地论》……"。

9. 1353页:"尹白专工墨花、习花、光梅,扶疏缥缈。"

淳按:花光仁老专工墨梅,画界称"花光梅",当标为"尹白专工墨花,习花光梅"。

10. 1435页:"河神巨灵以手擘开,其上以足踏离,其下以通流。"

淳按:"以手擘开其上,以足踏离其下"为整齐对文,不能点破。

11. 1132页:"好左氏,有《史学考正同异》,多所发明。"

淳按:当标为"好左氏,有史学,考证同异,多所发明。"作者把叙述语句当成书名。

12. 1578页:"周昌谓赵尧为刀笔吏,后果无能为所料,信不错;而云'错料尧',亦以涉讥谤倒用耳。"

淳按:当标为:"后果无能为,所料信不错。"

13. 1925页:"予观二人作诗论月石,月在山上,石在山下,安得石上有月迹至矣。欧阳公知不可诘,不竟述,欲使识者默自释。"

淳按:这是一首长短句的古诗,应该掌握韵脚,中间当标为"至矣欧阳公,知不可诘不竟述。"

14. 2003页:"譬如磁石,去针虽远,以其力,故铁则随着。"

15. 2008页:"天女闻言,已礼维摩足,随魔还宫。"

淳按:"故"、"已"这些字在一般文字中常在句首或句中,也有用于句末的情况,如在佛经译文中,常在分句末,上二例当标为"以其力故","天女闻言已"。

16. 2024页:"凡命将,主亲操钺,持头授将军。其柄曰:从此上至天者,将军制之。"

淳按：当标为："凡命将，主亲操钺，持头，授将军其柄，曰：'从此上至天者，将军制之。'"不是钺柄上有那些文字，而是君主授钺给统帅时嘱咐这番话，以表示专任。

类似这种破句，可以说不胜枚举，不知叶韵，不识书名，不谙古人习见的典故和语言习惯，以至动辄出错。

从上面几点看，我认为整理古籍不能只着眼于多见善本，还需要各方面的综合能力，既要重视深厚的学养，又要提倡认真仔细的态度。

（原载《古籍整理研究学刊》1989年第3期）

吹毛索瘢,涤瑕荡垢
——谈《陈与义集》校点问题

陈与义上承苏、黄,下启范、陆,为南北宋之交诗人中之翘楚。中华书局《中国古典文学基本丛书》选了《陈与义集》加以校点。根据前言所述,校点者广搜善本,又复缀辑后人评陈的意见,以供读者参稽。这本《陈与义集》校之胡笺及刘须溪评点本,有所提高。同时采用新式标点,纠正胡笺引文的若干错误等等。这些工作的成绩,有目共睹,应加充分肯定。

标点符号除篇名外,人名地名不用专名线,标校者虽可省不少麻烦,但读者却须多费脑筋。这可能限于体例,不能奢求。今夏粗读一过,觉校点工作可以商榷的地方不少,分类列举,以就正于校点者及责任编辑同志,希望吹毛索瘢能起到涤瑕荡垢的作用,不仅使本书臻于完美,而且有利于提高这类出版物的质量,以免贻误初学。插架无书,更谈不到广校善本,仅能就文义推求,贡其一得之愚。如有不当,希望得到批评。

一、校字失当

1. 序文4页4行:"龙伯高、杜季良之行已"(附注:引文易直行为横行,省繁体为简体,馀皆不变)。按"已"当为"己",此见马援《戒兄子书》,毋烦征引。

2. 55 页 9 行:《挪子》"挪"当为"椰"。

3. 98 页 12 行:"从公子迈""子"当为"于"。

4. 126 页倒 4 行:"李匡文《资暇集》""文"通行为"乂",当有说明从《新唐志》及《文献通考》。

5. 222 页 10 行:"吟我当此时""我"当为"哦"。

6. 249 末行:"未尝出知少虑也""知少"疑当为"少知"。

7. 326 页倒 2 行:"吾口不离飘杓""飘"当为"瓢"。

8. 399 页 4 行:"岁暮兼葭响""兼"当为"蒹"。

9. 378 页倒 2 行:"唯有多艰虞。"按杜诗作"维时遭艰虞"。

10. 409 页 9 行:"其一。"按此为第二首,"一"当为"二"。

11. 418 页 4 行:"何王之门不可曳长曳乎?"后"曳"当为"裾"。

12. 422 页 7 行:"甓杜湖"当为"甓社湖"。

13. 562 页倒 3 行:"钝根之消后山""消"疑为"诮"。

14. 562 页倒 2 行:"王伯沅"当为"王伯沆"。

15. 568 页 6 行:"天下右斯文""下"疑为"不"。

16. 568 页末行:"独留奏章在人间""章"当从《诚斋集》作"草",平仄始叶。

17. 569 页 3 行:"且遣长须送乘壶""壶"当为"壸"。

18. 570 页 8 行:"非谓三百困""困"当为"囷"。

19. 571 页 5 行:"莫道《墨梅》曾过主""过"疑为"遇"。

20. 577 页末行:"世世纷纷人易老。"当依原书 219 页作"世事纷纷人老易"。

21. 593 页 4 行:"来座偶""偶"当作"隅"。

22. 599 页 4 行:"兵甲无归日,江湖送老集身""集"字衍,见

91

337页。

23.601页倒3行:"人律不宜""人"当为"入"。

书经三写,乌焉成马。古人云:校书如扫落叶,如拂案尘。上举错字,或由手民误植,校对不细所致,不足深责。然有可见校点者识力之不足者,如:

136页7行:"送葬忽见三千乘。"校记云:"'送葬'诸本俱作'送丧'。"

526页末行:"曹刘方驾信扰为。"校记云:"'扰为'明本、聚珍本均作'优为'。"

按此二诗皆七律,作"丧"作"优"平仄始叶,校者不取,或忽于诗律之故。再如189页倒4行"岁月忽忽燕子回",按之平仄,此处"忽忽"当为"忽忽"之误。

二、篇名误漏

148页倒4行:"杜玄《元庙》诗:森罗移地轴。"按此为杜甫《冬日洛城北谒玄元皇帝庙》诗(《读杜心解》卷五),胡笺引书名多从简称,当作"杜《玄元庙》诗",非别有所谓杜玄也。

413页倒5行:"白乐天有《木》诗:雪压低复举。"按《白香山诗集》卷二题作《有木》共八首,首句皆作"有木名……",此为第六首"有木名水柽",句作"雪压低还举",题非《木》诗也。

415页倒2行:"在途共论《周易》、《太极》。"按此言晋时事。《太极图》始于宋,《汉书·艺文志》无"太极"之书。此乃纪瞻与顾荣共论《易经》中"太极"之说,见《晋书》卷六十八《纪瞻传》,该处无"周"字。

349页倒3行:"东坡:元夜黄寔送酥酒,惊起妻孥一笑哗。"

按此乃东坡《泗州除夜雪中黄师是送酥酒》:"使君半夜分酥酒,惊起妻孥一笑哗。"师是名寔。此胡笺误记篇名,非诗句。诗见古香斋本《施注苏诗》卷二十二。

580页4行:"('久谓事当尔'二句)恨恨无涯,又胜子厚《白发》。每见潸然。"按《柳集》卷四十三有《始见白发题所植海石榴树》诗:"几年封植爱芳丛,韶艳朱颜竟不同。从此休论上春事,看成古木对衰翁。"与陈诗意毫无干涉。本书274页"久谓事当尔,岂意身及之"。胡笺:"柳子厚《觉衰》诗:久知老会至,不意便见侵。"刘须溪所批正与柳《觉衰》诗句相比,认为简斋更沉痛,当至"子厚"断句。白发乃刘自谓,不当作篇名。

三、人名失误

标点古籍,引号和专名号为难;专名之中,人名尤甚。因为姓氏字号,尊称官称;籍贯乃至小名浑号,至为复杂。有时查书若干种、费时若干天而一个专名还不能决定的。近时所出古籍标点,人名错谬,俯拾即是。笔者曾草《标好人名,方便读者》一文(见淮阴师专《活页文史丛刊》166号)专论此事。《陈集》不用人名号,此类错误,自易避免。但是,以所见顿号前后判断,亦有大误者。如:

402页1行:"故下用张猛同、高共事。"按人名张猛,见于本诗及注七,"同"为连词。

415页倒2行:"《晋纪》:瞻与、顾荣等共诛陈敏。召拜尚书郎,与、荣同赴洛。在途共论《周易》、《太极》。"按"太极"非书名,已见上文。瞻为纪瞻,见《晋书》卷六十八。本传叙事例省姓氏,"与"为连词,以"瞻与"为人名,大谬。

462页8行："命江参、贯道为之图。"按江参字贯道，本书468页即有注，以顿号分为二人，非是。

此类错误之产生往往与理解文义有关，如401页3行："明宗斩秃馁等六百馀人，而赦赫邈选。其壮健者五千人为契丹直。"按"选"当属下文为动词，人名赫邈见上文。

四、引号不当

此书引号不当者约有三端，一则波及引号之外，如：

349页倒2行："老杜《何将军山林》诗：兴移无洒扫木影。蛟蛇……"按杜诗为五律，到"扫"字断句，"木影"属下，原诗"木影杂蛟蛇"。

587页4行："用退之《淮西碑》'欲事故常之'语。"按《平淮西碑》只"欲事故常"四字，"之"字不当引入，五字亦不成辞。

二则几处诗句揉为一起，如：

586页2行："观此笔，所谓'积雪带馀晖，青峰出山后，夕岚飞鸟还'等语，如在目中。"按此三句非一诗，如"积雪带馀晖"见《喜祖三至留宿》（赵注卷七）。"夕岚飞鸟还"见《崔濮阳兄季重前山兴》（赵注卷三）。三句当分别加引号以免误会。

三则当加而未加。

《前言》中明言"只在对话、引用诗文、专有名词以及容易误解之处加上引号"。580页末行"学始至若有得"未加。按"始至若有得，稍深遂忘疲"为柳《南涧中题》之名句，此引号不可不加。

五、失其句读

句读失当，为校点古书之大忌。上举诸条，其中有许多与不

得其句读有关,此书句读讹误不少,现在分成三项,略举数例:

一曰不当断而断。

如刘辰翁序3页倒6行:

> 世间用事之妙,韩淮阴所谓是在兵法。诸君未知之者。

按此用《史记·淮阴侯列传》:"信曰:'此在兵法,顾诸君不察耳。'"(《汉书》同)古人引书常撮其大意,"兵法"后不当断。

同页倒5行:"其极至,寡情少恩,如法家者流。""至"后亦不当断,此盖极言山谷走极端之流弊甚至如法家者流。此处不是以"极至"为词。

78页〔注〕七:"使乡里称善,人可矣。"按此见马援《戒兄子书》,"善人"为词,不能断开。

501页3行:"渔钓则必枯泉,汩泥尽鱼而后止。"按"枯泉汩泥"四字紧连以表示欲尽其鱼的穷凶极恶,"泉"后不当断。

585页4行"读之宛然,当日之痛。""然"后不当逗。

537页倒2行:"异日风绩振耀,而用舍行藏。可观可纪……"按"可观可纪"紧述其"用舍行藏",只可逗而不能句断。

47页7行:"又《尚书大传》:以为周公云。"按此为胡氏叙述之词,盖蒙《说苑》称太公而举此异说。"以为"前不当冒断。

117页倒4行:"《郑笺》狡,美也。"按《郑笺》原文:"奕奕,狡美也。"此注蒙上文省"奕奕"字,以"狡美"释"奕奕",非以"美"释"狡",不当逗。

43页3行:"晚作《太玄》拟《易》、《法言》。或问:'吾子少而好赋。'"按扬雄以《太玄》拟《易》,《法言》拟《论语》。此处《法言》后一断,变成扬雄《太玄》拟《法言》,岂非大笑话。《易》后句断,《法言》后以冒号领下文始当。下文即《法言·吾子》之文。此例之误有多种情况,既有不当断而断者,又有当断不断者。

198 页 6 行起:

> 《艺苑雌黄》:五月十三日,人谓竹醉日。《笋谱》:谓竹生日,移竹宜用之。又见《文心雕龙》:刘原父、孙旦长因有竹迷日种竹诗云。

按此事见《苕溪渔隐丛话后集》卷三十一(人民文学出版社本 237 页)原文有关者如下:

> 《艺苑雌黄》云:"种竹者多用辰日……非此时移之多不活。惟五月十三日,古人谓之竹醉日,栽竹多茂盛。按《笋谱》云:"民间说竹有生日,即五月十三日也。移竹宜用此日……"

准此,《笋谱》后为叙述之词,不当冒断。刘原父名敞,北宋人,《文心雕龙》冒起刘原父大谬,当断句。此例亦如上例错出多端。

二曰当断而未断,如:

200 页 9 页:"致意兴公,何不寻君《遂初赋》知人家国事耶?""赋"后当断,遂初指归隐不问政治,与下文义反,不可连而不断。

250 页 8 行:"好进士奖称人之善。""士"后当逗,谓何武喜举荐贤才也。

362 页倒 2 行:"帝令祝融以教夔龙。"按四字为句,融龙叶韵,融字当逗。

501 页倒 3 行:"堂堂乎张京兆田郎。"张后当逗,理由同上。

544页1行:"既参大政,寻以疾辞,遂至不起用世之学……"按"不起"指病死,"起"后当断。

573页5行:"虽卷中物色首尾政自有讥,生枝作节。"按此为转折复句,至"色"字为一分句,当逗。

三曰句逗错乱,上下混淆。可分两种情况,第一种,只是一个逗号位置问题,如:

107页7—8行:"谬言藕丝织成,惧不然疑,但当时之上锦尔。"按"疑"当属下,惧不然即恐不然,此揣测之词。

312页倒4行:"草笠而至尊,野服也。"按"尊"当属下,指尊重,动词。

454页5行:"慈入羊群,化老羝人,立而言曰。"按"人"当属下,为"立"之状语,变成老羝而又能像人那样站起来说话,以见左慈的神通。

338页7行:"于东都所居,构石楼,香山凿八节滩。"按"香山"指构石楼之所在,当属上。凿滩为疏通水道,非凿香山也。

493页7行:"诸院美人各市冰盘俾帝,望之以蠲烦燥。"按当为"各市冰盘,俾帝望之"。

479页3行:"文殊欲出女人定,托升梵天,不能出罔明,弹指一声,女即从定而起。"按"罔明"当属下为主语,言其道行高于文殊也。

414页倒5行:"所不数附书者、一二年来往还多,得官在京师……"按"往还"犹言交游,"多"字属下意自显豁,言朋友得官在京师者多,故不能遍附书。"者"后当为逗号,顿号疑误植。此例"多"后之逗号移"来"后较胜。

此类错止一处,易于改正。另有全句语意不明者,如:

477页倒3行起:"召胥魁问之,胥魁具道:'答(答)十至五十,及折杖,数令遽止之。'曰:'我解矣,笞六十为杖十四耶?'"错谬不能卒读,当如是标:"召胥魁问之,胥魁具道笞十至五十及折杖数。令遽止之,曰:'我解矣,笞六十为杖十四耶?'"

605页倒3行:"诗诚佳,然吟诗必此,诗或非诗,人所尚尔。"按苏轼诗:"论画以形似,见与儿童邻。赋诗必此诗,定非知诗人。"(末句当为"定非知诗人"多误作"知非诗人")此处即用东坡诗意,但误记"赋"为"吟",当标为:"诗诚佳,然'吟诗必此诗',或非诗人所尚耳。"

六、感想与建议

中华书局标点本《陈与义集》,资料搜辑较全,方便读者,粗读一过,发现上举问题,大有"西子蒙不洁"的感觉,未免煞风景。究其原因,有属于工作不细而致误,而更多的地方反映水平问题。校点唐以后的诗文集,我以为必须具备几方面的基础知识,略举如下:

一、熟悉诗律及诗词习用表达方式,近体不是拗体的,平仄极易掌握。一处不叶,即能随手拈出。那末如(一)所举之"奏草"、"忽忽"、"送丧"、"优为"等断不致误。

二、注意时代及目录版本常识。如"太极"在宋以前非书名,南朝人的《文心雕龙》断不能有赵宋刘敞的诗篇,扬雄也决不会以《太玄》拟《法言》等。

三、更重要的为了解古人行文的习惯。如史传文中叙及传主例不再出姓。懂得这一点就不会把"瞻与"当人名。清以前考证异说往往详举一书,而用"以为"提及他说,不重复详引。知道这种"以为"的用法为引者撮叙,就不致滥用冒号。古人提及时人同游往往名字联书，而名字又往往有训诂关系。如江参字贯道，根据《论语》："参乎，吾道一以贯之。"明乎此，就断然不会顿为二人。又如本书刘辰翁序首句："诗无论（疑下缺'工'字）拙，恶忌矜持。"校点者不习此古文行文常规。意谓诗之拙恶自不必论，因为尽人皆知，而"忌矜持"，这一点人所易忽，作者即由此立论评简斋诗之高处在不矜持。字本不夺，"诗无论拙恶，忌矜持。"文从字顺，校点者标成"无论工拙，恶忌矜持"，"恶忌"成何言语。

至于诗中用典现象极为普遍，大家诗句，史传隽语使用尤多。所以要能正确使用引号，必须熟悉这方面材料。

校点者需要具备的古汉语、古代文化常识方面的知识是多方面的。"遽数之不能终其物。"今日从事古籍校点工作者老辈专家精力不继，越来越少，主要是中青年担任。佼佼者固不乏人，而修养不够、疵谬屡见者也非个别现象。我们既不能因噎废食，又要防止粗制滥造。一方面中青年可以在工作中提高，吃一堑，长一智；另一方面要保证出版物质量，尽量减少疵病。我想出版部门可以考虑发动社会力量把关，鼓励读者对出版物"吹毛求疵"。遇到带有普遍性问题可在内部或公开出版物发表，以期引起警觉。像北京、上海这样大城市，人才荟萃，学者如林。出版物打出清样最后一校时，可送请这方面专家过目。专家不管版本校对，以免耗费精力过多，而在通读全稿，订正标点符号，费时不多，收效较大。如《陈与义集》三个工作日总可从容读毕。如订正处数很多，则可于书名下加某人校订，以明责任。少则无须。不知出版部门以为如何。

（1983年8月于淮阴市，原载《读常见书札记》）

校点《归震川全集》前言

一

归有光,江苏昆山人,《明史》卷二百八十七《文苑三》有传。生于明武宗正德元年丙寅腊月二十四日(1507年初),卒于穆宗隆庆五年辛未(1571)正月十三日。字熙甫,号震川;因为老家住过昆山项脊泾,所以也自称"项脊生",学者称他为"震川先生"。

归家在昆山是大族。昆山城里规定不是做官的不准骑马,只有归家可以例外。当时甚至有"县官印不如归家信"的俗谚,可见一斑。

归家尽管是大族,但是在明代归有光这一支却没有出过什么功名显赫的人物。他只有曾祖归凤在宪宗成化十年甲午(1474)中过举,做过城武县知县。祖父归绅、父亲归正都没有功名,以布衣终身。归有光的祖母曾经慨叹说:"吾家读书久不效。"(《项脊轩志》)就是指这种情况。

在以科举为读书人主要进身之阶的明代社会中,"读书久不效"是非常伤脑筋的事。归有光从小就受这方面的教育,后来拼老命也要考取进士,甚至急切到形诸梦寐。读他的《别集》卷六《己未会试杂记》就可想见其热衷的程度。在许多文字中,他也毫不掩饰这种心情。

归有光从小爱读书,受过严格的训练,八九岁就能作文,集中现存的《乞醯论》洋洋千言,就是他虚十岁的作品。十四岁,正德十四年(1519)开始应"童子试",嘉靖四年乙酉(1525)虚年二十岁考了第一,"补苏州府学生员",同年到南京"乡试"未中。一直到嘉靖十九年庚子(1540)虚年三十五岁,举应天乡试第二名,声名大震。上百的读书应举的人来跟他学习。以他的名望和文才,考进士应该易如探囊取物,别人这么说,他自己也作如是观。然而偏偏"八上公车不遇"。很多考官和举子都为他不平,甚至发牢骚说:"归生不第,何名为公车?"

一直到嘉靖四十四年乙丑(1565)他虚龄六十岁才考中个三甲进士。因为是三甲,不能"授馆职"干文字工作,被派到湖州长兴县做知县。别人以为他年老,是书呆子,不能做地方官。他却赌气认为读书应该可以从政为吏,所以第二年就到任了。

长兴是荒僻小县,长久没有知县,一切由胥吏把持,弄得"告讦成风,犴狱长满"。归有光学习两汉循吏的办法,不摆架子,"虽儿妇人,亦至榻前与语","每视事,吏环立,妇人孺子绕案旁,日常数百人,须臾决遣,自以为快。"他不顾六十多岁高龄,"治文书至夜不得息","半岁决狱数百事"。别人要他摆点县太爷的威风,他不肯,在写给朋友信中说:

或劝自尊如神人,又不能也。

为吏不能作气势,人颇谓不能,多有见教者。老人岂复肯受人见教耶?任性而已。

《明史》说他：

> 用古教化为治。每听讼，引妇女儿童案前，刺刺作吴语，断讫遣去，不具狱。大吏令不便，辄寝阁不行。有所击断，直行己意。大吏多恶之。调顺德通判，专辖马政。明世，进士为令无迁倅者，名为迁，实重抑之也。

归有光在长兴任上，煞费苦心，平反了几十人的死罪，从监狱中放出很多无辜受累的百姓。特别是当地一些豪门大族，把持乡里，粮役负担一齐转嫁到贫苦小民身上，归有光不顾这些地头蛇的反对，尽力纠正这种不合理现象（《别集》卷九《长兴县编审告示》）。他自己很得意说："得意处不减两汉循吏"，"辛苦二年馀，自谓不愧古人"。然而地头蛇勾结朝贵"倾陷万端"："黄童白叟，歌咏于田野；朱衣紫绶，谗构于朝廷。"归有光不得不写信给在朝的熟人为自己辩解。结果被明升暗降调到顺德府做通判。这对他从政的热情是劈头一盆冷水，他一面上书辞官，一面仍然念念不忘长兴的穷民。他写信给当朝的人说：

> 但在彼殊苦心，理冤，捕盗，平徭，省赋，无虑数十事。恐奸巧之徒有不便者，乘其去而反之……平日不敢虐茕独而畏高明，以此取怨不少。（以上所引除注明者外，均见《别集》卷七）

一任长兴知县，表现出归有光的人品，他可以算得上言行一致、不负所学的正直的知识分子。只以爱护小民为心，不以奉迎长官为意。在腐朽的官僚机构统治下，他当然要四处碰壁。

离开长兴，他一肚委屈，满腔悲愤，想做学官，发挥自己学识上的专长，没成功；想干脆辞官回家，发愤著书，又不批准。无可奈何,只得在隆庆三年(1569)五月去顺德府做通判了。他写诗以屈原自比说:"虽称三辅近,不异湘水投。"

马政通判是个闲职,只管管各县送来的有关马匹、折钱等文书表册,没有麻烦事。他利用这段时间,参考史籍,采访掌故,修《马政志》。冬天到北京朝贺"万寿节"。第二年陞为南京太仆寺寺丞,但是仍然留在北京,给笔札完成《马政志》,"留掌内阁制敕房"(拟一些上方文稿),"纂修世宗实录"。归有光认为这是多读内阁所藏异书和表现文才的好机会,所以抱病坚持工作。不幸第二年隆庆五年辛未(1571)正月十三日就病死在任上了。到万历三年(1575)才正式归葬于昆山城迎薰门内金潼港的墓地。

二

归有光虽然热衷科举,但他和一般举子不同,不是只读和举业有关的书,而是嗜书如命,以多读异书为乐。他曾经为了向人借书,专门写信给当时很有地位的老朋友王子敬,说:

> 东坡《易》、《书》三传,在家曾求魏八,不予。此君殊俗恶,乞为书求之,畏公为科道,不敢秘也。有奇书万望见寄。

他一生虽然仕宦偃蹇,但却著作等身。据孙岱《归震川先生年谱·续辑著述目》转录如下:

> 易经渊旨一卷(收四库经部易类存目) 易图论上下篇(淳按:见文集卷一) 大衍解(同上) 尚书别解 洪范传一卷(淳按:见文集卷一) 冠礼宗法 孝经叙录一卷 读史记纂言十卷 六经庄子史记标注 先秦文录 两汉诏令 宋史论赞

（淳按:见别集卷五）　壬午功臣记(淳按:见文集卷二十八)　二孝子传一卷(淳按:见文集卷二十六)　文章指南五卷　兔园杂抄　三吴水利录四卷(收四库史部地理类)　论赋役书　倭寇本末(淳按:见文集卷八)　诸子汇函二十六卷(收四库子部杂家存目)　荀子叙录一卷　马政志一卷(淳按:见别集卷四)　考定武城一卷(淳按:见文集卷一,当作武成)　道德南华经评注十二卷　归氏世谱二卷(淳按:见文集卷二十八)　震川文集三十卷(收四库集部别集)　别集十卷(同上)　震川文集初刻本三十二卷(子子祐、子宁刻,为昆山本,收四库集部别集存目)　遗集二十二卷　太仆集二十二卷(蒋以忠校定)　震川尺牍　旧本集二十卷(族弟道传所刻为常熟本)　尚书叙录(淳按:见文集卷一)

上列书目,去其复重,数量仍然是惊人的。内容涉及经学、史学、地理、哲学、文学各个方面,其主要成绩自然是文学方面。要了解归有光在文学上的贡献,应该看看他生活在什么样的时代,他又是如何反映这个时代的面貌和干预这个时代的生活的。

三

归有光主要生活在明嘉靖、隆庆时期。这时明朝的统治者十分昏庸腐朽。嘉靖皇帝一味迷信道教,梦想靠采补、修炼等方式长生不老。成年不上朝,躲在宫里过着荒淫无耻糜烂透顶的生活,宦官勾结一些权贵把持朝政。正直的臣子一提意见,触怒了他们,轻则廷杖充军,重则杀身灭族。读《明史记事本末》卷五十《世宗崇道教》条、卷五十四《严嵩用事》条,可见朝政黑暗的情况。嘉靖后半期,严嵩靠道士得幸,父子专权达二十一年之久。其招权纳贿,谗害忠良,无所不用其极。《明史》卷二〇九

《杨继盛传》记杨继盛劾严嵩十大罪五大奸,曾说:

> 俨然以丞相自居…百官请命奔走,直房如市……内外之臣被中伤者,何可胜数?……凡文武迁擢,不论可否,但衡金之多寡而畀之。将弁惟贿嵩,不得不朘削士卒;有司惟贿嵩,不得不掊克百姓。士卒失所,百姓流离。

严嵩、严世蕃父子疯狂聚敛,财富惊人。明朝人写的《天水冰山录》,记载严氏抄没时的财产:黄金三十万两,白银二百万两,其他珍宝器物不计其数。在江西的南昌、宜春、分宜、萍乡等县拥有大量房屋和田地、山塘。

这就是归有光时代明朝政府的腐败情况。同时东南沿海又有倭寇抄略。归有光家乡原来是东南财赋之区,由于水利不修,聚敛无度,弄得民穷财尽,满目疮痍(可参看卷八《遗王都御史书》)。农民流离失所,无法生活。全国多处爆发农民起义。

四

归有光蒿目时艰,希望有所作为。还没有中进士时,他就研究当时的社会问题,揭露官贪吏虐、民穷财尽、将骄兵惰、遇倭即溃的情况;热情赞扬人民抗倭的英勇。对皇帝和中朝大官他采用委婉曲折的方式来讽谕,如《西王母图序》讽刺求仙之妄,《送许子云之任分宜序》批判严嵩专横等。对于求贤用人之道、理财救民之方、兴修水利之途、抗御倭寇之略等,他都有所论述。在当时除御倭策略被采用见效外,其馀都未被重视。但后来隆庆三年海瑞"以右佥都御史巡抚应天十府……请浚吴淞、白茆,通疏入海,民赖其利"(《明史》卷二二六《海瑞传》)。这就是采用了归有光的议论的效果。

> 其所著三江水利等篇，南海海公用其言，全活江省生灵数十万。（孙岱《归震川先生年谱》附录丁元正《修复震川先生墓记》）

这些时政论文看出归有光继承贾谊、陆贽、苏轼等的传统，说理条畅，切中肯綮，对于我们认识当时社会，很有意义。这部分经世之文，应是归有光学识人品的集中表现。遗憾的是，除当时或稍后的人从儒家经术的角度加以表扬外，近来一些介绍归有光散文成就的人，往往忽略这部分闪烁着经世致用的光辉的文章，而只着眼于归有光文笔的清新和抒情的真挚。

归有光能写出这些有价值的经世之文，是和他的治学方法分不开的。他虽然恪信孔孟之道、洛闽之学，但并不为书传所囿。比如说，他对《易》《书》等经典，就主张像汉人那样兼收并蓄，博采众长，反对因循株守，孤陋寡闻。他曾经批评当世的学风说：

> 荐绅先生莫知广石渠、白虎之异议，学者蹈常袭故，漫不复有所寻省。（《尚书叙录》）

> 学校科举之格，不免有唐世义疏之弊，非汉人宏博之规。学士大夫循常守故，陷于孤陋而不自知也。（《经序录序》）

他虽然提倡忠孝节义，并且写了很多表扬这方面人物的文章，但有自己的看法。对年青女子未结婚就要为丈夫"殉节"或"守望门寡"的作法，他坚决反对，在《贞女论》开头就批评说：

> 女未嫁人，而或为其夫死，又有终身不改适者，非礼也。

结尾又驳斥一些人的狡辩，说：

> 以此言之，女未嫁而不改适为其夫死之无谓也。或曰：

"以励世,可也。"夫先王之礼不足以励世,必是而后可以励世也乎?

这看出他能自出手眼,不惑于流俗。特别是他还主张读书要和实际调查结合起来:

> 然予以为山川土地,非身所履,终无以得其真。(《跋禹贡论后》)

> 此今日之所目见,诸儒胸臆之说,不足道也。(《三江图叙说》)

他虽然不赞成王安石的新法,但对王安石的文章,特别是对王安石重视水利事业,仍然十分倾倒。他写给沈敬甫的一些短简中自信地说:

> 《水利论后篇》并《禹贡三江图叙说》……自谓前人有不及者……今见此必骇然。

> 荆、坡二老见之,必以予言为然。(《别集》卷七)

这种学习态度,无疑有助于眼界的开阔,能够跳出古人的窠臼。

五

在文章的风格上,归有光上继司马迁以及唐宋八大家散文的传统,下开方苞、姚鼐等桐城派散文的先河。读书作文自出机杼,不眩于流俗,不慑于势利,计东所称"孤持其自得之见,不惑于群言"(《顺德府建归震川先生祠堂碑记》),可称中肯之论。归有光曾经批评当时的文风:

> 文太美则饰,太华则浮。浮饰相与,敝之极也。今之时

则然矣。(《庄氏二子字说》)

仆文何能为古人？但今世相尚以琢句为工，自谓欲追秦汉，然不过剽窃齐梁之馀，而海内宗之，翕然成风，可谓(淳按，疑当为"为")悼叹耳！(《与沈敬甫》)

这些话都是针对当时以南京刑部尚书的高位而主盟文坛的王世贞说的。他甚至直指王世贞为"庸妄巨子"。王世贞不服气，辩解说："妄则有之，庸则未敢闻命。"归有光针锋相对说："惟妄故庸，未有妄而不庸者也。"这时候归有光不过是个老举子，可见其胆识。后来王世贞终于心服于归有光文章的造诣，在《归太仆赞并叙》中说：

先生于古文词，虽出之自史汉，而大较折衷于昌黎、庐陵。当其所得，意沛如也。不事雕饰，而自有风味，超然当名家矣。

千载有公，继韩、欧阳。余岂异趣：久而始伤。

清朝的大史学家王鸣盛，在《钝翁类稿序》里从明朝散文发展的角度，肯定归有光的贡献：

明自永、宣以下，尚台阁体；化、治以下，尚伪秦汉：天下无真文章者百数十年。震川归氏起于吾郡，以妙远不测之旨，发其澹宕不收之音，扫台阁之肤庸，斥伪体之恶浊；而于唐宋七大家及浙东道学体又不相沿袭：盖文之超绝者也。

桐城派的祖师方苞在《书归震川文集后》中，分析说：

昔吾友王昆绳目震川文为肤庸，而张舜叹则曰是直破八家之樊而据司马氏之奥矣。二君皆知言者，盖各有见而特未尽也。震川之文，乡曲应酬者十六七，而又徇请者之意,袭常缀琐,虽欲大远于俗言,其道无由。其发于亲旧及人微而语无忌者,盖多近古之文。至事关天属,其尤善者,不俟修饰而情辞并得,使览者恻然有隐;其气韵盖得之子长,故能取法于欧、曾而稍更其形貌耳。

方苞这段评论,很有分寸,他既指出归有光文的弱点,又指出它的长处。从来评论归有光文章的人都肯定一个事实——得力于《史记》。归有光自己也以得"龙门家法"自负。但是和司马迁比较,归有光自知有个致命的弱点:

尝以平生足迹不及天下,又不得当世奇功伟烈书之为恨事。

他既不能像司马迁那样漫游各地,广搜遗轶;又不任史官,找不出多少"奇功伟烈"震人耳目的题材:所以只就日常交友,身边琐事着笔,却给人一种清新之感。至于家人父子夫妇之情,"虽不复修饰而情辞并得,使览者恻然有隐"。几百年来,读归有光的《先妣事略》、《项脊轩志》、《寒花葬志》、《思子亭记》等文,没有不为之一掬同情之泪的。所谓"无意于感人,而欢愉惨恻溢于言语之外"(唐时升代王锡爵撰《明太仆寺寺丞归公墓志铭》)。

归有光的个人生活也是相当不幸的,八岁丧母,后来又两次丧妻,特别是又死掉最心爱的孩子。这些不幸事,不但在上述各篇中有反映,而且在他与朋友的小简中,寥寥数语,令人凄绝,如:

沧浪生携阿郎影来,一恸几绝。此生精神,觊欲运量海宇,不意为此子销铄将尽,如何?西狩获麟,反袂拭面,称吾

> 道穷,子解之乎?世人真以吾为狂耳!
>
> 秋高气清,明月皎然。永夜不寐,惟有哭泣而已。
>
> 不见忽逾月,节候顿易,日增感伤。凉风吹人,悉成涕泪。
>
> 头发尝有二三茎白者,照镜视十二月忽似添十年也。人非木石,奈何,奈何?
>
> 日苦一日,思深如海,尽变为苦水,如何,如何?

正因为这些人生及宦途的痛苦,归有光就想向佛教因果中求解脱。钱谦益在《文集序》里说:

> 先生儒者,曾经读五千四十八卷之经藏,精求第一义谛,至欲尽废其书。而悼亡礼忏,笃信因果。

在文集中也有一些涉及这方面的文章,无疑是这种消极思想的反映。

方苞批评归有光应酬之文太多,太庸俗,主要是指寿序之类的文章。的确这是归文的又一弱点。但是归有光自己也不以这类应酬文章为然,他一再说"寿序非古也"。少数寿序文也含有政治意味,如《顾夫人八十寿序》讽刺皇帝之喜怒无常说:"夫人主之恩如风雨,而怒如雷霆,有莫测其所以然者。"《朱夫人郑氏五十寿序》主要讥刺神仙方药之非。但这种有内容的寿序,究属少见。

归有光写的一些传志之类的应用文,很少达官贵人,大多是平生知己或亲友,不同于一般谀墓之作。他曾经在写给马子政的短简里风趣地说:

> 白居易为元稹墓志,谢文六七万。皇甫湜福光(按《新唐

书》及《唐语林》并作福先)寺碑三千字,裴晋公酬之每字三缣,大怒以为太薄。今为甫里马东园作传,可博一般菱角乎?一笑。

从上引小简中,可见归有光写这类作品,有刻意追求可传之人来体现"龙门家法"的意思。读者披沙拣金,往往见宝。

归有光文学的主要成就在散文,另外他的制义(八股文)在明朝也算大家,后来德清的胡友信与他齐名,世并称"归胡"。

六

诗,不是归有光的专长,四十卷的集子,诗仅一卷。但正如钱谦益所评论的那样:"其于诗,以无意求工,滔滔自运,要非流俗所可及也。"归有光自称"一扫齐梁习,谅可追孟韩"。我们读他的《素庵诗》,确实可以看出学韩的影子。他有不少诗反映当时人民的苦难。如《郓州行寄友人》写水灾之后人民卖儿卖女呼告无路的惨状:

> 丈夫好女乞丐不羞耻,五岁小儿皆能闲跪起。卖男卖女休论钱,同床之爱忍异捐!相携送至古河边,回身号哭向青天。原田一望如落鸦,环坐蹒跚掘草芽。草芽掘尽树头髡,归家食人如食豚……乌鸦群飞啄人脑,生者犹恨死不早。

这是多么凄惨的一幅灾黎图啊!在《甲寅十月纪事》二首五律中,写出嘉靖三十三年(1554)江南倭灾的惨景和官府的贪虐:

> 经过兵燹后,焦土遍江村。满道豺狼迹,谁家鸡犬存?

寒风吹白日,鬼火乱黄昏。何自征科吏,犹然复到门?

在《海上纪事十四首》,作者痛斥官吏们见倭即遁,或只守城池,任倭抄略的态度,如云:

　　二百年来只养兵,不教一骑出危城。民兵杀尽州官走,又下民间点壮丁。

　　海上腥膻不可闻,东郊杀气日氤氲。使君自有金汤固,忍使吾民饵贼军!

　　半遭锋镝半逃生,一处烽烟处处惊。听得民间犹笑语,催科且喜一时停。

　　海潮新染血流霞,白日啾啾万鬼嗟。官司却恐君王怒,勘报疮痍四十家。

这些诗爱憎分明,揭露深刻,也可算一时诗史。

七

归有光集的版本甚多。这次校点以四部丛刊影印的康熙时常熟刊本为底本。这个本子经归庄亲手勘定,特别是别集的书简都以类相从,便于阅读,善于他本。但是因为刻于康熙前期,文字忌讳比较严重,文中凡遇皇上有关字样一律空格,夷狄胡虏等字则用墨钉回避。今天看来是很大缺陷。嘉庆元年玉钥堂刻的《震川先生大全集》就补救了上述的缺陷,同时校正了一些错字。这次校点就以《大全集》为主要对校本,同时凡文中引用各书,除三五处外,一律检对原文,以定引号。文中误字,除刻书时的异体、错笔或混用不别如"己已巳","充"、"爽"、"晁"、"奠"、"潘"、"冠"、"酱"等等迳改通行字体外,其馀校改均用校记注明依据,附于每卷之后。

标点符号大体参照标点本二十四史,而小有变通。主要是以通名代专名如钱宗伯、夏司马之类,未见专名者则通名上亦用专名号;若官名上下有本名时如钱牧斋宗伯或钱宗伯牧斋,则宗伯官名不标。又一般敬称知县为侯,如为确指某知县而非泛称,则亦酌加专名号。书札中尊称对方则例从省略。

稷下有谚曰:"学识何如观点书。"归氏博览四部,旁及内典,发而为文,浩瀚无际。自惭俭腹,妄下铅黄。疏漏讹舛,无所逃责。尚祈广大读者不吝赐教,匡所不逮,俾臻完善,是所企盼。

(原载《震川先生集》,上海古籍出版社 1981 年 9 月版)

《小仓山房诗文集》校点前言

一

清代经康熙雍正两朝的惨淡经营,生产发展,民殷物阜,而人才亦因之辈出,至乾隆朝号称极盛。文士之中,享年之高,享名之大,交游之广阔、生活之优豫,恐怕没有一个比得上袁枚的。

十二举茂才,二十试明光。廿三登乡荐,廿四贡玉堂。尔时意气凌八表,海水未许人窥量。自期必管乐,致主必尧汤。强学佉卢字,误书灵宝章,改官江南学趋跄。一部循吏传,甘苦能亲尝。至今野老泪簌簌,颇道我比他人强。(《诗集》卷十五《子才子歌示庄念农》)

这是乾隆二十四年(1759)袁枚四十二岁时写的。他已经历了人生旅途上的得意、挫折、从政、退居的几个阶段而决心终老在小仓山的随园了。让我们回溯一下他前此的经历和约略介绍一下此后四十年的生活内容。

袁枚字子才,号简斋,晚又号随园老人。浙江钱塘县(今杭州市)人。生于康熙五十五年(1716)三月初二(公历 3 月 24 日),卒于嘉庆二年(1797)十一月十七(公历 12 月 4 日)。祖父袁锜、父亲袁滨、叔父袁鸿都长期在外地做幕僚维持家庭生活，不足就靠母亲做针线来补充。袁枚出生时家住杭州大树巷，七岁迁居葵巷，十七岁又迁，都是租赁而居。

袁枚天资聪慧，七岁就跟史中先生读《大学》、《论语》等儒家经典(《文集》卷五《史先生墓志铭》)。说："仆龀齿未落即受诸经，贾孔注疏亦俱涉猎。"(《文集》卷十八《答惠定宇书》)除了读这些准备科举应试之书外，他已会吟诗，在《随园诗话》中还有他九岁时律诗的几联。他的一位寡居的姑母又经常给他讲稗官野史，大大开拓了眼界，启发了思路，丰富了知识。十二岁他和史先生一道中了秀才进了学(遗嘱说十三，为误记，诗文多处可证)，在当时被看成神童。十五岁补廪(每年可领生活津贴)，十八岁浙江总督程元章送他入万松书院肄业。当时他既学八股，又学古文诗赋，用心不专。"四战秋闱，自不惬意"(《文集》卷三十一《与俌之秀才第二书》)。他叔父袁鸿在广西巡抚金鉷幕中。乾隆元年(1736)祖母要人带他到叔父那儿找出路。五月初四好不容易到了桂林，叔父却责备他不该贸然远来。第二天叔父带他去见金鉷，金鉷当面试一篇《铜鼓赋》，他操笔立就，文彩斐然，金鉷大加赏识，留他在衙门里住了三个月。

朝廷征博学鸿词，这种科目本来专为网罗海内久负时望的老师宿儒的。金鉷却专札保举二十一岁的袁枚，并且送一百二十金"遣人护送至京"(遗嘱)，这是袁枚的第一位知己。这一年应考的近二百人，袁枚年纪最轻。虽然没有考中，但名声却传开了。在京师处馆一年，不作诗，不为古文，集中精力专学八股文，乾隆三年(1738)中了顺天府的举人。次年中了进士第五名，进了翰林院。这年二十四岁，请假回杭州成婚(夫人王氏，白头偕老)。这是袁枚青年最得意的时期。

好景不长,翰林中袁枚年轻,要学习清书,未合格,三年散馆,改发江南做知县。"二十词臣三十吏,名场容易感升沉。"(《诗集》卷五《感怀四首》)翰林清贵,变成知县,一般人都认为大不幸,袁枚也不免牢骚。但他家世幕僚,父亲精于律例,他也决心做一个循吏,有所作为。先后在溧水、江浦、沭阳、江宁四县一共六年,成绩卓著。初任溧水,父亲怕他年轻,不会治事,化装到溧水探听,群众都称赞是"大好官",父亲才高高兴兴地到县衙看儿子。沭阳是多灾地区,袁枚尽心救灾修水利,指导读书人作文作诗,官声很好。今天还有他当年手植藤槐作纪念。"江宁故巨邑,难治。""尝朝治事,夜召士饮酒赋诗,而尤多名迹。江宁市中以所判事作歌曲刻行四方。"(姚鼐《惜抱轩文集》卷十三《袁随园君墓志铭》)袁枚还总结做州县官的经验写成一卷《州县心书》,被许多地方官借做参考。

当时尹继善做两江总督,是袁枚的座师,很欣赏袁的才能,保荐他做高邮知州,"部驳不准,心不乐,适老母患病,乞养归山。"(遗嘱)这是袁枚第一次辞官。过了三年,乾隆十七年(1752),他又到京师候选,被派到陕西做幕府,不能独当一面,循吏的才能得不到发挥。他只能游览关中的名胜古迹。未及一年,父亲死了,他回家守制,同时上书请求终养老母,乾隆十九年(1754)他三十九岁,部里批准了他的要求,从此就结束仕宦生涯。

袁枚在江宁知县任上花三百金买了隋织造的废弃了的"隋园",稍加整理,改名"随园"。乾隆十四年己巳(1749)第一次辞官,写了篇《随园记》(《文集》卷十二,下同)。住了三年,奉檄入陕,未一年丁忧回到随园,准备终老,用了一大笔钱改建,见于乾隆十八年的《随园后记》。二十二年丁丑写《随园三记》,三十一年丙戌写《随园四记》，三十三年戊子写《随园五记》，每次都有所兴建，可见惨淡经营之艰辛。随园的景色为当时人所向往，袁枚甚至说红楼梦里的大观园就是随园。三十五年庚寅，他把父亲葬在随园，决心死后埋骨于此，《随园六记》就是专门规划葬地的。

辞官以后，袁枚凭借翰林的声望、诗文的才华，加上随园的景色，广交名流，上至达官贵介，下至各行各业。"四方士至江南，必造随园投诗文，几无虚日。君园馆花竹水石，幽深静丽，至桉槛器具，皆精好，所以待宾客者甚盛。与人留连不倦，见人善，称之不容口。后进少年诗文一言之美，君必能举其词为人诵焉。"（姚鼐语）影响也就越来越大。"随园诗文集上自朝廷公卿，下至市井负贩，皆知贵重之。海外琉球有来求其书者。君仕虽不显，而世谓百馀年来，极山水之乐，获文章之名，盖未有及君者也。"（姚鼐语）

随园的兴建，交游的招待，都需要经济来源。袁枚除官俸节馀外，主要靠卖文和达官贵人的馈赠。一篇传志有酬至千金者（遗嘱）。同时他又善于理财，所以到死前家产积累至三万金，一般文士是不可想象的。

袁枚母亲享年九十四岁，袁枚六十三岁时，母亲才去世。当时袁枚最大的心思是没有男孩，六十岁时，过继弟弟儿子阿通，六十三岁终于生了阿迟，高兴自不待言。此后他除了和友朋应酬外，一年有半年出游。扬州、苏州、杭州、黄山、庐山等距离不太远的地方自不必说，南到广州、海南、桂林，东南到福建武夷。浙江天台他就游了三次，最后一次已经年过八十。姚鼐说他"足迹造东南山水佳处皆遍"，是一点也不夸张的。直到八十二岁死于痢疾。

二

> 我自挂冠来,著述穷晨昏。于诗兼唐宋,于文极汉秦。六经多创解,百氏有讨论。八十一家中,颇树一帜新。(《诗集》卷二十《送毹拙修》)

袁枚自我标榜"颇树一帜新",拿他和同时的读书人比较,确实有他独特的世界观和生活爱好。李宪乔《随园诗赞》说:

> 旷矣先生,侔今无徒,侪古少类。达如刘伯伦,而不好饮;逸如嵇叔夜,而不好音乐;习静如王摩诘,而不好佛;恬退如贺季真,而不好道;以名教是非自任如韩退之,而不好儒;志鄙王戎,而不讳好财;性异阮咸,而不辞好色。诙奇倜傥,疑龙疑蛇。

袁枚确有点"侔今无徒,侪古少类"。"孔郑门前不掉头,程朱席上懒勾留。"(《诗集》卷三十三《遣兴》)考据之学风靡士林,他公开鄙而不为。《文集》卷十八《答惠定宇书》、《答定宇第二书》、卷三十《与程蕺园书》,皆论述精透,而袁枚自诩"六经多创解",并非瞎吹。试一读《文集》卷十五《答李穆堂先生论礼书》,卷二十四《策秀才文五道》、《论语解》四篇,就可了然于胸中。高谈性命,标榜程朱,和科举制度血肉相联,袁枚为文痛诋所谓讲学之风(见《文集》卷十五《与是仲明书》、卷十七《代潘学士答雷翠庭祭酒书》等)。逃禅佞佛,也是文人"雅尚",彭尺木力劝袁枚信佛,袁枚和他反复辩论,认为"佛者九流之一家耳",不足崇信(见《文集》卷十九《答彭尺木进士书》、《再答彭尺木进士书》)。当时人迷信风水,讲求葬地,袁枚却把自己父母自身和奴仆全葬在随园。

士大夫心虽好货,总是口耻言钱,袁枚自称"解爱长卿色,亦营陶朱财"(《诗集》卷十《秋夜杂诗》)。他不但不讳言好财,而且从财货来探索时代的升降:"余读《左氏》不禁叹曰:世运盛衰,其以财货为升降乎?"(《文集》卷十三《读左传、国策》)

至于男女之情,袁枚公开宣扬"袁子好味好色"(《文集》二十九《所好轩记》)。上司批评他为县令在风情方面不够检点,他上书强调男女之情人之大欲,不必多管(《外集》卷四《上台观察书》)。沈德潜不选王次回的《疑雨集》,他写信批评:"孔子不删郑卫之诗而先生独删次回之诗,不已过乎!"(《文集》卷十七《再与沈大宗伯书》)程鱼门劝他删掉诗集中的风情之作,他不以为然,以为《诗经》中不乏这些内容。

长期以来,人们把性和情看成对立的,主张窒欲以明性,袁枚主张"人欲当处,即是天理"(《再答彭尺木进士书》)。在卷二十三《书复性书后》一文里,他大谈即情求性的主张,认为情欲是合理的。推而至于论政论人,他认为凡是过分矫情,不顾人情之自然要求,流弊将难以估计。这在《文集》卷一《俭戒》、《严敝》、卷二十二的《清说》等都有发挥。他十四岁写的《郭巨论》,就极力抨击"郭巨埋儿"的虚伪。他认为凡是圣贤豪杰忠臣义士都是非常重视情的。胡铨请斩王伦、秦桧等封事传诵千古,因此而被流放过海,他正义凛然,唱道:"仲连蹈海徒虚语,鲁叟乘桴亦漫谈。怎似澹庵乘兴往,银山千叠酒微甜。"意气何等昂扬。胡铨放回之后,却和一个黎族女妓有"罗曼史"。朱熹为此而慨叹说:"十年泛海一身轻,归对黎涡却有情。世上无如人欲险,几人到此误平生!"不少人也认为这是白璧微瑕。袁枚在《文集》卷三十《读胡忠简公传》里大力翻案,认为请诛秦桧和爱黎倩正是胡铨的一贯过人处。并且进而推论:"从古忠臣孝子,但知有情,不知有名。"可见在袁枚的世界观中情字的重要。封建社会男女授受不亲,袁枚却广收女弟子,不顾物议,还刻《女弟子诗》来大加宣扬。

总起来看,袁枚提倡情欲的合理性,反对清教徒式的修养,公开承认自己好味好色好货,这在当时很有点冲决封建礼教的大防而要求个性解放的味儿,和扬州八怪的郑板桥气味相同。两人原不相识,而郑听到讹传袁枚的死讯却失声痛哭。这种思想情趣可能和彼时资本主义商品经济的萌发有关。但袁枚毕竟是封建社会靠科举进身的知识分子,他的一切言行,必须从孔子那儿找护符:"乐自寻孔颜,学不拘汉宋。"(《诗集》卷三十一《七十生日作》)"问我归心向何处,三分周孔二分庄。"(卷九《山居绝句》)以孔子的言行作保护伞而力图冲破当时封建伦理(特别是宋明理学所宣扬的种种人性的枷锁)的束缚,来满足情欲方面的要求,可以看成袁枚世界观人生观的核心问题,这对他的创作尤其是诗歌影响非常深。

三

袁枚、蒋士铨、赵翼并称乾隆三大家,蒋和赵又公认袁枚为第一,两家的诗集都请袁枚作序。在袁枚前的王士禛倡神韵说,领袖诗坛几十年。和袁枚同科进士而年纪大几十岁的沈德潜提倡格律说,和门人一道选《五朝诗别裁》为天下倡,王、沈都居高位。袁枚以卑官早退为诗倡性灵以和沈对抗,天下从风。天下投随园的诗逾万首,袁枚除了选刻一些外,把这些诗张贴在长廊里,称为诗城。袁枚的《随园诗话》十分之九的内容是表扬同时特别是没有名望的诗人的好诗,下至市井负贩以及外国使臣都要求随园之诗。原因在于袁枚自己的诗作和作诗的主张有吸引力。

袁枚对自己的诗是颇为自负的:"仆诗兼众体,而下笔标新,似可代雄。"(《文集》卷十八《答程鱼门》)他所谓下笔标新就是提倡写性灵,要有真性情,真感受,不必讲境界的大小,格调的高下。他认为写诗要有天才:

> 诗不成于人而成于其人之天。其人之天有诗,脱口能吟;其人之天无诗,虽吟而不如其无吟。(《文集》卷二十八《何南园诗序》)

> 吟诗骨与神仙骨,一样天生换总难。(《诗集》卷三十一《换骨岩》)

要标新,就不要依傍前人的门户、家数。"提笔先须问性情,风裁休划宋元明。"(《诗集》卷四《答曾南村论诗》)"我道古人文,宜读不宜仿。"(卷六《读书》)"俗儒硁硁界唐宋,未入华胥先作梦。"(卷二十《除夕读蒋苕生编修诗即仿其体》)"随意闲吟没家数,被人强派乐天翁。"(卷二十六《自题》)只有写真情实感,诗才有生气。"品画先神韵,论诗重性情。蛟龙生气尽,不如鼠横行。"(卷二十九《品画》)

袁枚虽然如此重视天才,但他也重视功夫学力。他虽然"七龄上学解吟哦",有天分,《随园诗话》里还记有九岁时的律句,但他自述二十一岁借了王际华手抄《昌黎集》"久假不归,诗学因之大进"。他看到太守案上有他的少作,就取回来修改,并且感叹说:"花因早采香犹薄,琴是初弹手尚生。"(卷二十四)他勉励弟弟"暂时染指休言味,终日淘沙自得金。"(卷三十五《书香岩诗后》)他一方面强调"灵犀一点是吾师",同时又"一诗千改始心安"(卷三十三《遣兴》)。他一直写诗到老,还劝人"莫嫌海角天涯远,但肯摇鞭有到时"(卷三十一《新正十一日还山》)。

《随园诗话》里有几段,可以和这里互参:

> 子臣弟友,做得到便是圣人;行止坐卧,说得着便是好诗。(《补遗》卷五)
>
> 后之人未有不学古人而能为诗者也。然而善学者得鱼忘筌;不善学者刻舟求剑。(卷二)
>
> 人闲居时,不可一刻无古人;落笔时,不可一刻有古人。平居有古人,而学力方深;落笔无古人,而精神始出。(卷十)
>
> 诗如射也,一题到手,如射之有鹄,能者一箭中,不能者千百箭不能中……其中不中,不离天分学力四字。孟子曰:"其至尔力,其中非尔力。"至是学力,中是天分。(《补遗》卷六)

袁枚既聪慧过人,又读破万卷,《诗集》卷二十里的《续诗品三十二首》,看出他对写诗的全面要求。根据他自己写诗的主张:"于为诗,尤纵才力所至,世人心所欲出不能达者,悉为达之。士多仿其体。"(姚鼐)袁枚自称"诗备众体",包括两方面:一是各种体裁,一是各类题材。

> 考据之学,离诗最远,然诗中恰有考据题目如《石鼓歌》、《铁券行》之类,不得不征文考典,以侈侈隆富为贵。但须一气呵成,有议论波澜方妙,不可铢积寸累徒作算博士也。其诗大概用七古方称。(《补遗》卷三)

这可帮助我们理解"诗备众体"的含意。袁枚以为诗应以言情为主,只有真情才易动人而且经久不忘。

> 诗家两题,不过写景言情四字。我道景虽好,一过目而已忘;情果真时,往来于心而不释。孔子云"兴观群怨"四字,惟言情者居其三。若写景,则不过"可以观"一句而已。(《补遗》十卷)

袁枚今存诗将近七千首,其中大部分为送往迎来伤离悼死之作。当日得名,主要靠这类作品。今天读起来,也不乏激动人心的深沉之作,如卷二十八《哭童二树》:

> 苦累先生望眼枯,迟来十日渺黄垆。李邕识面心何切,范式登堂梦已孤。留赠梅花扶病写,待商诗句满床铺。九原今日吟魂在,知我灵前一恸无!

但泛泛之作,分量更多。袁枚读书能自出手眼,反映在一些杂感式或咏史的小诗,给人以清新隽永之感。如:

> 养鸡纵鸡食,鸡肥乃烹之。主人计自佳,不可使鸡知。(卷二十五《鸡》)

> 莫唱当年《长恨歌》,人间亦自有银河。石壕村里夫妻别,泪比长生殿上多。(卷八《马嵬》)

今天看来,袁枚诗最值得重视的有两方面。一是早年关心民生疾苦诸作,如《沭阳杂兴》、《苦灾行》、《捕蝗曲》(卷三),《沭阳移知江宁》、《征漕叹》、《南漕叹》、《捕蝗歌》(卷四),这些诗几于一字一泪,直接汉魏乐府和杜甫、白居易新乐府传统而有他的时地特征。这正是作者一颗循吏之心视民如伤的反映。《俗吏篇》(卷四)痛快淋漓地诉说了县官的苦闷,较之高适"拜迎官长心欲碎,鞭挞黎庶令人悲"的名句生动细致得多。随着生活的变化,这类作品在集中不见了。晚年《端州大水行》(卷十三)、《贵人出巡歌》(卷三十五)虽题材相近,而沉郁之气不及早年。晚年,袁枚沉溺于山水嬉游。祖国江山的奇丽,诗人摄入篇中,觉得诗歌得江山之助,几于前无古人。二十一岁的《同金十一沛恩游栖霞寺望桂林诸山》,刻露奔放,当时作者潜心昌黎,看出明显的影响。中年的《为王寿峰题问天图仿玉川子》才力纵横,逼真卢仝的险怪。晚年纵游东南山水,妙作如林,如《登华顶作歌》、《到石梁观瀑布》、《观大龙湫作歌》(卷二十八)模山范水而以诙诡奇横出之,使人神旺,不由想起他在《随园诗话》中的意见:

　　诗虽奇伟,而不能揉磨入细,未免粗才;诗虽幽俊,而不能展拓开张,终窘边幅。有作用人,放之则弥六合,收之则敛方寸。巨刃摩天,金针刺绣,一以贯之者也。(卷三)
　　若作七古长篇、五言百韵,即以禅喻,自当天魔献舞,花雨弥空。虽造八万四千宝塔,不为多也。又何能一羊一象显渡河挂角之小神通哉?总在相题行事,能放能收,方称作手。(卷八)

陶渊明写过《自祭文》和《拟挽歌诗》,被人称为旷达。袁枚因为相信胡文炳的话,认为七十六岁该死,就预先作自挽诗,并且广泛征求朋友预寄挽诗属和,姚鼐等都写了。到了除夕未死,又写除夕告存诗,这类诗题也算是别开生面。

袁枚世界观里认为食色性也,他以好色自豪,诗中也强调风情,有许多"寻春"的内容。直到六十多岁,朋友劝他不再如此,他还强辩说:"若道风情老无分,斜阳不合照桃花。"这反映他生活的放纵,是不足为训的。

四

袁枚称自己"好韩、柳,亦为徐、庾"(《文集》卷十九《答友人某论文书》)对自己的文章也颇为自负,认为超过清初三大家(侯方域、魏禧、汪琬):

> 文章幼饶奇气,喜于论议。金石叙事,徽徽可诵。古人吾不知,视本朝三家,非但不愧之而已。(卷十八《答程鱼门》)

袁枚所说的"幼饶奇气,喜于论议",一点也不夸张。集中卷二十的《郭巨论》、《高帝论》都是十四岁的作品。像《刘后主可比齐桓论》、《魏徵论》(卷二十)、《张良有儒者气象论》、《驳唐鉴李德裕论》、《姚崇宋璟论》(卷二十一)等等,都能自圆其说,力破成见。前文所引文字亦都可为注脚。袁谷芳在《小仓山房文集后叙》里称赞袁枚的议论文说:

> 盖尝论文章之道有三:曰理学之文,曰经济之文,曰辞章之文。所谓理学者,非皮傅儒先空谈性命,亦非缀辑训故注疏之琐琐者相考证已也。其所谓经济,又不得以浮诞无实坐而言不克起而行者当之。至于辞章,则亦必有物有序,而夸富丽矜淹博者不与焉。予观古今以来,其有兼三者而一之人乎?无有也。乃今读先生之集而知其为信能兼之者矣。

袁谷芳的话虽有溢美,但强调随园之文不悖孔孟之道,而又能逃出当时汉学宋学的窠臼,还是符合实际的。

袁枚对诗和文的看法既有同处又有差异。

> 尝谓千古文章传真不传伪,故曰诗言志,又曰修辞立其诚。然而传巧不传拙,故曰情欲信,辞欲巧,又曰神也者妙万物而为言。古之名家鲜不由此。(《文集》卷二十八《钱屿沙先生诗序》)

> 然君有所馀于诗之外,故能有所立于诗之中。(《蒋心馀藏园稿序》)

> 枚读书六十年,知人论世,尝谓韩、柳、欧、苏俱非托空文以自见者。惟其有所馀于文之外,故能有所立于文之中。(卷三十《与平瑶海书》)

在要"真实",要有"生活修养"(有馀于外),要注意技巧这些方面,诗文是一致的。但文又有它的特殊性。"欲奏雅者先绝俗。欲复古者先拒今。"(卷三十一《与孙俌之秀才书》)强调古,这和论诗截然不同。姚鼐说:"君古文、四六体皆能自发其思,通乎古法。"袁枚论王安石能文不能诗说:

> 王荆公作文,落笔便古;王荆公论诗,开口便错。何也?文忌平衍,而公天性执拗,故琢句选词,迥不犹人。诗贵温柔,而公性刻酷,故凿险坠幽,自堕魔障。(《诗话》卷六)

姚鼐说他"皆能自发其思,通乎古法",是非常中肯的。袁枚对于古文很强调于古有据。文集前的"古文凡例",若干篇文章后的"自记",在此足以证明。我们就袁枚的几百篇文章大体分为议论、金石叙事和抒情三类略加评论:

一、议论之文。袁谷芳所说的都属于这一类。除了前面已涉及者外,袁枚精于吏治,洞察民隐,因而论述及此,有理有据,可信可行。文章则气势浩瀚而说理缜密,很有贾谊、陆贽、苏轼之风。如《上两江制府请停资送流民书》、《上陈抚军辨保甲状》、《复两江制府策公问兴革事宜书》(卷十五)、《上两江制府黄太保书》(卷十六)、《答门生王礼圻问作令书》(卷十八)等等。

二、金石叙事之文。袁枚曾在翰林院三年,别人尊称他为"袁太史",他也以"旧史氏"自豪。写金石叙事之文也特多。在文集中这是最精采的部分,它好像那个时代人物的画卷。上有达官贵人。如岳钟琪、鄂尔泰、尹继善、陈彭年、李卫这些辉耀一时的王侯将相,袁枚也尽可能选择一些生动的细节来描写。如写陈彭年江宁系狱时,李丞必欲置之死事,于成龙擒鱼壳事等,使人如临其境。袁枚在取材上不忘生动,而于立意处则归美皇上,如陈彭年归美康熙,李卫归美雍正等。如果说袁枚写这些达官贵人,虽力求生动而下笔却不能不有所顾忌,那末写到另外一些无官无禄的人就更能挥洒自如。如弈棋天才范西屏,名医徐灵胎、名厨王小馀、奇士周少霞和活着出葬享受亲朋路祭的汪鏧庵等等,无不选取典型事例,运以生花妙笔,人物跃然纸上。更为重要的,袁枚写一些州县小官,既表现自己心目中的循吏,又暗中鞭挞上级大吏的颟顸。如人所熟知的鲁亮侪,代人受冤的杨镜村,受知府压抑气愤而死的李晴江,坚决反对媚上官的诸罗令朱山,制服红毛大军的印光任,不畏强御的张郎湖,幕府奇才潘荆山等等。今日读之,如见其人如闻其声。而卷九《书麻城狱事》一文写尽枉滥之害。总督迈柱之刚愎遂非,生员杨同范之阴狠狡诈、广济试用县令高仁杰严刑逼供以图迎合上官早日转正等等,令人发指。原县令汤应求奉公守法而被拟斩绞。卒赖新令陈鼎之正直聪明,终于平反此狱。文末袁枚发感概说：

> 袁子曰：折狱之难也。三代而下，民之谲觚甚矣，居官者又气矜之隆，刑何由平？彼枉滥者何辜焉？麻城一事与元人宋诚夫所书工狱相同，虽事久卒白，而辇辘变幻，危乎艰哉！虑天下之类是而卒无平反者正多也。然知其难而慎焉，其于折狱也庶矣。此吾所以书麻城狱之本意也夫！

这也可以看出袁枚特别写州县循吏的原因。袁枚爱写这类文章，刻意学习司马迁韩愈柳宗元等。如写于成龙传详写了鱼壳事，而于传后说：

> 江宁人传公鱼壳事甚著。考泽州相公，毛稚黄两传皆无之，特别立一传，不使文人钓奇独病太史公云。

至于卷二十七《书马僧》则尤为奇特。《厨者王小馀传》颇有柳宗元《梓人传》的气息，而《石大夫传》则为游戏笔墨，欲与昌黎《毛颖传》争奇斗胜。姚鼐所谓"通乎古法"，随处可以证明。但袁枚总有自己的时代气息，不作机械模仿。

三、抒情方面。袁枚写诗标榜性灵，文章中祭文之类最见感情。如人所习知的《祭妹文》，用韩愈《祭十二郎文》的至亲不文的原则，不雕琢，不用韵，只就日常琐事着笔，自然感人。《祭程元衡文》、《祭陶西圃文》、《祭薛一瓢文》、《韩甥哀词》等等，读之无不催人泪下，而一些诗文集的叙里也包含伤逝悼往之情，有它的独到之处。但总起来看，不如前两类的突出。

袁枚说："骈文追六朝，散文绝三唐。"（《子才子歌》）在《外集》卷五《上尹制府乞病启》末自注："欧、苏非四六正宗也，为公牒文字正自不得不尔。"可见他写四六也"通乎古法"。

袁枚的文章在当时影响也很大。胥绳武写诗夸赞说：

> 不为韩、柳不欧、苏，真气行间辟万夫。所说尽如人意事，此才岂但近时无！扫除理障言皆物，游戏文心唾亦珠。喜是名山藏未得，传抄今已遍寰区。声名在世任推排，自擅千秋著述才。天为斯文留此老，我思亲炙待将来。风回海上波争立，春到人间花怒开。比拟先生一枝笔，迂儒秃管枉成堆。(《随园诗话补遗》卷六)

可见一斑。

五

袁枚著作等身，除诗文集外，《随园诗话》、《随园琐记》、《随园尺牍》和《子不语》等，影响都很大，刻本也很多。以诗文集而论，沭阳县衙有两棵大柳树，袁枚书斋就称"双柳轩"。在江宁任上，有人刻他早期的作品，叫《双柳轩集》。后来悔其少作，在六十岁编定诗文时，只有少数篇章。六十岁时自编诗文集，《诗集》编年共二十四卷，《文集》分体也二十四卷，骈文称《外集》七卷，也分体。到了七十五岁，因为相信术士胡文炳"寿至七十六"的预言，所以又补编一次诗文集，都增加到三十二卷，《文集》个别地方有修改，《外集》八卷。七十六岁到临终，《诗集》增至三十七卷外加《补遗》二卷，《文集》增至三十五卷，《外集》仍为八卷。随园诗文集除随园藏板外，外省多有翻刻的。

这次校点的底本是三十二卷本，取《四部备要》本补足《文集》、《外集》，根据《诗集》单刻本抄补诗集。《四部备要》本排印错字，以嘉庆刻本改正，不出校。外集用典有误者，依石韫玉《袁文笺正》出校，以便读者。

袁枚号称通天神狐,博极群书。驱使简策出神入化。自愧读书太少,孤陋寡闻,欲求正确使用专名号,至感困难,错漏之虞,力不从心。尚祈海内博雅,匡所不逮。

(上海古籍出版社 1988 年 1 月版)

曹刿其人,君子乎？刺客乎？
——古文备课随录

《左传》记庄公十年长勺之战,曹刿知己知彼,指挥若定,终于以弱鲁败强齐。战前曹刿问庄公与齐战的条件,鲁庄公最后说"小大之狱,虽不能察,必以情"。曹刿认为"忠之属也,可以一战"。关于忠的注释应依《左传》桓公六年"上思利民,忠也"为准,于此可见曹刿的政治头脑。《国语·鲁语》说:

> 公曰:"余听狱,虽不能察,必以情断之。"对曰:"是则可矣。[知]夫苟心图民,智虽弗及,必将至焉。"

这和《左传》一段对话是一致的。《国语》限于体例,未记曹刿指挥战斗的那一段。《左传》庄公二十三年又有一段曹刿谏观社的记载:

> 夏,公如齐观社,非礼也。曹刿谏曰:"不可。夫礼所以整民也,故会以训上下之则,制财用之节;朝以正班爵之义,帅长幼之序;征伐以讨其不然。诸侯有王,王有巡狩,以大习之。非是,君不举矣。君举必书,书而不法,后嗣何观?"

这一段话也见于《国语·鲁语》,不过比这更详细些罢了。

在《左传》和《国语》里,曹刿是个堂堂正正的君子。但是司马迁作《史记》却把曹沫作为古代的第一位刺客,入《刺客列传》,而且在《齐太公世家》也有较详细的记录。其外《鲁周公世家》、《十二诸侯年表》、《管晏列传》都说到曹沫在柯之盟时以兵劫齐桓公要回齐侵鲁之地这件事。《鲁仲连邹阳列传》、《自序》则称"曹子"。《刺客列传》说:"曹沫者,鲁人也,以勇力事鲁庄公,庄公好力,曹沫为鲁将,与齐战,三败北。鲁庄公惧,乃献遂邑之地以和。犹复以为将。"其下即记柯之盟时,曹沫以刺客行为要挟齐桓公的事。

按除《左传》、《国语》外,在秦汉以前文献中,曹刿都是以刺客著名的。《战国策·燕策三》太子丹动员荆轲时说:

> 诚得劫秦王,使悉反诸侯之侵地,若曹沫之与齐桓公,则大善矣。

《战国策·齐策六》鲁仲连在给燕将书里说:

> 曹沫为鲁君将,三战三北,而丧地千里。使曹子之足不离陈,计不顾后,出必死而不生,不免为败军禽将。曹子以败军禽将非勇也,功废名灭,后世无称,非知也,故去三北之耻,退而与鲁君计也,以为遭齐桓公有天下朝诸侯。曹子以一剑之任,劫桓公于坛位之上,颜色不变而辞气不悖,三战之所丧,一朝反之。天下震动,诸侯惊骇,威信吴楚,传名后世。

可见曹刿、曹沫、曹子为一人,实有以剑劫齐桓公的刺客行为。

那末曹沫与曹刿是否一人呢？答案是肯定的，不但时间、对象（鲁庄、齐桓）地点、事件不容有二，且"沫"、"刿"古代声近互写，《战国策》《史记》或用"沫"（可解为"沫"的形近而误），其他书用"刿"，也有杂用"沫"、"刿"的，如刘向在《管子序录》中说：

> 柯之会，桓公背曹沫之盟，管仲因而信之，诸侯归之。

而在《新序·杂事第四》记"柯之盟"事刘向又明用"鲁大夫曹刿"字样。《管子》一书杂出众手，管仲死在齐桓公前，《大匡》篇里称"桓公"必为后人追记，所以多记叙之辞，但时代不会太晚，如前之举在战国时期曹刿劫齐桓公事已在不同国家被引用。《大匡》篇里记桓公四年攻鲁时管仲谏止说：

> 公不听，果伐鲁。鲁不敢战，去国五十里而为之关，鲁请比于关内，以从于齐，齐亦毋复侵鲁。桓公许诺，鲁人请盟，曰："鲁小国也，故不带剑，今而带剑是交兵闻于诸侯，鲁不如已。请去兵。"桓公曰"诺"。乃令从者毋以兵。管仲曰："不可，诸侯加忌于君，君如是以退可。君果弱鲁君，诸侯又加贪于君，后有事，小国弥坚，大国设备，非齐国之利也。"桓公不听。管仲又谏曰："君必不去鲁。胡不用兵？曹刿之为人也，坚强以忌，不可以约取也。"桓公不听，果与之遇。庄公自怀剑，曹刿亦怀剑践坛，庄公抽剑其怀，曰："鲁之境去国五十里，亦无不死而已。"左揕桓公，右自承曰："均之死也，戮死于君前。"管仲走君，曹刿抽剑当两阶之间曰："二君将改图，无由进者。"管仲曰："君分地，以汶为境。"桓公许诺，以汶为境而归。

综合上引材料,可以得出这样的结论,司马迁定曹刿为刺客是有先秦材料为依据的。那么,儒家经典是不是都以曹刿为君子呢?《春秋》本文未提曹刿,而三传对曹刿的叙述极不一致,《左传》把曹刿当君子,动必以礼,同时又是优秀的指挥员,对长勺之战总结可证。而于庄公十三年《春秋》经文"公会齐侯盟于柯"则只字未提曹刿,一反《左传》详于叙事的特点。《公羊》、《谷梁》两传恰恰相反,于庄公十年二十三年两处《左传》大书特书曹刿的地方,则只字未提曹刿,《谷梁传》说:

> 冬,公会齐侯盟于柯。曹刿之盟也,信齐侯也。桓盟虽内与,不日,信也。

《公羊传》则一反常例,详细叙述事件经过:

> 冬,公会齐侯于柯。何以不日?易也。其易奈何?桓之盟不日,其会不致,信之也。其不日,何以始乎此?庄公将会乎桓,曹子进曰:"君之意何如?"庄公曰:"寡人之生则不如死矣。"曹子曰:"然则,君请当其君,臣请当其臣。"庄公曰:"诺。"于是会乎桓。庄公升坛,曹子手剑而从之。管子曰:"君何求乎?"曹子曰:"城坏压境,君不图与?"管子曰"然则君将何求?"曹子曰:"愿请汶阳之田。"管子顾曰:"君许诺。"桓公曰:"诺。"曹子请盟,桓公下,与之盟。已盟,曹子标剑而去之。要盟可犯,而桓公不欺;曹子可仇,而桓公不怨。桓公之信著乎天下自柯之盟始焉。

从上述材料看,柯之盟曹刿实有劫齐桓公之事,《左传》为什么避而不谈呢?我想这跟《左传》的作者的指导思想重"礼"有关。《左传》在表述大战时,事先都以部队"有礼"或"无礼"

来透露成败的消息,如"殽之战":

> 二十三年春,秦师过周北门。左右免胄而下,超乘者三百乘。王孙满尚幼,观之,言于王曰:"秦师轻而无礼,必败,轻则寡谋,无礼则脱;入险而脱,又不能谋,能无败乎?"

晋先轸找邀击秦师的借口也说:"秦不哀我丧,而伐晋同姓,秦则无礼,何施之为!"

《左传》的作者相信:"礼,王之大经也。"(昭公十五年)"礼所以守其国,行其政令,无失其民者也。"(昭公五年)既以曹刿为礼的典型,如果记柯之盟,那么对曹刿的形象就大有损害,二十三年陈观社的那一段话就毫无意义了。就是说《左传》借曹刿以宣传礼的重要。《公羊》、《穀梁》着眼宣传齐桓公守信而得诸侯,所以对柯之盟着力提了曹刿的事。长勺之战就不提曹刿。从这些方面可以看出作者的剪裁之妙。那么,《左传》是否毫未涉及到柯之盟事呢?我以为细心的读者会从字缝里寻绎出一点蛛丝马迹。曹刿开始问鲁庄公的问题是"何以战?"到最后肯定时变成"可以一战"这个"一"字决非随意添加可以轻轻放过。我以为这里的"一"字略去了以后的三战三北。因为齐强鲁弱,对方又有管仲为辅,在特定条件下可以打一次胜仗,以后呢?则不保险了。在《左传》长勺之战时,看出曹刿的政治眼光和指挥才华。他看不起当时鲁国的大夫"肉食者鄙,未能远谋"。肉食者就是"大夫",不能只泛指有官位。刘文淇《左氏传旧注疏证》说:

> 昭四年传说颁冰之法云:食肉之禄,冰皆与焉。盖位为大夫,乃得食肉也。

在危急关头,曹刿挺身而出,经过长勺之战,曹刿取得鲁庄公之信任,跻入大夫行列,《史记》所谓"为鲁将"。在这个"可以一战"的"一"字中,可以引申出他书所载为将以后三战三北的事。所以《左传》以长勺之战记曹刿的进身得位,以谏观社强调他的遵循礼制,匡君以道,而用"可以一战"为贤者讳。而他书呢?则强调曹刿的勇气胆识。管仲说他"坚强以忌"。说明他虽是败军之将,但性格坚强不甘屈服,而鲁仲连称赞他在坛上劫桓公之后,"颜色不变而辞气不悖",还是能行礼如仪。以致能"三战之所丧一朝而复之"。这不明于礼做不到,没有过人的勇气更不可想象。所以曹刿以勇气闻名。他论战也说:

夫战,勇气也。一鼓作气,再而衰,三而竭,彼竭我盈,故克之。

这是曹刿的军事主张。沈钦韩就认为这是《孙子·军争篇》"治气"说的根据:

《孙子·军争篇》:"三军可夺气……是故朝气锐,昼气惰,暮气归。[故]善用兵者,避其锐气,击其惰归,此治气者也。"《孙子》之言所本也。

我认为论述曹刿其人,既要引长勺之战,又不可忌讳柯之盟。不管长勺之战还是柯之盟都能说明他的"勇气"和谋略。长勺之战是正规方式,柯之盟是权宜之计。两者结合在一起正看到曹刿一身为君子与刺客的统一,深明大义,洞晓利害,通权达变,临危不惧的性格,是坚强的爱国志士。表现这种性格的突出事件为柯之盟。因此,为后人所艳称。司马迁称他为刺客,这个"客"字在战国秦汉都有褒义,《史记·自序》说:

曹子匕首,鲁获其田,齐明其信;豫让义不为二心,作《刺客列传》第二十六。

倘要论曹刿其人,则匕首事断不可避而不谈。

(原载湖南《语文学习》1980年3期,改动较大)

终军请缨及生年考

终军请缨传为美谈。据《汉书·终军传》记其事云:

> 南越与汉和亲,乃遣军使南越,说其王,欲令入朝比内诸侯。军自请:"愿受长缨,必羁南越王而致之阙下。"军遂往说越王,越王听许,请举国内属。天子大说,赐南越大臣印绶,一用汉法,以新改其俗,令使者留填抚之。越相吕嘉不欲内属,发兵攻杀其王及汉使者,皆死。语在《南越传》。军死时年二十馀,故世谓之"终童"。

粗粗读过,既曰"终童",总以为年只二十略过,其实不然,考本传云:

> 年十八,选为博士弟子……至长安上书言事,武帝异其文,拜军为谒者给事中。从上幸雍,祠五畤,获白麟……由是改元为元狩。

按汉武帝泰初以前,沿用十月为岁首。元狩元年为公元前122年,终军至长安上书言事应为元朔六年(前123)。《汉书·南越传》元鼎四年(前113)终军请缨,随同安国少季使南越,后即与诸使者留驻镇抚。《武帝本纪》元鼎五年(前112):"夏四月南越王相吕嘉反,杀汉使者及其王、太后。"终军亦死难。

按元朔六年(前123)终军年十八,则应生于武帝建元元年(140),元鼎四年(前113)终军虚岁已二十八,次年死难则二十九岁。此综合《武帝纪》、《南越传》及《终军传》可确然无疑者。然则《汉书》何以云"军死时年二十馀,故世谓之'终童'"?窃意终军终不及三十,《礼记·曲礼》"三十曰壮,有室",史未言其有子,此其一;二则诸使者中军年最少,悯其早丧,故谓之"终童",犹今日之言小年青耳!孟坚盖未细考其年岁,惜其早世,故以时人谓之"终童"致伤悼之义。此童决非童子、成人之童,否则前言"年二十馀"后言"终童",岂非自相龃龉乎?

新编《辞海》于《终军》条未标生年,仅著卒岁(前112),似可补入。

(原载《读常见书札记》)

"英雄亦到分香处"
——读魏武《遗令》

  台上年年掩翠蛾,台前高树夹漳河。英雄亦到分香处,能共常人较几多!

  罗隐这首《铜雀台》诗是人所习知的。这三四两句对魏武的《遗令》颇有微辞。《遗令》是这样的:

  吾夜半觉小不佳。至明日饮粥汗出,服当归汤。吾在军中持法是也。至于小忿怒,大过失,不当效也。天下尚未安定,未得遵古也。吾有头病,自先著帻,吾死之后,持大服如存时,勿遗。百官当临殿中者,十五举音,葬毕便除服;其将兵屯戍者,皆不得离屯部;有司各率乃职。敛以时服,葬于邺之西冈上,与西门豹祠相近,无藏金玉珍宝。吾婢妾与伎人皆勤苦,使着铜雀台,善待之。于台堂上安六尺床,施繐帐,朝晡上脯糒之属,月旦十五日,自朝至午,辄向帐中作伎乐。汝等时时登铜雀台,望吾西陵墓田。馀香可分与诸夫人,不命祭。诸舍中无所为,可学作组履卖也。吾历官所得绶,皆著藏中。吾馀衣裘,可别为一藏,不能者兄弟可共分之。(中华书局版《曹操集》57—58页,下引该书

只注页码)

这篇《遗令》的后半,《三国志·魏书·武帝纪》根本未引,而见于《文选》卷六十陆机的《吊魏武帝文》的序里。

曹操叱咤风云,不可一世,而《遗令》却叮咛嘱咐"分香卖履"的琐事。如果和宋代宗汝霖的大呼渡河和陆放翁的"但悲不见九州同"比起来,未免有些煞风景。陆机就叹息说:

> 委躯命以待难,痛没世而永言。抚四子以深念,循肤体而颓叹。迫营魄之未离,假馀息乎音翰。执姬女以嚬瘁,指季豹而漼焉。气冲襟以呜咽,涕垂睫而汍澜……惜内顾之缠绵,恨末命之微详。纡广念于履组,尘清虑于余香。结遗情之婉恋,何命促而意长……徽清弦而独奏,进脯糒而谁尝?悼缥帐之冥漠,怨西陵之茫茫。登爵台而群悲,眝美目其何望!既睎古以遗累,信简礼而薄葬。彼裘绂于何有,贻尘谤于后王。嗟大恋之所存,故虽哲而不忘。览遗籍以慷慨,献兹文而凄伤。

陆机认为像曹操这样英雄一世的人物,临终不应该只对妻妾儿女泣涕伤怀,大约这种"大恋"是人之常情,"虽哲而不忘",言外有点惋惜。罗隐的那两句诗,实际也是这个意思,但语带讥刺。司马光却着眼于曹操的奸诈,孙能传《剡溪漫笔》云:

> 司马温公语刘元城:昨看《三国志》识破一事。曹操身后事,孰有大于禅代?《遗令》谆谆百言,下至分香卖履,家人婢妾,无不处置详尽,而无一语及禅代事,是实以天子遗子孙而身享汉臣之名。操心直为温公剖出。(转引自卢弼《三国志集解》卷一)

叶树藩却引汉高为比,认为不足为奇:

> 汉高祖手敕太子云:"吾得疾遂困,以如意母子相累,其馀诸儿皆足自立,哀此儿犹小也。"喁喁儿女之情,汉高亦复不免,何论阿瞒!(海录轩本《文选》卷六十)

司马光以为曹操遗令是奸诈的一贯表现,为了欺天下后世;叶树藩却以为儿女私情,英雄不免,叶可能以司马光之言有点深文周纳,但叶对这个《遗令》也是不满的。认为像刘邦、曹操这些以权术诈变刻薄寡恩而取天下的人物,也不能忘情于子女私情,好像就不够英雄味。但我以为:"无情未必真豪杰,怜子如何不丈夫!"曹操的《遗令》是真情的流露,而曹操之所以不但是建安时期的政治家,而且是文坛领袖,没有真正的感情是不可想象的。《遗令》就是有力的证据。

历来对于曹操的雄才大略,善于用人,是没有异议的。但对他的品格则颇多争议。近些年来宣传曹操是"大法家"、"无神论者"、"唯物主义"、"彻底反对儒家思想"等等论调甚嚣尘上。因为曹操建安二十二年下过《举贤勿拘品行令》,提出可以举那些"负污辱之名,见笑之行,或不仁不孝而有治国用兵之术"的人才,这和儒家的"修身齐家"的说法是矛盾的。又在《让县自明本志令》里提到"性不信天命之事",他早年做"济南相"时又"禁断淫祀",于是"无神论"的光荣称号就加到曹操的头上了。

曹操是不是彻底摆脱儒家思想的羁绊,是不是如有些论者所宣扬的反孔孟"斗士"呢?不妨引他几篇文章看看:

> 丧乱已来,风教凋薄,谤议之言,难用褒贬。自建安五年已前,一切勿论。其以断前诽议者,以其罪罪之。(《为徐宣议陈矫下令》,30页)

吾起义兵，为天下除暴乱。旧土人民，死丧略尽，国中终日行，不见所识，使吾凄怆伤怀。其举义兵已来，将士绝无后者，求其亲戚以后之，授土田，官给耕牛，置学师以教之。为存者立庙，使祀其先人。魂而有灵，吾百年之后何恨哉！（《军谯令》，31页）

丧乱以来，十有五年，后生者不见仁义礼让之风，吾甚伤之。其令郡国各修文学，县满五百户置校官，选其乡之俊造而教学之，庶几先王之道不废，而有以益于天下。（《修学令》，32—33页）

阿党比周，先圣所疾也。闻冀州俗，父子异部，更相毁誉。昔直不疑无兄，世人谓之盗嫂；第五伯鱼三娶孤女，谓之挝妇翁；王凤擅权，谷永比之申伯；王商忠议，张匡谓之左道：此皆以白为黑，欺天罔君者也。吾欲整齐风俗，四者不除，吾以为羞。（《整齐风俗令》，34页）

故北中郎将卢植，名著海内，学为儒宗，士之楷模，乃国之桢干也。昔武王入殷，封商容之闾；郑丧子产，而仲尼陨涕。孤到此州，嘉其馀风。《春秋》之义，贤者之后，有异于人。敬遣丞掾修坟墓，并致薄醊，以彰厥德。（《告涿郡太守令》，37—38页）

大中大夫孔融既伏其罪矣，然世人多采其虚名，少于核实，见融浮艳，好作变异，眩其诳诈，不复察其乱俗也。此州人说平原祢衡受传融论，以为父母与人无亲，譬若瓶器，寄盛其中；又言若遭饥馑，而父不肖，宁赡活馀人。融违天反道，败伦乱理，虽肆市朝，犹恨其晚。更以此事列上，宣示诸军将校掾属，皆使闻见。（《宣示孔融罪状令》，39页）

议者以为祠庙上殿当解履，吾受锡命，带剑不解履上殿,今有事于庙而解履,是尊先公而替王命,敬父祖而简君主,故吾不敢解履上殿也。又临祭就洗,以手拟水而不盥。夫盥以洁为敬,未闻拟而不盥之礼,且"祭神如神在",故吾亲受水而盥也。又降神礼讫,下阶就幕而立,须奏乐毕竟,似若不衍烈祖,迟祭不速讫也,故吾坐俟乐阕送神乃起也。受胙纳福,以授侍中,此为恭敬不终实也,古者亲执祭事,故吾亲纳于袖,终抱而归也。仲尼曰:"虽违众,吾从下。"诚哉斯言也。(《春祠令》,47页)

昔仲尼之于颜子,每言不能不叹,既情爱发中,又宜率马以骥。今吾亦冀众人仰高山,慕景行也。(《下州郡》,58页)

不必多引了,就现存的《曹操集》来看,找不到一句直接反对孔子的话来,而他在诗中一再称引周公,而以儒者所宣扬的太平之世为自己的理想,如《对酒》:

对酒歌,太平时,吏不呼门,王者贤且明,宰相股肱皆忠良。咸礼让,民无所讼事。三年耕有九年储,仓谷满盈。斑白不负戴,雨泽如此,百谷用成。却走马,以粪其上田。爵公侯伯子男,咸爱其民,以黜陟幽明。子养有若父与兄。犯礼法,轻重随其刑。路无拾遗之私。囹圄空虚,冬节不断。人耄耋,皆得以寿终。恩德广及草木昆虫。(4页)

曹操的自我表白如此,那末为什么很多人说他一反儒家传统呢?我以为是由于误解了《敕有司取士毋废偏短令》、《举贤勿拘品行令》等内容。那两个令的内容,是强调有才就可以用,不要求全责备。为了极言之就举"不仁不孝而有治国用兵之术"也可以用,就像吴起那样,而不是曹操提倡不仁不孝。在曹操看来,品行不好仍然是缺点,不过只要才能出众仍然可以任用。曹操宣布孔融的罪状是不孝,曾经有人认为一方面提倡不仁不孝,一方面又以不孝的罪名杀孔融,说明自相矛盾。曹操杀孔融首先是出于政治上消灭异己。但宣布的罪状是和他想用儒家之道"整齐风俗"一致的。我们还可以曹操对毕谌的态度看出至少在表面上曹操还是提倡孝道的,《武帝纪》说:

  初,公为兖州,以东平毕谌为别驾。张邈之叛也,邈劫谌母弟妻子;公谢遣之,曰:"卿老母在彼,可去。"谌顿首无二心,公嘉之,为之流涕。既出,遂亡归。及布破,谌生得,众为谌惧,公曰:"夫人孝于亲者,岂不亦忠于君乎!吾所求也。"以为鲁相。

这总可说明曹操仍然提倡孝道。我们不要忘了,曹操是"年二十,举孝廉为郎"而起家的,曹操的思想的主流仍然是东汉时期的儒学,不过根据他的时代特点,摒弃其中的谶纬迷信色彩而恢复孔孟思想的合理内核,作为教育人民整齐风俗的武器。曹操丝毫没有反孔的色彩。

对于朋友之道,曹操也是重视的。因为曹操误杀了吕伯奢一家,被小说一渲染,人们把曹操看成灭绝人性的奸诈之尤。我们看看曹操对蔡邕、郭嘉、桥玄的态度可以知道曹操对朋友的感情。蔡邕死后,曹操不惜重金把蔡文姬赎回来。《全三国文》卷四有曹丕的《蔡伯喈女赋序》说:

  家公与蔡伯喈有管鲍之好,乃命使者周近持玄璧,于匈奴赎其女还,以妻屯田都尉使者。

这件事一直被传为美谈。《云溪友议》卷上《舞娥异》记述李翱

在潭州从乐部中把韦中丞的庶女救出来嫁给读书人,舒元舆知道了,从京城写诗赞美李翱说:

> 湘江舞罢忽成悲,便脱蛮靴出绛帏。谁是蔡邕琴酒客,魏公怀旧嫁文姬。

郭嘉死后曹操怀念不止,在给荀彧的信里说:

> 郭奉孝年不满四十,相与周旋十一年,险阻艰难,皆共罹之。又以其通达,见世事无所疑滞,欲以后事属之。何意卒尔失之,悲痛伤心!今表增其子满千户,然何益亡者!追念之感深。且奉孝乃知孤者也,天下人相知者少,又以此痛惜,奈何奈何!(60页)

他又说:"追惜奉孝,不能去心。"

> 故太尉桥公,诞敷明德,泛爱博容。国念明训,士思令谟。灵幽体翳,邈哉晞矣!吾以幼年逮升堂室,特以顽鄙之姿,为大君子所纳。增荣益观,皆由奖助,犹仲尼称不如颜渊,李生之厚叹贾复。士死知己,怀此无忘。又承从容约誓之言:"殂逝之后,路有经由,不以斗酒只鸡过相沃酹,车过三步,腹痛勿怪。"虽临时戏笑之言,非至亲之笃好,胡肯为此辞乎?匪谓灵忿,能诒己疾,旧怀惟顾,念之凄怆。奉命东征,屯次乡里,北望贵土,乃心陵墓。裁致薄奠,公其尚享。(《祀故太尉桥玄文》,67—68页)

这种对朋友的情义,只有儒家思想有,而法家除了法术势之外,是不允许讲私人情义的。曹操的一些诗句如:"狐死归首丘,故乡安可忘。"(《却东西门行》)"悲彼《东山》诗,悠悠令我哀。"(《苦寒行》)"瞻彼洛城郭,微子为哀伤。"(《薤露》)"铠甲生虮虱,万姓以死亡。白骨露于野,千里无鸡鸣。生民百遗一,念之断人肠。"(《蒿里》)这种忧生念乱,同情民生疾苦的观点,和孟子一脉相承,而决不同于韩非李斯。真正崇奉法家的一套观念,是不可能写出好的抒情作品的。法家可以像老吏断狱,斩金截铁,而绝不容许写像王粲《七哀》和三曹的一些忧生伤往的抒情诗文。中国传统抒情诗里思想是儒家为主,可以有道家神仙家的因素(如曹操的一些乐府),而不可能用法家思想指导抒情诗文的创作。建安时期,诗文创作思想仍然以儒家为主导。钟嵘评曹植诗"其源出于《国风》","曹公古直,甚有悲凉之句",都已道出其中消息,曹丕《典论·论文》更是明证。但近来好像不大引人注意,总希望摒除儒家思想去另找源头,我以为即从曹操《遗令》看仍然是结穴在儒家的范围。

"鸟之将死,其鸣也哀;人之将死,其言也善。"曹操的奸诈多谋,人所习知,他是最讲求实效而决不是腐儒,这毋庸辞费。因为他奸雄一世,所以这个临终的真情流露,也常常被人当做批判贬斥的口实。葛常之《韵语阳秋》卷十九说:

> 魏武阴贼险狠,盗有神器,实窃英雄之名,而临死之日,乃遗令诸子,不忘于葬骨之地,又使伎人着铜雀台上以歌舞其魂,亦可谓愚矣。东坡云:"操以病亡,子孙满前,而咿嘤涕泣,留连妾妇,分香卖履,区处衣物,平生奸伪,死见真性。"真名言哉!

东坡所说的"死见真性"和罗隐的"能共常人较几多"的意思一样是贬义,但从《遗令》中倒可拨去加在曹操研究上的一些迷雾。曹操禁断淫祀,不等于破除鬼神迷信,而是信奉儒家对祖先的祭祀,反对"非其鬼而祭之"的行为。不然,为何要子孙按时上祭品还向帐中作乐以娱其魂呢?这和他要为"存者立庙",祭卢植、桥玄等行为是一致的,而和无神论是风马牛不相及。

南宋的程大昌在《演繁露》的《寝庙游衣冠》条就说曹操的《遗令》祭祀是根据秦汉以来的礼仪的:

> 古不墓祭,祭必于庙,庙皆有寝故也。凡庙列诸寝前,寝则位乎庙后,以象人君之前朝后寝也。凡寝之有衣冠几杖象生之具者,则在庙之寝也。高庙衣冠月一出游者,游其庙寝之衣冠也。秦人始于墓侧立寝,汉世因之,诸陵皆有园寝,又有官人随鼓漏理枕具盥水陈严具,则又推庙寝之制以及陵寝者也。陵寝者如庙寝。其衣冠月一游之。《诸侯王表》曰,太常孔臧坐衣冠橘坏失侯,是其事也。然则魏武置官人铜雀台,令月朝十五日望陵上食,其来有自矣(《通鉴》四十九)。陆机作文以讥刺之,但知搜剔其过,不复审谛其自也。(《说郛》卷五十七引文)

可见曹操到死还是守住当时传统的礼仪,而礼仪特别丧葬祭祀,更是儒家比别家都重视的;所谓"惟送死可以当大事"。曹操叮咛嘱咐死后的月旦月中要宫人望陵上食作伎乐,不正说明他到死还是相信有灵魂能享受祭祀吗?这样说是不是有意贬低曹操的思想呢?生活在建安时代的曹操是不可能超越儒家思想的统治的。建安时期支配诗文创作的思想主流仍然是儒家的传统。这个题目不是几句话能说清楚的,只有留待以后专门论述。不过《遗令》中似乎已提供了这方面的信息。

鄙见如斯,未知尚有一言可采否?

(1983 年 3 月 1 日,原载《读常见书札记》)

王粲《七哀诗》第一首作年

王粲《七哀》是名作,尤其今存之第一首"西京乱无象",更当视为汉末诗史。其创作之年,十三校《中国古代文学作品选》上册云:

> 《七哀诗》共三首,不是一时之作。这里选的是第一首。初平三年(192)董卓部将李傕、郭汜等在长安作乱。这首诗是诗人离开长安往荆州避难时所作。

这是因袭北大《魏晋南北朝文学史参考资料》的含糊之说。彼书云:

> 初平三年(192)卓将李傕、郭汜等在长安作乱。这诗当是王粲往荆州避乱,初离长安时作。

按王粲生卒、避难,史有明文。《三国志·魏书·王粲传》云:

> 建安二十一年从征吴。二十二年春,道病,卒。时年四十一。

所以据推其生卒为公元177—217年。各书注解皆无异辞。然《王粲传》中云:

> 年十七，司徒辟，诏除黄门侍郎，以西京扰乱，皆不就。乃之荆州依刘表。

初平三年(192)王粲虚年十六，与传不合。故卢弼《三国志集解》注云：

> 粲年十七岁为汉献帝初平四年。时司徒为淳于嘉。"司徒辟"与"诏除黄门侍郎"为两事。故下文云"皆不就"。

李、郭始乱为初平三年(192)，次年王粲往荆州，为193年，年十七。本传甚明，不当含糊其词，以为往荆州为初平三年事也。

《世说新语》原名考略

宋临川王刘义庆的《世说新语》和梁刘峻的注本，无论从文学、历史或语言哪个角度看，在说部中都是影响较大的书。可是，它的原名问题，却是学术界一件公案，很有研究的必要。

南北宋间汪藻（1079—1154）《世说叙录》曾列有《世说》、《刘义庆世说》、《世说新书》、《世说新语》四种名称，而作者判断说：

> 按晁氏诸本皆作《世说新语》，今以《世说新语》为正。（文学古籍刊行社影印日本影印宋本，标点为引者所加，下同）

汪书在国内早失传了，所以一般采用黄伯思的说法，认为原名应为《世说新书》，《四库全书总目·小说家类一·世说新语三卷》可以作为代表，它说：

> 黄伯思《东观馀论》谓《世说》之名肇于刘向，其书已亡，故义庆所集名《世说新书》，段成式《酉阳杂俎》引"王敦澡豆"事尚作《世说新书》可证，不知何人改为《新语》，盖近世所传；然相沿已久，不能复正矣。

按所引黄伯思之说见其子黄㤭所编《东观馀论》卷下《跋世说新语后》，云：

> 《世说》之名肇刘向，六十七篇中已有此目，其书今亡。宋临川孝王因录汉末江左名士佳语，亦谓之《世说》，梁豫州刑狱参军刘峻注为十卷。采掇舛误处大抵多就证之，与《裴启语林》近出入，皆清言林囿也。本题为《世说新书》，段成式引"王敦说澡豆"事以证陆畅事为虚，亦云"近览《世说新书》"，而此本谓之《新语》，不知孰更名之，盖近世所传。大观己丑（三年，1109）中夏七日从宗博张府美借观两月，因譬正所畜本。此本出宗宣献家，比世所行本殊为详备，但累经传写，颇有脱误耳。己丑中秋日借张府美本校竟，庚寅五月二十九日又以宗正赵士暕明发本校竟，八月晦又以西都监大内内省供奉李义府本校第十卷。（《津逮秘书·东观馀论》）

值得注意的是，黄伯思所见各本皆作《世说新语》与汪藻所据以定名者相同。黄伯思与李纲为表兄弟，又受业于纲父夔之门。事迹见于《东观馀论·附录》所载李纲作的墓志铭，称其卒于政和八年（1118），年四十，则应生于1079年，实与汪藻同年生。

黄伯思的论断经《四库全书总目》采用，遂被一些人奉为圭臬。如清李调元《童山文集》卷十四《世说旧注跋》说：

> 段成式《酉阳杂俎》引作《世说新书》，不知何时改作《新语》，相沿至今，不能复正。

鲁迅《中国小说史略》亦从此说。按唐时有《世说新书》之名,并不始于晚唐的段成式,今人余嘉锡《四书提要辩证》复举"《通典》一百五十六引'曹公军行失道三军皆渴'事,亦作《世说新书》"以证成黄说。

日本的神田醇收藏了一截号称唐写本《世说新书》残卷,他在跋尾里说:

> 此书旧题云《世说新书》,段成式《酉阳杂俎》尚云《新书》,《菅家文草》有《相府文亭始读〈世说新书〉》诗,黄伯思《东观馀论》辄云《新语》,则其改称当在五季宋初,后来沿称《新语》,无知其初名者矣。

神田醇大约只看了《东观馀论》的篇名,实际未读其书,似乎连《四库全书总目》也未寓目,所以大大冤枉了黄伯思。其为武断,已可推知。但因唐写本《世说新书》残卷在手,因此得到罗振玉的极口称赞。罗的《永丰乡人乙稿·雪堂校刊群书叙录下·〈唐写本世说新书〉跋》说:

> 神田翁以所为跋尾见示,据段氏《酉阳杂俎》、《菅家文草》谓此书初名《世说新书》,五季宋初始改称《新语》,其说至精确。余考《唐志》载王方庆《续世说新书》(引者注:见《新唐书·艺文志》卷三《杂家类·王方庆〈续世说新书〉十卷》),则临川之书唐时作《新书》之明证,可补神田翁所举之遗。

这好像已成定论,其实大谬不然。唐初景龙四年(710)刘知几的《史通》就毫不含糊地提出《世说新语》之名,足以廓清黄伯思以来所谓"唐世原名《世说新书》,五季宋初始改称《新语》"的迷雾。《史通》体例分《内篇》、《外篇》,从文体看,《内篇》多骈偶,《外篇》则散行。《内篇·六家》说:

153

>如君懋《隋书》,虽欲祖述商周,宪章虞夏,观其所述,乃似《孔子家语》、临川《世说》,可谓画虎不成反类犬也。

《外篇·杂说中》几句话尤为明确:

>近者宋临川王义庆著《世说新语》,上叙两汉、三国及晋中朝江左事。刘峻注释,摘其瑕疵,伪迹昭然,理难文饰。而皇家著晋史,多取此书。遂采康王之妄言,违孝标之正说。以此书事,奚其厚颜?

在《六家》中为了行文的整饬,所以称《孔子家语》、临川《世说》。《杂说中》专评此书,所以用全称《世说新语》。《史通》今日所见各本,此处皆无异文作《新书》者。刘知几不可能自我作古,杜撰新名,致遭物议。足见此书当时原名《世说新语》,决非"五季宋初人所改"。神田醇的意见,不攻自破。奇怪的是纪昀《史通削繁》亲见此文,《四库全书总目》又对刘知几的批评加以辩解:

>义庆所述,刘知几《史通》深以为讥。然义庆本小说家言,而知几绳之以史法,拟不于伦,未为通论。

而对书名却忘了这一条重要证据,亦信本名《世说新书》之说,此真所谓"睫在眼前常不见",故余特表而出之。

或者以为王方庆时代略早于刘知几,以为唐初本名《世说新书》之一证。然王书仅见于《新唐志》,列于"杂家",不与《世说》同侪于"小说",已属可疑。而梁、陈间知名学者顾野王已明著《世说新书》、《世说新语》之异同。汪藻《世说叙录》在《世说新书》下注云:

>顾野王撰颜氏本跋云:"诸卷中或曰《世说新书》,凡号

《世说新书》者,第十卷皆分门。"

顾氏当时所见诸卷多作《世说新语》,间或也有作《世说新书》的,故用"或曰"字样。同时又提供了两种书名的微微之辨。汪藻又说:

> 按王仲至《世说手跋》云:第十卷无门类,事又多重出,注称敬胤,审非义庆所为,当自他书附此,《世说》其止于九篇(卷)乎?

合上两条来看,顾野王时,重出的第十卷不分门的仍称《世说新语》,分门的,即号《世说新书》。分的什么门呢?大约就是今本三十六篇之外又采正史中事"有直谏、奸佞、邪谄三门,皆正史中事而无注。颜本只载直谏而馀二门亡其事"。这就足以说明此书原名《世说新语》,稍加改动多出几门的,则曰《世说新书》。且取神田醇所藏残卷校宋本《世说新语》,字句亦颇有异同,也足以说明两者实有区别。

清人沈涛《铜熨斗斋随笔》卷七,则谓此书原名《世说》云:

> 涛案:《太平广记》引王导、桓温、谢鲲诸条皆云出《世说新书》,则宋初本尚作《新书》,不作《新语》。然刘义庆本但作《世说》,见《隋书·经籍志》。《艺文类聚》、《北堂书钞》诸类书所引,亦但作《世说》。《新书》、《新语》皆后起之名。

按沈说似是而实非。汪藻《世说叙录》称《世说》、《续世说》者,仅见于史志著录之名,而所见各本不作《世说新语》,即作《世说新书》。可知著录称《世说》者为从简之例,如《毛诗诂训传》但称《毛诗》,《老子道德经》惟称《老子》,《贾谊新书》但称《贾谊》或《贾子》等,屡见不鲜。即如此书,汪藻既定名为《世说新语》而仍称《世说叙录》,陆游、董弅所刻书名《世说新语》,而跋文中只称《世说》(见《四部丛刊》本)。宋初诸臣编《太平广记》,采自《世说新语》二十六事,多数只注"出《世说》",其称"出《世说新书》"者五条(王敦澡豆事亦在其中,而《艺文类聚》八十四、八十七两引此事,但蒙上文《世说》称"又曰"而未用《新书》);其称"出《世说新语》"者四条(卷一百七十三"诸葛靓"、一百七十四"孙齐由"、一百七十六"乐广"、二百四十五"孙子荆"),非若沈氏所云"宋初本尚作《新书》,不作《新语》"。意者当日诸臣编辑,各随所见之本,多从简称,但曰《世说》,或标全名则曰《世说新语》、《世说新书》,决不如神田醇所说"后来沿称《新语》,无知其初名"。复考义庆前后,以"语"名书,殆为一时风尚。前有《顾子新语》、《郭颁世语》以及《杂语》、《琐语》之类,其后,唐元和二年(807)刘肃著《大唐新语》(甚至序中题作《大唐世说新语》,《四库全书总目》作为商濬所妄加),或亦可为其书原名《世说新语》之一旁证。所幸汪藻《世说叙录》重见中土,为《史通》所引,添出有力证据,得以推其书名变更省略之由。然文献不足,未敢必其信否,姑录之以俟通博。

(1957年初稿于南京,1979年重写于清江,
原载《中华文史论丛》1980年第三辑)

《雁门太守行》题义

郭茂倩《乐府诗集》卷三十九《相和歌辞·瑟调曲·雁门太守行》古词,全为歌颂东汉洛阳令王涣之善政。郭引《古今乐录》曰:

> 王僧虔《技录》云:《雁门太守行》,歌古洛阳令一篇。

王涣事见《后汉书》卷六十六《循吏传》,郭亦撮引作介绍,与古词合。《乐府解题》曰:

> 按古歌词历述涣本末与传合,而曰《雁门太守行》,所未详。若梁简文帝"轻霜中夜下",备言边城征战之思。

其后,李贺《雁门太守行》即师简文之意但言边塞征战之苦。注李贺诗者并未喻古词咏"洛阳令"而名为《雁门太守行》之事。《宋书·乐志三》于《雁门太守行》之上复加《洛阳行》字样,未言所以然。而后人亦多忽之。王琦《李长吉歌诗汇解》于题下注云:

> 按《乐府诗集·雁门太守行》乃《相和歌·瑟调》三十八曲之一。古词备述洛阳令王涣德政之美而不及雁门太守事,所未详也。若梁简文帝之作,始言边城征战之思。长吉

所拟,盖祖其意。

今日李贺《雁门太守行》为各唐诗选本所必选,而于解题仅从王琦之说。古人中涉及《雁门太守行》题目与内容之矛盾而予以新解者,则为明末清初重要诗人胡夏客,惜乎胡氏其人其诗多为文学史家所忽略。胡夏客《谷水集》有诗二十卷,其卷一《雁门太守行》独持新义,据录于下:

> 汉乐府有诗一篇,咏洛阳令王涣稚子善政始末,事皆与史传相合,而题云《雁门太守行》,从来未解。余年七十有三,老矣,阅天下事多,以今验古,忽通其义,因成此首,取决昔疑而已,词不求工也。

> 汉和帝时鄚王君,来莅洛阳治称神。王令未历雁门任,雁门太守非无人。那知别郡兴思慕,愿依贤宰为之民。呜呼是时谁是守,禄石二千知报否?暴或如虎贪如狼,或如蝇营如狗苟。虽今名姓已销灭,行事定然多可丑。遂使父老羡洛阳,彼邑何幸有循良!一时歌颂遥传播,借作雁门太守行。

胡氏之意,以谓歌颂他邑,即为批评本郡,盖不能直指,而于题目内容相矛盾中见此微意;虽未能必其如此,然合于"言之者无罪,闻之者足以戒"之旨,实可云发前人所未发也。

(原载《读常见书札记》)

唐朝李氏的辈分问题

　　天人几何同一沤,谪仙非谪乃其游。麾斥八极隘九州,化为两鸟鸣相酬,一鸣一止三千秋。开元有道为少留,縻之不可矧肯求?西望太白横峨岷,眼高四海空无人。大儿汾阳中令君,小儿天台坐忘身。平生不识高将军,手污吾足乃敢瞋。作诗一笑君应闻。

　　这首苏轼写的《书丹元子所示李太白真》(见古香斋本《施注苏诗》卷三十四),他形象化地写出李白睥睨权贵、绝无丝毫奴颜媚骨的精神面貌。李白自己也说:"安能摧眉折腰事权贵,使我不得开心颜?"打开《李太白文集》,即使是上书求荐,如《与韩荆州书》,也是自占高处,决无一点俯首帖耳卑躬屈膝的味儿。可是近人却有指责李白自折辈分呼弟为叔而为了求援,举了几个例子,似煞有介事。李白有《献从叔当涂宰阳冰》诗,但唐朝人李华、刘全白、范传正等的碑文以及新旧《唐书》都没有提到李阳冰和李白是亲族。曾巩又仅提"族人",不言尊卑。李阳冰《草堂集叙》叙述两人关系,对李白相当尊敬:

　　　　阳冰试弦歌于当涂,心非所好。公退不弃我,乘扁舟而相顾。临当挂冠,公又疾亟,草稿万卷,手集未修,俾予为序。

这又像是对长辈的口吻。为什么会如此参差呢？

范摅《云谿友议》卷上"江都事"条记载过这样一件事：李绅早年流落江都，投靠李元将、李仲将兄弟，称二人为叔。后来李绅做了宰相，飞黄腾达了，李元将去找他，自称弟、称侄，李绅都不高兴，直到自称孙子才受到接纳。所以当时人说"李公宗叔翻为孙子"（《唐语林》卷四"豪爽门"同）。

这件事太离奇了。封建宗法社会辈分是按谱排的，唐人又特重谱牒之学，怎么可以这么乱来呢？李绅气焰再高，也不能硬将族叔变成孙子。在别姓中又未见到类似情况。及读与李绅同时的李肇《国史补》"二李叙昭穆"条，始恍然大悟。原文如下：

> 李赞皇峤，初与李奉宸迥秀，同在庙堂，奉诏为兄弟。又西祖令璋，与信安王祎同产。故赵郡陇西二族昭穆不定，一会之中，或孙为祖，或祖为孙。

因为原是两支硬合成一支，算法不同，就有"或孙为祖，或祖为孙"的怪现象产生。李绅正是根据这个伸缩性而大摆威风，势利可笑。李白和李阳冰也原非一支，称叔表示敬意，也必有其算法，而李阳冰又从另一算法，不敢以长辈自居，在他姓不可思议，在唐朝李氏赖有元和中做过中书舍人的李肇这条记录，才使后人弄清这个弯子。而据此非议李白，则未免少见多怪厚诬古人了。

（原载《南京师院学报》1980年第2期）

童子　弱冠　他日
——试论王勃作《滕王阁序》之时间

王勃《秋日登洪府滕王阁饯别序》一般简称《滕王阁序》，虽然《唐文粹》未加甄录，在初唐骈文中仍推上驷，千百年来，传诵不绝。但究竟作于何时，颇多争议：

《唐摭言》卷五《以其人不称才，试而后惊》条云："王勃著《滕王阁序》，时年十四。"

《太平广记》卷一百七十五《王勃》条：

> 王勃字子安，六岁能属文……年十三，省其父至江西，会府帅宴于滕王阁……

注云"出《摭言》"，然较今本《摭言》为详，且有显著不同者二：一指年为十三；一指"省其父至江西"，此点尤关紧要。《旧唐书·文苑·王勃传》未载此事，仅言"为《采莲赋》以见意"。《新唐书·文艺·王勃传》则以"初"字闪烁其词：

> 父福畤，由雍州司功参军，坐勃故，左迁交趾令。勃往省，渡海溺水，悸而卒。年二十九。初，道出钟陵，九月九日，都督大宴滕王阁，宿命其婿作序以夸客，因出纸笔，遍请，客莫敢当。至勃，慨然不辞……

至元辛文房《唐才子传》卷一即将作序之事坐实为溺死之年。云：

> 父福畤，坐是左迁交趾令，勃往省觐。途过南昌，时都督阎公新修滕王阁成，九月九日大会宾客，将令其婿作记，以夸盛事。勃至入谒，帅知其才，因请为之，勃欣然，对客操觚，顷刻而就，文不加点，满座皆惊。酒酣辞别，帅赠百缣，即举帆去。至炎方，入洋海，溺死，时年二十九。

清人蒋清翊《王子安集注》相信《唐摭言》十四岁之说，于"家君作宰"句下注云：

> 清翊曰：王定保《唐摭言》载勃著序时年十四，盖福畤先为六合县令也。辛文房《唐才子传》乃谓福畤坐勃事左迁交趾令，勃往省亲，途过南昌所作。此由辛氏见《新唐书》二事连叙，遂有此谬。实则《唐书》有"初"字界之，原不相蒙也。

近人高步瀛先生《唐宋文举要》"疑十四岁之说乃由序中'童子何知'一句傅会而出"，对蒋说亦不之信。

淳按：蒋说诚不足信。除高所指外，杨炯于《王子安集序》序其父历官次序云：

> 父福畤，历任太常博士，雍州司功，交趾六合二县令，为齐州长史。

其序历官以时为次，可知勃父为六合令乃交趾之后事。1962年2月号《江海学刊》蒋逸雪先生《王勃作〈滕王阁序〉之年》认为序中"饱尝宦海升沉之味，故能有斯痛切之言"，而辨十三、十四之说不足信，甚有见地。近年选注此序者，多从辛说，然

验之本文,亦扞格难通"。如云:

> 家君作宰,路出名区;童子何知,恭逢胜饯。

今日通行之注解云:坐中年纪最轻,所以自称"童子"。然而下文又云:

> 勃三尺微命,一介书生。无路请缨,等终军之弱冠;有怀投笔,慕宗悫之长风。舍簪笏于百龄,奉晨昏于万里。非谢家之宝树,接孟氏之芳邻。他日趋庭,叨陪鲤对;今兹捧袂,喜托龙门。

若皆对客自称,何以前恭而后倨?"童子"、"弱冠"于一会之中,一人之身,如何统一?且王勃享年依岑仲勉先生《王勃疑年》推算,最短亦为二十六,何以能称"等终军之弱冠"?终军世称终童,请缨之年早过二十,余别有说。王勃此处借用"弱冠"与"长风"对偶,总指二十左右。今日注家泥于辛说,注"奉晨昏于万里"则云:"将去万里外省亲。""他日趋庭,叨陪鲤对",又注云:"将往省父,效孔鲤之趋庭。"愈说愈支离。

欲释此疑,必求之本集。上元二年(675)王勃有《秋日楚州郝司户宅饯崔使君序》(《四部丛刊》本《王子安集》卷七)一文,试与《滕王阁序》对比,事有相似,而情则迳庭:

> 上元二载,高旻八月,人多汴北,地实淮南……昌亭旅食,悲下走之穷愁;山曲淹留,属群公之宴喜……此欢难再,殷勤北海之筵;相见何时,惆怅南溟之路。

此确为往交趾省父之作,情绪何等凄苦,其自称则曰"下走",既无"童子",亦无"弱冠"字样,与《滕王阁序》显非一时之作。从旅程计,八月楚州,重九洪州,虽属可能;然文字情趣截然

不同,盖此时勃父在交趾已久,王勃以此事引咎自责,极为痛心,屡见于辞。如:

> 勃闻古人有言,明君不能畜无用之臣,慈父不能爱无用之子,何则?以其无益于国而累于家也。呜呼,如勃尚何言哉?辱亲可谓深矣……今大人上延国谴,远宰边邑,出三江而浮五湖,越东瓯而渡南海。嗟乎,此皆勃之罪也。无所逃于天地之间矣。(卷九《上〈百里昌言〉书》)

> 勃家大人,天下独行者也。性恶储敛,家无担石。自延国谴,远宰边隅。常愿全雅志于暮齿,扬素风于下邑。而道里夐远,资粮窭鲜。秩寡锺釜,债盈数万。此勃所以侧目扼腕,临深履薄,庶逢知己之厚,以成大人之峻节也。(卷八《上郎都督启》)

上引诸文,皆写于其父久谪交趾之后,凄凄惨惨。《滕王阁序》中全无此种情绪。予曾反复寻绎全集,始悟《滕王阁序》应为王勃弱冠左右侍父赴交趾任所途中所作。"家君作宰,路出名区",指其父往交趾为令。"童子何知,躬逢胜饯",严亲当前,自称"童子",文从字顺。"舍簪笏于百龄,奉晨昏于万里",即指远路迢迢,侍父赴任,非指去万里之外始"奉晨昏"也。于生客前如是说法,较占地步。杨炯于《王子安集》中云:

> 坐免,岁馀,寻复旧职,弃官沉迹,就养于交趾焉。

隐约其辞,疑即指此而言。

"等终军之弱冠",可证此时勃年二十上下。

"他日趋庭,叨陪鲤对;今兹捧袂,喜托龙门。"

以今日登龙门之荣耀,归之于昔日趋庭受教,立言甚为得

体。"他日"、"他时",古代亦常指过去:

> 《左传·宣四年》:"他日我如此,必尝异味。"
> 《礼记·檀弓上》:"他日不败绩,而今败绩。"

皆指过去而言。《论语·季氏》:

> 陈亢问于伯鱼曰:"子亦有异闻乎?"对曰:"未也。尝独立,鲤趋而过庭,曰:'学诗乎?'对曰:'未也。''不学诗,无以言。'鲤退而学。他日又独立,鲤趋而过庭,曰:'学礼乎?'对曰:'未也。''不学礼,无以立。'鲤退而学礼。闻斯二者。"

此处之"他日"从与陈亢言,事为过去;对首次趋庭言,则指未来。唐人诗文中用"他日"、"他时"、"异日"亦常有指过去者。如杜诗"今日江南老,他时渭北童"之类。程良孺之《读书考定》卷二《他日》条,列举甚多,兹不赘述。王勃此处"他日趋庭"借用《论语》字面,表明过去受父亲之教育,尚可以从集中他文寻出旁证:

> 吾被服家业,沾濡庭训,切磋琢磨,战兢惕厉者二十馀载矣。(卷七《送劼弟赴太学序》)
>
> 勃惟懵昧,识谢沉冥,蒙父兄训导之恩,借朋友琢磨之义。(卷八《上吏部裴侍郎启》)

凡此均可看出王勃念念不忘于父亲教育之劳。王福畤交趾之行乃受王勃之累而远谪。王勃恰遇恩赦,侍亲远行,自在情理之中。惜乎王勃作品当时虽有杨炯为序,今已十丧其九。集中所存,尚有可疑,如《游冀州韩家园序》有"调露"字样。岑仲勉先生曾指出如"调露"不误,则为他人之文。此外,卷四《三月上已祓禊序》"永淳二年,暮春三月","永淳"时勃已早卒,亦必有误,故作《滕王阁序》之确切年代,难于他文中获其力证。但就序文本身寻绎,以为二十左右侍亲远谪所为,似可解"童子"、"弱冠"、"他日"等疑问,蒋注既不可从,辛说更难取信。

俞正燮《癸巳存稿》卷十二《王勃滕王阁序书后》云:

  盖乾封、总章时,宇文节往新州,勃随父福畤往交趾,俱过洪州,闻饯之阁上。孟学士,王将军皆在坐。

其言虽简,实获我心,故聊为申之如上。前引蒋逸雪先生之文,定此序为王勃二十三岁之作,其文曰:

  勃作此序,当为二十三岁事,各家注本,谓咸淳二年洪州牧阎伯屿宴宾僚于滕王阁。按咸淳乃宋度宗年号,"淳",当为"亨"字之误,咸亨为唐高宗年号。杨炯《王子安集序》谓勃殁于上元三年八月,春秋二十有八。炯与勃交往,闻见亲切,当属可信,上元三年为公元六七六年,咸亨二年为公元六七一年,以卒年二十八推算,咸亨二年,勃正二十三岁,即作《滕王阁序》之年也。

淳按蒋先生此说,求之过实,似难成立。盖注本洪州牧阎伯屿之说不足据也。岑仲勉先生之《唐集质疑》有辨证,迻录于后(标点小作改动):

  《万姓统谱》六七:"阎伯屿为豫章都督,王勃作滕王阁记云:都督阎公之雅望。棨戟遥临。"考《姓纂》唐安固令阎春生处节,处节生自厚,自厚生懿道,懿道生伯屿。阎春当仕唐初,而《旧书》一九〇上《王勃传》勃之南行,在高宗上元二年,旋卒,试问:春之玄孙,焉能仕至都督?不可者一。

伯屿以开元二十六年后始入翰林(《会要》五七),《唐尉迟迥碑》开元二十六年立,伯屿撰文,不过题"前华州郑县尉",去上元末六十馀年,不可者二。

阎伯屿不与王勃同时,自难据以推定作序之年,此不可者一。又王勃生卒之年,总有四说,见岑仲勉先生《王勃疑年》,亦难据以推算为二十三岁,此不可者二。故鄙意只申俞说,约略其为二十左右奉父之交趾任所作。具体年岁,则载籍残缺,难以确定,姑妄言之,以俟通博,兼就教于蒋先生。

(1980年5月7日改定,原载《读常见书札记》)

"前不见古人"句非陈子昂首创

唐代著名的《登幽州台歌》中"前不见古人，后不见来者"二句，所有唐文学研究论著、论文，都没有怀疑它的首创权属陈子昂。但笔者却从有关的材料中发现了很大疑点。完全可以确认，它不是陈子昂的首创，而是对晋宋间已成熟语的沿用。

先请看杨慎《升庵诗话》卷六《幽州台诗》条：

> 陈子昂《登幽州台歌》云云，其辞简而直，有汉魏之风，而文集不载。

此诗既然精采，后世选录及扬揄者几不可数计，迄今不绝，而且越抬越高，为什么《文集》偏偏不载呢（后人收入《补遗》）？《陈子昂文集》是出于同时好友卢藏用之手，卢不但为《文集》作序，还为陈子昂写了《别传》。卢藏用《陈伯玉文集序》云：

> 昔常与余有忘形之契。四海之内，一人而已。良友殁矣，天其丧予。合采其遗文可存焉，编而次之，凡十卷。恨不逢作者，不得列于诗人之什：悲夫！故粗论文之变而为之序。至于王霸之才，卓荦之行，则存之《别传》。

可见文集十卷为卢藏用悉心搜集编成。卢藏用未看到这首《幽州台歌》而遗漏了么？非也。卢氏《陈氏别传》云：

> 属契丹以营州叛，建安郡王攸宜亲总戎律。台阁英妙，皆置军麾。时勒子昂参谋帷幕。军次渔阳，前军王孝杰等相次陷没，三军震慴。昂进谏曰……建安方求斗士，以子昂素是书生，谢而不纳。子昂体弱多疾，感激忠义，常欲奋身以答国士。自以官在近侍，又参预军谋，不可见危而惜身苟容，他日又进谏，言甚切至。建安谢绝之，乃署以军曹。子昂知不合，因箝默下列，但兼掌书记而已。因登蓟北楼，感昔乐生、燕昭之事，赋诗数首，乃泫然流涕而歌曰："前不见古人，后不见来者。念天地之悠悠，独怆然而涕下。"时人莫不知也。

卢藏用这里说的"赋诗数首"就是收在《文集》卷二的《蓟丘览古赠卢藏用居士七首并序》，序说：

> 丁酉岁，吾北征，出自蓟门，历观燕之旧都，其城池霸迹已芜没矣。乃慨然仰叹。忆昔乐生、邹子群贤之游盛矣。因登蓟丘，作七诗以志之，寄终南卢居士，亦有轩辕遗迹也。

这七首诗题是《轩辕台》、《燕昭王》、《乐生》、《燕太子》、《田光先生》、《邹子》、《郭隗》。问题来了，为什么卢藏用却剔除这首《幽州台歌》不收呢？这从卢藏用的叙述中可以窥见消息。他用"赋诗数首，乃泫然流涕而歌曰"云云，问题的症结就在于诗和歌的涵义属于两种性质。本来，在春秋时代所谓赋诗，是指熟读一些诗篇，能够即景生情加以引用来婉转地表达自己的意图。但是后来"赋诗"专指自己创作了。歌呢？恰恰相反，如《沧浪》、《易水》原指的是自作，但后来也变了，如王敦击唾壶歌的是曹操的"老骥伏枥",这是大家熟知的;如果是自作,则常常用"作歌"字样。卢藏用对前面七首用"赋诗"字样,表示为陈氏自作,收到《文集》卷二;而这首"前不见古人"却只用一个"歌"字,未用"作歌",卢认为这不算陈子昂的创作,所以编集时不收。为什么不算创作呢?循着这条线路,我们再看唐朝孟棨《本事诗·嘲戏》一段话,问题就可以得到解决。

> 宋武帝尝吟谢庄《月赋》,称叹良久,谓颜延之曰:"希逸此作,可谓前不见古人,后不见来者。昔陈王何足尚耶?"延之对曰:"诚如圣旨。然其曰:'美人迈兮音信阔,隔千里兮共明月。'知之不亦晚乎?"帝深以为然。及见希逸,希逸对曰:"延之诗云:'生为长相思,殁为长不归。'岂不更加于臣耶?"帝抚掌竟日。

此条又见于《增修诗话总龟前集》卷六,几个字小异。月窗本未注出处,明抄本注《古今诗话》。李商隐《漫成二首》说:"沈约怜何逊,延年毁谢庄。清新俱有得,名誉底相伤?"可见实有其说。宋武帝在"前不见古人"二句前面加上"可谓"字样,表明当时人所熟知。只是陈子昂登高远望,随手拈来,信口吟哦,悲感流涕。后面续那两句,意思也是比较常见的,如《楚辞·远游》"念天地之无穷",曹丕《月重轮行》"悠悠与天地久长",王褒《洞箫赋》"莫不怆然累欷"等。这首《登幽州台歌》精采在前两句,前人评说"胸中自有万古,眼底更无一人",也是就前两句而言的,而这两句精采所在却是晋宋时的熟语,因此在卢氏看来这不是作诗而是古人长歌当哭以发抒悲感,所以编集时弃而不取。

(原载《江海学刊》1987年第2期)

李白"一生低首谢宣城"析

李白在六朝诗人中特别钟情谢朓,谢朓自创乐府两题《玉阶怨》、《邯郸故才人嫁为厮养卒妇》,前题4句,后题10句,李白亦有此二题作品,句数相同,意境相似(见王琦辑注《李太白文集》卷五,后引该书只注篇名)。至于如《白纻词》之类乐府旧题,相同尤夥,以非朓创题,故不具录。李白诗中明提谢朓者,依次汇录如下:

  月下沉吟久不归,古来相接眼中稀。解道澄江净如练,令人长忆谢玄晖。(《金陵城西楼月下吟》)
  我吟谢朓诗上语,朔风飒飒吹飞雨。谢朓已没青山空,后来继之有殷公。(《酬殷明佐见赠五云裘歌》)
  时时问风俗,往往出东田……含笑问使君,日晚可回旋。遂归池上酌,掩抑清风弦。层标横浮云,下抚谢朓肩。楼高碧海出,树古青萝悬。(《赠宣城宇文太守兼呈崔侍御》)

谢朓有《游东田》诗,又《郡内高斋闲望吕法曹》云:"已有池上酌,复此风中琴。"李白"遂归"二句明显受此影响。

  纷纷江上雪,草草客中悲。明发新林浦,空吟谢朓诗。

(《新林浦阻风寄友人》)

谢朓有《之宣城郡出新林浦向板桥》诗,李白至新林浦自然会想到谢朓此诗。

> 宛溪霜夜听猿愁,去国长如不系舟。独怜一雁飞南海,却羡双溪解北流。高人屡解陈蕃榻,过客难登谢朓楼。此处别离同落叶,明朝分散敬亭秋。(《寄崔侍御》)

> 我家敬亭下,辄继谢公作。相去数百年,风期宛如昨。(《游敬亭寄崔侍御》)

> 三山怀谢朓,水淡望长安。芜没河阳县,秋江正北看。卢龙霜气冷,鸦鹊月光寒。耿耿忆琼树,天涯寄一欢。(《三山望金陵寄殷淑》)

此诗语句,谢朓影响极明显。谢有《晚登三山还望京邑》诗发句云:"灞涘望长安,河阳视京县。"又《暂使下都夜发新林至京邑赠西府同僚》中云:"秋河曙耿耿,寒渚夜苍苍。引领见京室,宫雉正相望。金波丽鳷鹊,玉绳低建章。"李白上诗许多词汇皆取自谢诗。

> 弃我去者昨日之日不可留,乱我心者今日之日多烦忧。长风万里送秋雁,对此可以酣高楼。蓬莱文章建安骨,中间小谢又清发。俱怀逸兴壮思飞,欲上青天揽明月。抽刀断水水更流,举杯消愁愁更愁。人生在世不称意,明朝散发弄扁舟。(《宣城谢朓楼饯别校书叔云》)

> 湖连张乐地,山逐泛舟行。诺谓楚人重,诗传谢朓清。(《送储邕之武昌》)

谢朓《新亭渚别范零陵云》首云:"洞庭张乐地,潇湘帝子游。"李白上句明用谢诗。

  闻道金陵龙虎盘,还同谢朓望长安。(《答杜秀才五松山见赠》)
  耿耿金波里,空瞻鸤鹊楼。(《挂席江上待月有怀》)

此联明用谢朓《暂使下都夜发新林至京邑赠西府同僚》中"金波丽鸤鹊,玉绳低建章"句意。

  江城如画里,山晚望晴空。两水夹明镜,双桥落彩虹。人烟寒橘柚,秋色老梧桐。谁念北楼上,临风怀谢公。(《秋登宣城谢朓北楼》)
  送客谢亭北,逢君纵酒还。(《登敬亭北二小山余时送客逢崔侍御并登此山》)
  天上何所有,迢迢白玉绳。斜低建章阙,耿耿对金陵。汉水旧如练,霜江夜清澄。长川泻落月,洲渚晓寒凝。独酌板桥浦,古人谁可征。玄晖难再得,洒洒气填膺。(《秋夜板桥浦泛月独酌怀谢朓》)

此诗从诗题至用语皆看出对谢朓的向往。

  谢亭离别处,风景每生愁。客散青天月,山空碧水流。池花春映日,窗竹夜鸣秋。今古一相接,长歌怀旧游。(《谢公亭》)

原注:"盖谢朓、范云之所游。"萧士赟本首句作"谢公离别处"。看出李白触地生情,怀念谢朓。谢朓有《新亭渚别范零陵云》诗。

  青山日将暝,寂寞谢公宅。竹里无人声,池中虚月白。荒庭衰草遍,废井苍苔积。唯有清风闲,时时起泉石。

(《姑孰十咏·谢公宅》)

> 雨后烟景绿,晴天散馀霞。(《落日忆山中》)

显然用谢朓"馀霞散成绮"诗意。

> 何处闻秋声,翛翛北窗竹。(《浔阳紫极宫感秋作》)

谢朓《冬日晚郡事隙》有句云"飒飒满池荷,翛翛荫窗竹"。李白此联下句仅改一字。

> 杜陵贤人清且廉,东溪卜筑岁将淹。宅近青山同谢朓,门垂碧柳似陶潜。好鸟迎春歌后院,飞花送酒舞前檐。客到但知留一醉,盘中只有水晶盐。(《题东溪公幽居》)

> 苍苍金陵月,空悬帝王州。(《月夜金陵怀古》)

谢朓《入朝曲》首云:"江南佳丽地,金陵帝王州。"李诗本此。

> 万里舒霜合,一条江练横。(《雨后望月》)

明用谢朓"澄江净如练"之意。

以上不惮其烦列举例证,足见李白对谢朓诗之倾倒。冯贽《云仙散录》云:

> 李白登华山落雁峰曰:"此山最高,呼吸之气,想通天帝座矣。恨不携谢朓惊人诗来搔首问青天耳。"

小说家言,虽未可尽信,但表现李白对谢朓诗之欣赏,证之上面所举,未必无稽。

清人论诗绝句中,以为李白评谢朓诗句未提"大江流日夜,客心悲未央"是失误,如:

> 池塘春草妙难寻,泥落空梁苦用心。若比"大江流日

夜",哀丝豪竹在知音。(宋湘《说诗八首》)

大江日夜客心悲,发语苍茫逸思飞。千载纷纷摘佳句,还应太白误玄晖。(姚莹《论诗绝句六十首》)

众所周知,谢朓诗作为"永明体"之代表,以沈约声律说增强五言诗节奏之美,取得成功,开五言律体之先河。所以宋人赵紫芝诗云:"辅嗣《易》行无汉学,玄晖诗变有唐风。"沈约尝云:"二百年来无此诗。"(《南齐书》本传)"颜黄门记刘孝绰当时既有重名,无所与让,唯服谢朓。常以谢诗置几案间,动静辄讽咏。"《谈薮》载梁高祖重陈郡谢朓诗,曰:"不读谢朓诗三日,口臭。"(吴聿《观林诗话》)钟嵘《诗品》列谢朓于中品,估价不足,评说:

其源出于谢混,微伤细密,颇在不伦。一章之中,自有玉石。然奇章秀句,往往警遒。足使叔源失步,明远变色。善自发诗端,而末篇多踬,此意锐而才弱也。至为后进士子之所嗟慕。朓极与余论诗,感激顿挫过其文。

谢朓论诗最为人乐于称道者"好诗圆美流转如弹丸",这正是声律论主张词调流畅之体现。而李白宣布的诗歌主张却和此说针锋相对:

白才逸气高,与陈拾遗齐名,先后合德。其论诗云:"梁陈以来,艳薄斯极。沈休文又尚以声律,将复古道,非我而谁与?"故陈、李二集律诗殊少。尝言:"兴寄深微,五言不如四言,七言又其靡也,况使束于声调俳优哉?"(《本事诗·高逸》)

白《古风》里有云:"自从建安来,绮丽不足珍。"和上述主张是一致的。但这和倾倒于谢朓明显相矛盾。清初诗人王士禛，似乎看出了问题，他在《论诗绝句》中说：

> 青莲才笔九州横，六代淫哇总废声。白纻青山魂魄在，一生低首谢宣城。

可惜王渔洋点出问题而未加解析。古今提李白倾倒谢朓，却很少提及与李白诗歌主张之矛盾。我以为这个问题可以从两方面加以分析。

首先，李白之主张是否贯彻始终？明胡应麟《诗薮·内编》卷一云：

> 太白云："兴寄深微，五言不如四言，七言又其靡也，况束之以声调俳优哉？"唐人能为此论，自是太白。然李集四言甚稀，如《百忧》、《雪谗》、《来日大难》等篇，以较汉魏远甚。要之，李五言不能脱齐梁，则所称四言，亦非《雅》、《颂》之谓也。

胡应麟实际已接触到李白诗歌创作和他的主张的矛盾现象。如果说李白反对诗歌的声律化，他就只该写古诗而不写近体。但是，李白虽然只写过八首七律，五律却写过一百〇六首（依王琦本前二十五卷统计，不包括卷三十之"诗文拾遗"）另外五言排律也有十五首之多。不妨以《春日归山寄孟浩然》为例：

> 朱绂遗尘境，青山谒梵筵。金绳开觉路，宝筏度迷川。岭树攒飞栱，岩花覆谷泉。塔形标海日，楼势出江烟。香气三天下，钟声万壑连。荷秋珠已满，松密盖初圆。鸟聚疑闻法，龙参若护禅。愧非流水韵，叨入伯牙弦。

八韵之中，无一处不合声律，从首至尾皆对仗工稳。可见李白论诗鄙薄声调之说并未付诸实践。五言七言绝句,李白皆有八十首上下(赵宧光本《万首唐人绝句》李白五绝七十九首,七绝八十四首,王琦本前二十五卷统计五绝七十四首,七绝七十七首),远远超过后来韩愈柳宗元之数量。可见李白作诗并未摒弃声律。那末为什么要强调"五言不及四言,七言又其靡也"的复古论调呢?我以为这和古代文士传统心态有关,总是强调愈古愈好。推其根源,可能由于孔子"述而不作,信而好古"(《论语·述而》)主张的影响。儒家以"二帝三王"之治为政治之理想,认为尧舜时代一切都是标准的。尽管实际生活是愈来愈进步,但总是以恢复到唐虞商周的盛世为理想之追求,为诗为文也以此相标榜。李白《古风》第一首中可以看出这种影响:

　　《大雅》久不作,吾衰竟谁陈。《王风》委蔓草,战国多荆榛。龙虎相啖食,兵戈逮狂秦。正声何微茫,哀怨起骚人。扬马激颓波,开流荡无垠。废兴虽万变,宪章亦已沦。自从建安来,绮丽不足珍。圣代复元古,垂衣贵清真。群才属休明,乘运共跃鳞。文质相炳焕,众星罗秋旻。我志在删述,垂辉映千春。希圣如有立,绝笔于获麟。

　　他自述所追求的和孔子所标榜的复古正相一致。实际上,我国古代文人常常以复古为口号而从事创新,韩柳古文运动就是最明显的例子。李白对诗歌创作的宣言也只能作如是观。

　　李白在实际创作中不但没有排斥声律,而且运用于五律及排律非常成功,谢朓正是开先河之人物。但六朝诗人中李白为什么特别推重谢朓,还有宣城山水之美及谢诗之善于写景的因素。

　　李白酷爱山水,世所乐道。范传正《唐左拾遗翰林学士李公新墓碑并序》云：

> 俄属戎马生郊，远身海上，往来于斗牛之分，优游没身。偶乘扁舟，一日千里；或遇胜景，终年不移。长江远山，一泉一石，无往而不自得也。晚岁渡牛渚矶，至姑熟，悦谢家青山，有终焉之志。盘桓利居，竟卒于此。

曾巩《李太白文集后序》亦称白晚年"复如寻阳，过金陵，徘徊于历阳、宣城二郡"。可见宣城山水为李白晚年所向往。谢朓作过宣城太守，谢朓诗篇"奇章秀句，往往警遒"，亦以山水行役见长。宋人娄照在《序》开头说：

> 南齐吏部郎谢朓长五言诗，其在宣城所赋，藻绘尤精，故李白咏澄江之句而思其人，杜少陵亦曰"诗接谢宣城"也。

洪伋《跋》亦云：

> 谢公诗名重天下，在宣城所赋为多，故杜少陵以谢宣城称之。

谢诗名句如："天际识归舟，云中辨江树。"（《之宣城郡出新林浦向板桥》）写江行所见，不特"状难写之景如在目前"，而且"含不尽之意见于言外"。"寒城一以眺，平楚正苍然"（《宣城郡内登望》）写景开阔而有一片苍茫之感。"飒飒满池荷，翛翛荫窗竹。"（《冬日晚郡事隙》）"夏木转成帷，秋荷渐如盖。"（《后斋回望》）"寒槐渐如束，秋菊行当把。借问此何时，凉风怀朔马。"（《落日怅望》）"交藤荒且蔓，樛枝耸复低。独鹤方朝唳，饥鼯此夜啼。渫云已漫漫，夕雨亦凄凄。"（《游敬亭山》）"日出众鸟散，山暝孤猿吟。已有池上酌，复此风中琴。"（《郡内高斋闲望答吕法曹》)于写景之中透露出忧谗畏讥、寂寞无告之感。联系谢朓身世,从"又掌中书诏诰,除秘书监,未拜,仍转中书郎,出为宣城太守"(《南齐书》本传)看,是宦途上的不得意。而李白经永王璘事之牵累,遇赦放还,心境之寂寞凄凉也在情理之中,往来金陵、历阳、宣城之间,与谢朓情绪相通,热爱谢朓诗,也可能有此心理因素。谢朓最有名诗篇《晚登三山还望京邑》"馀霞散成绮,澄江静如练"自是千古名句,上句写天际晚霞,以多彩见长,下句写月下江流,以白练为比;两句一上一下,又相互映衬,从景色变化反映时间推移,暗中也透露去国怀乡恋阙之心,所以"喧鸟覆春洲,杂英满芳甸",景色愈美,伤感愈甚。结尾则倾泻而出:"去矣方滞淫,怀哉罢欢宴。佳期怅何许,泪下如流霰。有情知望乡,谁能鬒不变!"在欣赏奇章警句之际,却催人共下同情之泪。

宣城之山水,使李白与谢朓又有了共同感受,我以为这是李白于六代诗人中特别倾心谢朓之重要原因。王渔洋所谓"白纻青山魂魄在,一生低首谢宣城",就含有这层微意。

最后,李白之倾服谢朓,只在他的诗歌创作,谢朓在宣城之贡献也仅在于诗篇,政绩谈不上,李白对此也是持批评态度的。李白在《赵公西侯新亭颂》中说到新亭构成之后:

> 过客沉吟以称叹,邦人聚舞以相贺,佥曰:我赵公之亭也,群寮献议,请因谣颂以名之,则必与谢公北亭同不朽矣。白以为谢公德不及后世,亭不留要冲,无勿拜之言,鲜登高之赋,方之今日,我则过矣。

王琦注引《太平寰宇记》以为永嘉谢灵运北亭,实误。前引"送客谢亭北,逢君纵酒还"。《一统志》:"谢公亭在宁国府治北。"文章所指应即此处。因为所颂者为宣州之赵公新亭,只能以宣城境内谢公亭为对比,不会拉到浙江温州去。从这里看到李白对谢朓之倾倒是有特别内容而表现出实事求是之精神,绝不像有些人乱捧一气。这一点可能为人所忽略,故附带拈出,不知读者以为然否?

（原载茆家培编《谢朓与李白研究》,

人民文学出版社,1995年5月）

读甫之诗,识甫之心
——舒雅《杜甫诗序记》评介

"许身一何愚,窃比稷与契。""致君尧舜上,再使风俗淳。"这是杜甫的志向,也是他的思想的核心。可是终其一生,四处碰壁,甚至到了"长铲长铲白木柄,我生托子以为命","岁拾橡栗随狙公,天寒日暮山谷里"的境地。他的一生和时代兴衰、民生苦乐息息相关,而将其喜怒哀乐一起倾泻到诗歌里。他既"不薄今人爱古人,清词丽句必为邻",博采众长,而又能"窃攀屈宋宜方驾,恐与齐梁作后尘",力争上游。"为人性僻耽佳句,语不惊人死不休","诗是吾家事","赋料扬雄敌,诗看子建亲",杜甫对诗歌的自负,可以想见。而其人其诗又不可分割,没有杜甫的抱负和经历,不可能有杜甫的经纬万状的诗篇。这一点在今天论杜诗的人可谓家喻户晓,不劳辞费了。但是终唐之世,却没有人见及于此。

中期以前的唐诗选本如《河岳英灵集》、《中兴间气集》等,压根儿未收杜诗,直到晚唐的《又玄集》才取了他七首律诗放在卷首。白居易《与元九书》里论杜诗不过说:

> 杜诗最多,可传者千馀首。至于贯串古今,觇缕格律,

尽工尽善,又过于李。

这里已埋下扬杜抑李的种子。元稹做《唐检校工部员外郎杜君墓系铭》极力扬杜抑李,说:

> 至于子美,盖所谓上薄风骚,下该沈宋;言夺苏李,气吞曹刘;掩颜谢之孤高,杂徐庾之流丽:尽得古今之体势而兼文人之所独专矣。
>
> 至若铺陈终始,排比声韵,大或千言,次犹数百。词气豪迈而风调清深,属对律切而脱弃凡近,则李尚不能历其藩翰,况堂奥乎?

元稹的议论,引起韩愈的不满,说:"李杜文章在,光焰万丈长。不知群儿愚,安用故谤伤!蚍蜉撼大树,可笑不自量。"(《调张籍》)但韩愈对李杜诗的褒赞,也只是"勃兴得李杜,万象困陵暴"式的颂歌,而没有深入杜诗的核心。《旧唐书》、《新唐书》的《杜甫传》基本上采用元稹的基调。元好问《论诗绝句》曾经批评元稹说:

> 排比铺张特一途,藩篱如此亦区区。少陵自有连城璧,争奈微之识碔砆!

元遗山并未明说什么是杜甫诗的"连城璧",但是元遗山生当金元,经过宋人的议论,杜诗的可贵在杜甫思想抱负这一点已渐为大家所接受。王安石的《子美画象》说:

> 吾观少陵诗,谓与元气侔。力能排天斡九地,壮颜毅色不可求。浩荡八极中,生物岂不稠?丑妍巨细千万殊,竟莫见以何雕锼!惜哉命之穷,颠倒不见收。青衫老更斥,饿走半九州。瘦妻僵前子仆后,攘攘窃贼森戈矛。吟哦当此时,

不废朝廷忧。常愿天子圣,大臣各伊周。宁令吾庐独破受冻死,不忍四海赤子寒飕飕。伤屯悼屈止一身,嗟时之人我所羞。所以见公画,再拜涕泗流。推公之心古亦少,愿起公死从之游。

仇兆鳌评这首诗说:

> 荆公深知杜,酷爱杜,而又善言杜。此篇于少陵人品心术,学问才情,独能中其窾会。后世颂杜者无以复加矣。

的确,拿元白等的议论和王安石比一比,就看出王安石"独能中其窾会"。这种把杜甫的思想抱负和诗歌成就合为一体来评论,在北宋前是少见的。《苕溪渔隐丛话》前后集收集对杜诗的评论有十三卷之多,除引元稹及《新唐书·杜甫传赞》外,就没有一篇专从这方面来论杜诗的文章。到南宋前中期如《韵语阳秋》、《砮溪诗话》等评杜诗都能着眼于这方面,可以说受到王安石的启发。最早从这方面论述杜甫的,就我所知是五代到宋初的舒雅。他写过一篇《杜甫诗序记》。陶穀称赞说:"不特识甫之诗,又且深知甫之用心。"这是一篇不多得的评杜之作,全文如下:

> 诗者志之所之也,在心为志,发言为诗。情动于中,而形于言……①歌之,故诗有六义焉……六曰颂,是以六(一)国之事……诗之至也。自王道废,时俗乖,采诗之官不建,作诗之人不闻,下情不得上达。人君为政,尝以为尧舜莫己若,天下所以难得安泰也。杜甫饮乳于先天,易箦于大历,阅明皇之奢淫,肃朝之昏懦,代宗之仁柔,以时言之,五十九年。生于襄汉,没于耒阳,历长安之变迁,凤翔之阻涩,关辅

之荒饥,两川之叛乱,以地言之,方数千里。年虽深也,地虽远也,其志未尝须臾更、丝发易也。其志必欲君为尧、舜、禹、汤,欲臣为稷、契、皋陶,欲时之熙熙,欲民之皞皞。何以明其志之不须臾更、丝发易也?有诗存焉。甫之诗,不苟且依阿,有为然后作。不忧君则罪臣,不伤时则悯民。或微言之,或广言之,或蓄言之,或显言之。人见其赠题寄咏,区区于风月山泉,曾不知假借云耳,寓托云耳。诗且如此,人可知矣。夫使(一作"天下")后世为人臣者持此心发此言,其见于行事施为,其君之安民之乐,又可知也。自古惟大中至正,愈屈愈沉,至于窜逐流亡随之,是又天理之不可晓者。比干剖心于商,非不忠也;子胥浮尸于吴,非不正也。则玄宗用甫为率府参军,肃宗用甫为左拾遗,代宗用甫为检校,即三朝之不遇,卒流浪飘泊与草木俱腐,无足怪也。由战国来,内怀忠谠念国家,不得有为而著之词章以讽谕教化者,三人而已。甫之上有屈原,甫之下有白居易。原怀忠沉沙,葬骨汨罗,风烟惨冷,千载悲人;居易以年辈叙进,品位稍高,然竟不得政,无权以行道;徒有《楚辞》、《秦中吟》饱蠹鱼耳,哀哉!

舒雅这段议论,从杜甫的志向、遭遇等论述其诗,并以为上接屈原,下开白居易,在今天看已属常识,但在当时却为创见,前人所不曾道。按舒雅之名见于马令《南唐书》,而马令《南唐书》详记其与韩熙载亲昵事,略于入宋以后事。顾怀三《补五代史艺文志》载舒雅撰《蜀王建书目》一卷、《十九代史目》二卷。《续通志》卷五五九据《宋史·文苑·吴淑传》所附之传略云:

  舒雅字子正,久仕李氏。江左平,为将作监丞,后充秘阁校理。好学,善属文,与吴淑齐名。累迁职方员外郎,求出,得知舒州,仍赐金紫。恬于荣宦,州之潜山灵仙观有神仙胜迹,郡秩满,即请掌观事。东封,就加主客郎中,改直昭文馆,转刑部。在观累年,优游山水,吟咏自乐,时人美之。卒。弟雄,端拱二年进士。

这篇《杜甫诗序记》可以说开王安石那篇《子美画象》的先河。舒雅终于舒州。王安石也在舒州做过通判,后来封过"舒国公"、"舒王",是不是读过舒雅这篇文章,现在无法考证。舒雅这篇文章,存在于明抄本《诗话总龟后集》卷六,月窗本未见,因此不为一般汇集资料的人所知。即以文学研究所编辑的唐宋人论述杜甫的资料,有三卷之多,也未收此文。不能不使人有沧海遗珠的慨叹。所以我不惮辞费,把它介绍出来,希望引起研究者们的注意。

附注:①此处及下文的"……"原抄都作"止"字,明抄本入正文,清抄本作旁注。细绎原文,全为截录《诗大序》之文,故代之以"……",或编诗话者以此语为人所习熟者故以"止"字明其起讫。此文在"蔡宽夫"条后,首云:"陶毂云:舒雅作《杜甫诗序记》,不特识甫之诗,又且深知甫之用心。余以为非序记,乃一大骚人德政碑尔。今录全篇云。"条末注"并《碧溪诗话》"。检知不足斋丛书本《碧溪诗话》未见此条。

(原载《草堂》1983 年第 1 期)

杜甫与苏轼论书诗之比较

书艺是我国特有的艺术,从甲骨、金文到真草行书,体经几变。自李斯直至唐代欧、虞、褚、薛,名手辈出。但书艺真正进入诗歌领域,应该归功于杜甫。唐以前,今天没有见到一首论书的诗,只要翻一下逯钦立《先秦汉魏晋南北朝诗》就可知余言不谬。杜甫以前,在《全唐诗》中仅有二首,抄录如下:

  秦述飞白书势　　　　岑文本
　　六文开玉篆,八体曜银书。飞毫列锦绣,拂素起龙鱼。
　　凤举崩云绝,鸾惊游雾疏。别有临池草,恩沾垂露馀。
    书　　　　　　李　峤
　　削简龙文见,临池鸟迹舒。河图八卦出,洛范九畴初。
　　垂露春光满,崩云骨气馀。请君看入木,一寸乃非虚。

这两首诗,除了"凤举"、"鸾惊"、"垂露"、"崩云"、"入木"几句形容书势高妙外,没有真正评论书艺,特别是没有从比较中说明问题。李白的《草书歌行》已经考订出为伪作,可置而不论。王维《故人张谚工诗善易兼能丹青草隶顷以诗见赠聊获酬之》七古,只有两句讲到书画:"屏风误点惑孙郎,团扇草书惊内史。"没有展开论述。杜甫就大不同了,排除《饮中八仙歌》、《八哀诗》等一句或几句论书的不算,以书命题的就有五首:《殿中杨监示张旭草书图》、《观薛稷少保书画壁》、《李潮八分小篆歌》、《醉歌行》、《赠顾少府请顾八题壁》、《送顾八分适洪吉州》。在《送顾八分》里,杜甫一开头论述这种书艺和顾的成就:

　　中郎石经后,八分盖憔悴。顾侯运炉锤,笔力破馀地。昔在开元中,韩蔡同赑屃。玄宗妙其书,是以数子至。御札早流传,揄扬非造次。三人并入直,恩泽各不二。顾于韩蔡内,辨眼工小字。分日侍诸王,钩深法更秘。文学与我游,萧疏外声利。追随二十载,浩荡长安醉。高歌卿相宅,文翰飞省寺。

这比起岑文本、李峤那两首,内容充实多了。而更足以表现杜甫论书特点的,是《李潮八分小篆歌》:

　　苍颉鸟迹既茫昧,字体变化如浮云。陈仓石鼓文已讹,大小二篆生八分。秦有李斯汉蔡邕,中间作者绝不闻。峄山之碑野火焚,枣木传刻肥失真。《苦县》《光和》尚骨立,书贵瘦硬方通神。惜哉李蔡不复得,吾甥李潮下笔亲。尚书韩择木,骑曹蔡有邻。开元以来数八分,潮也奄有二子成三人。况潮小篆逼秦相,快剑长戟森相向。八分一字值百金,蛟龙盘拏肉屈强。吴郡张颠夸草书,草书非古空雄壮。岂如吾甥不流宕。丞相中郎丈人行。巴东逢李潮,逾月求我歌。我今衰老才力薄,潮乎潮乎奈汝何!

这首七古浏漓顿挫,豪荡感激,是杜诗的名篇,韩愈《石鼓歌》明显受其影响。从论书来说,它不但论述了书体源流,提出古今名手,而且提出了论书艺的标准,"书贵瘦硬方通神"。杜甫肯定李潮,也是欣赏他的瘦硬:"快剑长戟森相向","蛟龙盘拏肉屈强",正是"瘦硬"的形象化注脚。杜甫曾经自叙:"九龄书大字,有作成一囊。"可见他对书法有过实践,提出独立见解。这里对张旭好像有点不礼貌,但那是为了强调八分小篆是古法。杜甫对张旭是钦佩的:"张旭三杯草圣传。"(《饮中八仙歌》)在《殿中杨监见示张旭草书图》中,杜甫更极力夸赞张旭的草书:

> 斯人已云亡,草圣秘难得。及兹烦见示,满目一凄恻。悲风生微绡,万里起古色。锵锵鸣玉动,落落群松直。连山蟠其间,涨溟与笔力。有练实先书,临池真尽墨。俊拔为之主,暮年思转极。未知张王后,谁并百代则。鸣呼东吴精,逸气感清识。杨公拂箧笥,舒卷忘寝食。念昔挥毫端,不独观酒德。

在这首诗里,看到杜甫对书法强调苦练:"有练实先书,临池真尽墨。"张旭的草圣,仍然从临池苦练而成。

杜甫论书和论诗有相通之处。在诗里他强调"读书破万卷,下笔如有神";在论书上他强调"临池尽墨"。在论诗里他强调"语不惊人死不休","窃攀屈宋宜方驾,恐与齐梁作后尘",要以屈原、宋玉为标准,在论书里,他对小篆八分强调李斯、蔡邕,对草书强调张芝、王羲之,"未知张王后,谁并百代则"。在论诗里他强调"不薄今人爱古人","转益多师是汝师";在书法里,他既尊重李斯、蔡邕这批古代的宗师;同时也不鄙弃韩择木、蔡有邻、顾戒奢等这些当时的名手,对草书他以张、王为"百代则",都反映"不薄今人爱古人"的精神。杜甫是以古为尚的,正因为如此,尽管张旭的草书出神入化,但总认为不如小篆、八分那样古朴,所以说"草书非古空雄壮",从书法源流看,草书不如小篆八分近古可法。

为什么论艺术要以古为尚？固然有源和流的关系，但更主要的是我们民族审美心理的传统。孔子说过"好古敏以求之"，他又说："甚矣，吾衰也，久矣，吾不复梦见周公！"这些话被认为孔子是尊古复古的，学孔子，也就接受了以古为尚的观点。但是孔子是"圣之时"，他提出吸收先进的东西："行夏之时，乘殷之辂，服周之冕。""麻冕，礼也，今也纯俭，吾从众。"可惜这些观点未被重视，而流行了以古为尚的观点，总以为今人不如古人。实际分析，后人所谓的"古"，是经过各人思想改变的理想化的境界，实质是革新创造，但说起来总提倡"古"。陈子昂、李白对诗歌主张"复古道"，韩愈对散文的革新却以"古文"相标榜，是尽人皆知的例子。杜甫的以古为尚也应作如是观。

强调苦练，强调取法乎上，兼取古今之长，这些观点，可以作为杜甫对书法议论的放之四海而皆准的原则，后人也没有异议。杜甫论书最为后人津津乐道的名言，是"书贵瘦硬方通神"的观点。这个观点有它的时代背景。唐初的大书法家欧（阳询）、虞（世南）、褚（遂良）、薛（稷）都是以瘦硬见称的，宋徽宗学薛稷的字又加以变化创造"瘦金体"，可以为佐证。杜甫正是在书法从以瘦硬见长的时代风气中提出这个独到见解的。但把"瘦硬"当作书法艺术的唯一标准，就未免失之偏颇，引起非议。苏东坡就是修正杜甫观点的代表人物。

苏轼写的有关书法的诗，一共十七首，其中五古一首、七古十三首、近体三首（他集互见之《题怀素草帖》未统计在内）较之杜甫为多。其中议论也较杜为全面和细致。以《次韵子由论书》及《孙莘老求墨妙亭诗》为例：

吾虽不善书,晓书莫如我。苟能通其意,常谓不学可。貌妍容有矉,璧美何妨椭。端壮杂流丽,刚健含婀娜。好之每自讥,不谓子亦颇。书成辄弃去,谬被旁人裹。体势本阔落,结束入细麽。子诗亦见推,语重未敢荷。尔来又学射,力薄愁官笴。多好竟无成,不精安用夥。何当尽屏去,万事付懒惰。吾闻古书法,守骏莫如跛。世俗笔苦骄,众中强鬼骕。钟张忽已远,此语与时左。

兰亭茧纸入昭陵,世间遗迹犹龙腾。颜公变法出新意,细筋入骨如秋鹰。徐家父子亦秀绝,字外出力中藏棱。峄山传刻典刑在,千载笔法留阳冰。杜陵评书贵瘦硬,此论未公吾不凭。短长肥瘦各有态,玉环飞燕谁敢憎?是兴太守真好古,购买断缺挥缣缯。龟趺入座螭隐壁,空斋昼静闻登登。奇踪散出走吴越,胜事传说夸友朋。书来乞诗要自写,为把栗尾书溪藤。后来视今犹视昔,过眼百世如风灯。他年刘郎忆贺监,还道同时须服膺。

拿这两首诗和《李潮八分小篆歌》作比较,差别是显然易见的。杜甫说:"峄山之碑野火焚,枣木传刻肥失真。"苏轼说:"峄山传刻典刑在,千载笔法留阳冰。"杜甫认为"书贵瘦硬方通神",苏轼反驳说:"杜陵评书贵瘦硬,此论未公吾不凭。短长肥瘦各有态,玉环飞燕谁敢憎!"苏轼的观点,显然较杜甫为全面。杜甫论的八分小篆,所以认为李斯、蔡邕为极则。苏轼着眼整个书艺,因此以王羲之《兰亭序》为标准。杜甫在谈到草书时,也说:"未知张王后,谁并百代则?"所以草书推重张芝、王羲之,看出两人论述书家时,异中有同。苏轼论书充满辩证观点,所以兼收并蓄,他重视古法(和杜相同),但不泥于古法,承认:"颜公变法出新意,细筋入骨如秋鹰。"同时对书法的美,苏轼不只强调一面,而能看出相反相成的道理,如:"端庄杂流丽,刚健含婀娜。""体势本阔落,结束入细麽。""徐家父子亦秀绝,字外出力中藏棱。"他把端庄和流丽、刚健和婀娜、阔落和细麽、秀绝和出力藏棱都统一起来,这比杜甫只强调"瘦硬"要圆通多了。能够有这种认识,是和苏轼对书法的深湛修养分不开的。苏轼是宋代四大书法家之首。《韵语阳秋》卷五说:

> 东坡《与子由论书》云:"吾虽不善书,晓书莫如我。苟能通其意,常谓不学可。"故其子叔党跋公书云:"吾君子岂以书自名哉?特以其至大至刚之气,发于胸中而应之以手,故不见其有刻画妩媚之态,而端乎章甫,若有不可犯之色。少年喜二王书,晚乃喜颜平原,故时有二家风气。俗手不知,妄谓学徐浩,陋矣。"观此则知初未尝规规然出于翰墨积习也。

苏过为了歌颂父亲的正直,强调苏轼不是以书家自名。但也透露苏轼学书的过程是从二王到颜真卿。苏轼对颜真卿书法评价很高:

> 苏子瞻云:"子美之诗、退之之文、鲁公之书,皆集大成者也。"(《后山诗话》)

> 子瞻谓杜诗、韩文、颜书、左史,皆集大成者也。(同上)

他对颜真卿字的从来,也有深刻认识:

> 颜真卿写碑,唯《东方朔画赞》最为清雄。后见逸少本,乃知鲁公字临此。虽大小相悬,而意良是。非自得于书,未易为之言。(《仇池笔记》卷下)

> 予尝论书,以为钟、王之迹萧散闲远,妙在笔墨之外。至唐颜、柳始集古今笔法而尽发之,极书之变,天下翕然以为宗师,而钟、王之法益微。(《东坡后集》卷九《书黄子思诗集后》)

> 颜鲁公书雄秀独出,一变古法。(《东坡集》卷二三《书唐氏六家书后》)

苏轼学颜鲁公书,也加以变化,他说:

> 潘延之谓子由曰:"寻常于石刻见子瞻书,今见真迹,乃知为颜鲁公不二。"尝评鲁公书与杜子美诗相似,一出之后,前人皆废。若予书者,乃似鲁公而不废前人者也。(《东坡题跋》卷四《记潘延之评予书》)

从这些文字里,可看到苏东坡"颜公变法出新意"是自己学习颜书和颜以前名家书法相比较的心得之言。颜书有肥有瘦,譬如著名的《麻姑仙坛记》就有肥瘦两种。"短长肥瘦各有态",以之评论名家书法可以,以之评论颜鲁公一家之书也未尝不可。"颜公变法出新意"是苏轼的深造自得之言,也是研究书艺的共同认识。张怀瓘《书断》说:"唐颜真卿书,雄秀独出,一变古法。"《苕溪渔隐丛话后集》卷六说:

> 东坡赋《墨妙亭》诗云:"杜陵评书贵瘦硬,此论未公吾不凭。"盖东坡学徐浩书,浩书多肉,用笔圆熟,故不取此语。殊不知唐初欧、虞、褚、薛,字皆瘦劲,故子美有"书贵瘦硬"之语。此非独言篆字,盖真字亦皆然也。

苏过只承认苏轼学二王(这是行楷极则),学颜真卿,因为颜是著名刚正忠义之臣,而反对说苏轼学徐浩,这是另有意图,不是事实。苏轼如果未曾对徐峤之、徐浩父子的书法加意研磨，就不可能说出"徐家父子亦秀绝，字外出力中藏稜"这样深刻的评论。在《东坡题跋》卷五《试吴说笔》一则里也可证明：

> 前史谓徐浩书锋藏画中，力出字外。杜子美云："书贵瘦硬方通神。"若用今时笔工，虚锋张墨，则人人皆作肥皮馒头矣。用吴说笔作此数字，颇适人意。

说明为了体会徐浩"锋藏画中、力出字外"的特点，达到瘦硬通神的境界，必须有好笔才能写出自己适意的字来。

苏轼论书法艺术之美，不是排斥瘦硬，追求肥厚，而是主张各有其美，不能强求一律。杜甫强调苦学，苏轼却说"苟能通其意，常谓不学可"，是不是也和杜甫唱对台戏呢？不是。苏轼在这里强调学书要能"通其意"，就是说在长期苦练中，一旦豁然贯通，认识得到飞跃，这样就能"从心所欲不逾矩"，这时，不学也不会做门外汉了。临池苦学的人，不一定就能"通其意"，所以强调"苟能通其意，常谓不学可"，但不专心一致地苦练是绝对不会"通其意"的。所以在这首诗的后面苏轼又说："多好竟无成，不精安用夥。"这岂不是强调专精吗？

杜甫诗常常如泰山乔岳，壁立千仞，苏轼诗多似行云流水，一片化机。在论述书法中我们也看出这个特点。杜甫正面发议论，十分严肃认真，苏轼却喜欢正说反说旁敲侧击，《石苍舒醉墨亭》就是诙谐地透露自己对学书的观点：

> 人生识字忧患始，姓名粗记可以休。何用草书夸神速，开卷惝恍令人愁。我尝好之每自笑，君有此病何能瘳？自言其中有至乐，适意无异逍遥游。近者作堂名醉墨，如饮美酒消百忧。乃知柳子语不妄，病嗜土炭如珍羞。君于此艺

亦云至,堆墙败笔如山丘。兴来一挥百纸尽,骏马倏忽踏九州。我书意造本无法,点画信手烦推求。胡为议论独见假,只字片纸皆藏收。不减钟张君自足,下方罗赵我亦优。不须临池更苦学,完取绢素充衾裯。

这是一首多用反说以表明正面意见的诗。明明要论述学书爱书法,但一开头却说不必学书,"姓名粗记可以休",使用项羽的典故何等自然。明明要赞美石苍舒草书的高明,却用"何用"两句把它撇开。"我尝好之","君有此病",把两人对书法的修养从反面说出来。孔子说:"知之者,不如好之者;好之者,不如乐之者。""适意无异逍遥游",讲的石苍舒,自己也不言自喻。"君于此艺亦云至,堆墙败笔如山丘",没有"堆墙败笔如山丘",书艺就不可能"至",不也强调苦练才能出成果吗?所谓"我书意造本无法,点画信手烦推求",表面是自谦,实际诙谐地说明自己的草书已不师一家而有了自己的风格。从有法到无法,这是艺术创新的规律,也可为"苟能通其意,常谓不学可"做注脚。

总之,杜甫以诗论书,是一种开创,为传统诗歌增添了新的内容,值得大书特书。杜甫在论诗中强调的观点,也可移之于论书。强调苦学,强调古今并学而以古为极,强调取法乎上等等,这些都是颠扑不破的真理。杜甫又根据他所处时代的书法风气,强调"书贵瘦硬方通神",这是杜甫的独到见解,影响深远。但强调过分,所以苏轼根据自己对书法的深湛修养,予以修正。苏轼是大书法家,他能够修正杜的偏颇,除了书法的工夫之外,还在于他对事物持有辩证的观点,不搞绝对化。他的思想方法得力于《庄子》,把一切事物都看成相对的,既对立又统一,用之于书法,立论就比杜甫圆融。至于尊重古法,反对流宕,苏轼和杜甫并无二致,"世俗笔苦骄,众中强鬼骁",就是明证。

苏轼很尊崇杜甫:"谁知杜陵杰,名与谪仙高?扫地收千轨,争标看两艘。"(《次韵张安道读杜诗》)但在具体问题上,不怕提出相反的意见,这才是真正的尊重而不是盲从。从杜甫和苏轼的论书中,我们可以得出这样一些体会:

一、要敢于不断开拓新的领域,提出自己的独立见解,即使不够全面,也是难能可贵。这些见解和诗人所处的时代、所具有的艺术素养分不开。

二、前修未密,后出转精,这是规律,善于学习和继承前人传统,要敢于根据自己的时代和各方面修养去修正前人某些不足之处,一味盲从、亦步亦趋的态度是出不了真正的好作品的。

三、作家对事物的观察和论述常常受自己的思想方法的制约,要克服思想方法上的绝对化,才能避免具体评论时的绝对化。

这些对我们从事研究和创作可能都有些启发,而不于书法一途。

(1988年1月22日初稿于淮阴,
原载《淮阴师专学报》1988年第2期)

唐人咏杨妃所引起的思考

历史上有过若干绝代佳人,艳极一时,名传百世,但往往又和祸乱相联系,以致被当成祸水,承担了亡国的罪名。夏桀宠妹喜,殷纣宠妲己,周幽宠褒姒,汉成帝宠赵飞燕,唐明皇宠杨贵妃,是其中的代表。至于晋献公宠骊姬,吴王夫差宠西施,或则祸止一邦,或则未见正史,可以存而不论。

妹喜、妲己,夏、殷两代有无诗歌谣谚,已无从稽考。褒姒在《诗·小雅·正月》里被加上"赫赫宗周,褒姒灭之"的罪名,《小雅·车舝》序里又有"褒姒嫉妒"的批评,但未见其他完整的诗谣。赵飞燕当时即有童谣:"燕燕,尾涎涎。张公子,时相见。木门仓琅根。燕飞来,啄皇孙。皇孙死,燕啄矢。"后人又写了一本《飞燕外传》,但汉代的诗人却不见有专门歌咏其事的诗篇,这也许和当时五言诗还不发达,国家一直在走下坡路有关。

和这些人相比,杨贵妃却大不相同。唐玄宗从"开元之治媲美贞观"到天宝乱离,仓皇入蜀,前后判若两人。杨贵妃从"光彩生门户",专宠后宫,到马嵬赐死,盛衰之变,达乎其极。唐人关于杨贵妃之诗歌连篇累牍。生前名篇有李白《清平调》,杜甫《丽人行》;尤其在死后,终唐之世,代有吟咏。今存《全唐诗》中以《马嵬》为题者22篇,题非此题而诗中有"马嵬"者又有

4篇,以《华清宫》为题者27篇,《骊山》为题者5篇。虽有"华清""骊山"等题面而内容不及贵妃者均未统计。白居易《长恨歌》、元稹《连昌宫词》、郑嵎《津阳门诗》这些以杨妃为主要内容的七古,也未计入。可见诗篇之众。对于杨贵妃的死,《隐居诗话》有一段议论常被后人引述:

  唐人咏马嵬之事者多矣。世所称者,刘禹锡云:"官军诛佞幸,天子舍妖姬。群吏伏门屏,贵人牵帝衣。低回转美目,风日为无辉。"(淳按见《马嵬行》,《刘禹锡集》卷二八)白居易云:"六军不发无奈何,宛转蛾眉马前死。"此乃歌咏禄山能使官军叛,逼迫明皇,明皇不得已而诛杨妃也。岂特不晓文章体裁,而造语蠹拙,抑亦失臣下事君之礼。老杜则不然,其《北征》诗曰:"忆昨狼狈初,事与古先别。""不闻夏、殷衰,中自诛褒妲。"乃见明皇鉴夏、商之败,畏天悔过,赐妃子以死,官军何预焉?《唐缺史》载郑畋《马嵬》诗,命意似矣,而词句凡下,比托无状,不足道也。

按魏泰批评的郑畋的诗全文如下:

  玄宗回马杨妃死,云雨虽亡日月新。终是圣明天子事,景阳宫井又何人!

  郑畋说玄宗比陈后主高明,就在于主动杀了杨贵妃。实际上从史籍看,刘禹锡、白居易讲的符合实际情况,玄宗是被逼的,当时不杀贵妃,军心民心就不可得,当然只有这一着。后来回来时却又潜令高力士予以改葬,可惜尸骨已经腐烂,身上还存着一个香囊,引起无限悲痛。《长恨歌》写的内容不是凭空捏造。郑嵎《津阳门诗》里说:"马嵬驿前驾不发,宰相射杀冤者谁?长眉鬓发作凝血,空有君王潜涕洟……宫中亲呼高骠骑,潜令改葬杨真妃。花肤雪艳不复见,空有香囊和泪滋。"这些说法根据郑嵎《津阳门诗序》得之曾经"世事明皇"的逆旅主翁,也不是无根之词。但郑嵎只叙事实,不加评论。

综观唐人咏杨妃死的诗篇,态度大体上有四种。一是认为玄宗主动赐贵妃死,并为之拍手称赞,以杜甫《北征》为代表,晚唐郑畋随声附和,仅见此二诗。

二是但叙事实不加评论,但字里行间流露出女色亡国的情绪,这一类数量最多。除了《长恨歌》、《津阳门诗》以外,最著名的如杜牧《华清宫三十韵》:"雨露偏金穴,乾坤入醉乡。玩兵师汉武,回手倒干将。鲸鬣掀东海,胡牙揭上阳。喧呼马嵬血,零落羽林枪。倾国留无路,还魂怨有乡。"张祜《和杜舍人题华清宫三十韵》:"几添鹦鹉劝,频赐荔支尝。月锁千门静,天高一笛凉。细音摇翠佩,轻步宛霓裳。祸乱根潜结,升平意遽忘。衣冠逃大虏,鼙鼓动渔阳。外戚心殊迫,中途事可量。雪埋妃子貌,门断鹿儿肠。近侍烟尘隔,前踪辇路荒。益知迷宠佞,唯恨丧忠良。"另外一些七言绝句如:"冷日微烟渭上愁,华清宫树不胜秋,《霓裳》一曲千门锁,白尽梨园弟子头。"(孟迟,一作赵嘏)"新丰绿树起黄埃,数骑渔阳探使回。《霓裳》一曲千峰上,舞破中原始下来。"(杜牧)"君王游乐万机轻,一曲《霓裳》四海兵。玉辇升天人已去,故宫犹有树长生。"(李约)"朝元阁迥羽衣新,首按昭阳第一人。当日不来高处舞,可能天下有胡尘!"(李商隐)都表现这种情绪,其中也有直接指女色亡国的,如李商隐《华清宫》:"华清恩幸古无伦,犹恐蛾眉不胜人。未免被他褒女笑,只教天子暂蒙尘!"

三是以咏叹出之,含有惋惜感伤的情味,似乎为杨妃叹息。

这一类也较多。《长恨歌》的《传》虽说"惩尤物,窒乱阶",但后半已经变成惋叹同情。他如:

贾岛《马嵬》:"长川几处树青青,孤驿危楼对翠屏。一自上皇惆怅后,至今来往马蹄腥。"

赵嘏《咏端正春树》:"一树繁英先著名,异花奇叶俨天成。马嵬此去无多地,只合杨妃墓上生。"

高骈《马嵬驿》:"玉颜虽掩马嵬尘,冤气和烟锁渭津。蝉鬓不随鸾驾去,至今空感往来人!"

李远《过马嵬》:"金甲银旌尽已回,苍茫罗袖隔风埃。浓香犹自随鸾辂,恨魄无由离马嵬。南内真人悲帐殿,东溟方士问蓬莱。唯留坡畔弯环月,时送残蝉入夜台。"

张祜《马嵬归》:"云愁鸟恨驿坡前,子子龙旗指望贤。无复一生重语事,柘黄衫袖掩潸然。"《太真香囊子》:"蹙金妃子小花囊,消耗胸前结旧香。谁为君王重解得,一生遗恨系心肠。"

于濆《马嵬驿》:"常经马嵬驿,见说坡前客。一从屠贵妃,生女愁倾国。是日芙蓉花,不如秋草色。当时嫁耕夫,不妨得头白。"

徐夤《开元即事》:"曲江真宰国中讹,寻奏渔阳忽荷戈。堂上有兵天不用,幄中无策印空多。尘惊骑透潼关锁,云护龙游渭水波。未必蛾眉能破国,千秋休恨马嵬坡。"

苏拯《经马嵬坡》:"一从杀贵妃,春来花无意。此地纵千年,土香犹破鼻。宠既出常理,辱岂同常死。一等异于众,倾覆皆如此。"

四是直接为杨妃鸣冤叫屈。这一类只有三首,但却值得注意。

李益《过马嵬》:"汉将如云不直言,寇来翻罪绮罗恩。劝君莫洗莲花血,留记千年妾泪痕。"

狄归昌《题马嵬驿》:"马嵬烟柳正依依,重见銮舆幸蜀归。泉下阿蛮应有语,这回休更怨杨妃。"

徐夤《马嵬》:"二百年来事远闻,从龙唯解尽如云。张均兄弟皆何在,却是杨妃死报君!"

李益以当时的将官们为比,利用杨妃的口吻喊冤;狄归昌(一作罗隐)用唐僖宗幸蜀事借杨妃侍女谢阿蛮的心态来批评君主昏庸诿过妃子的荒唐;徐夤用大批降贼的宠臣如张均张垍弟兄来与杨妃对比,"却是杨妃死报君",对杨妃之死作出前所未有的评价。三诗均发前人所未发。

以上四种态度是就诗论诗,至于同一诗人写了几首杨妃诗,态度可以不尽相同。以李商隐为例,一共六首,既有前引批判讥刺杨妃"未免被他褒女笑,只教天子暂蒙尘";又有同情贵妃责怪明皇的,如《马嵬二首》之二:"海外徒闻更九州,他生未卜此生休。空闻虎旅传宵柝,无复鸡人报晓筹。此日六军同驻马,当时七夕笑牵牛。如何四纪为天子,不及卢家有莫愁?"这结句不是责怪明皇不能庇护杨妃吗?这种现象引起我的思考,诗人咏史,就一时所感,前后未必一致,如果只就某一篇立论,往往失之偏颇。举几个人所熟知的例子,杜甫在《丹青引》里批评韩干:"弟子韩干早入室,亦能画马穷殊相。干惟画肉不画骨,忍使骅骝气凋丧?"但在《画马赞》一开头就称赞说:"韩干画马,毫端有神。骅骝老大,骕骦清新。"(仇兆鳌《详注》卷二四)

韩愈《荐士》说:"周诗三百篇,雅丽理训诰。曾经圣人手,议论安敢到!"对《诗经》推崇到极点。但在《石鼓歌》中他却说:"陋儒编诗不收入,《二雅》褊迫无委蛇。孔子西行不到秦,掎摭星宿遗羲娥。"把《诗经》又大大贬低了。

《诗经·黄鸟》咏三良殉秦穆公葬事，苏轼《凤翔八观·秦穆公墓》里赞美三良说："乃知三子从公意，亦如古之二子从田横。""古人不可望，今人益可伤！"但在《和陶咏三良》里他又批评三良说："顾命有治乱，臣子得从违。魏颗真孝爱，三良安足希！"前后议论针锋相对。

这种现象在大家诗集里屡见不鲜。为什么出现这种情况，原因可能是多方面的。有所谓"尊题"的习惯，有本人认识的变化。又有着眼点的改变等等。而更重要的是事物本身的复杂性，可以从各个方面去表述。因此，只就某一篇作品来判定诗人的意向是容易出毛病的。这是一。

二是杨贵妃的问题比上面的情况复杂得多。它有政治上的治乱问题，又有人生的美丑、邪正、爱憎、生死、盛衰、兴亡、离合、悲欢等问题。我国古代文学上虽然没有明确提出所谓"永恒"主题的问题，但在事实上是有一些主题贯串于整个作品之中，如上面所举的几种对立现象。拿杨贵妃故事来说，在当时确实有治乱问题，从女色倾国来立论，自然要施以斧钺。但从两情相悦以致上天入地今生来世执着追求来说，它又有某种值得肯定的地方。杨贵妃在马嵬时军士必欲杀之，而后来一只袜子却使老妪发了大财，人们不惜百钱以一睹为快，在中唐被当成宝贝。《长恨歌》开头"汉皇重色思倾国"义正词严，和《长恨歌传》"惩尤物，窒乱阶"相一致，但到后面完全沉浸于恩私之中，发出"天长地久有时尽，此恨绵绵无绝期"的悼叹。到今天人们对白诗的主旨还莫衷一是，推其根源，实际是由故事本身的复杂性所造成。后人如上所引的各种对杨妃的评论，也是由于故事本身的复杂和着眼点的不同而造成的。杨贵妃的故事有血有肉，哀感顽艳，它既有杨李的独特性，又有生死、爱憎、悲欢男女之情的普遍性。因此,各种意见都可以从故事中找出根据。也许这正是故事在天宝之后广为流传的道理。

三、杨贵妃事件对政治治乱的影响,虽然也很深远,但从唐人来看,身经天宝之乱的诗人杜甫,从切身的感受出发,他认为杨妃是祸根(虽然在今天看来不一定正确),所以他对她深恶痛绝,大叫杀得主动,杀得正确;离开天宝几十年之后,人们对杨妃已没有什么直接的利害关系,于是爱憎的感情变化了,从好奇爱美艳情的角度来评论,为之惆怅叹惜,即使仍然有点批评,不过是希望统治者记取教训而已。从这里似乎可以看出在文学作品中表现的历史事件和人物,政治影响是一时的,人情人性方面的影响是长远的;政治的影响随着时间的推移而日趋淡化,人情人性方面的影响却愈久愈浓。这又和人们猎奇的心态分不开。举个不太恰当的例子,身受四人帮迫害的,从政治上深恶痛绝这一帮,绝对不会去品味江青的桃色历史;而受到四人帮迫害较轻甚至没有受过迫害的,他们就大谈特谈其罗曼史,大约也反映这种猎奇的心态。

四、诗人是最富于感情的,杜甫诗中死生离合盛衰兴亡之感异常浓烈,震撼心扉。对杨贵妃除了《北征》从国家政局角度作了那样严厉的批判之外,在别的地方,他也流露过惋惜的感情。沦陷在贼中写的《哀江头》可以为证:

忆昔霓旌下南苑,苑中万物生颜色。昭阳殿里第一人,同辇随君侍君侧。辇前才人带弓箭,白马嚼啮黄金勒。翻身向天仰射云,一笑正坠双飞翼。明眸皓齿今何在?血污游魂归不得。清渭东流剑阁深,去住彼此无消息。人生有情泪沾臆,江水江花岂终极!

这后两句何等深情,简直有点《长恨歌》结尾的前驱的气味。说明杜甫对杨贵妃事也有过从盛衰兴亡悲欢离合方面去表述的心态。那么何以《北征》和《哀江头》的感情如此大相径庭呢?我以为写《哀江头》时是感情的激荡。杨妃的命运实际和国家的兴亡搅在一起了。如果不是大的叛乱,"昭阳殿里第一人"怎么会"血污游魂归不得"呢?因此他感叹,他悲痛。《北征》写作时,杜甫已经"喜达行在所"了,痛定思痛,推原祸始,他从政治上考虑,认为杨贵妃事实际是前车之鉴,肃宗对张后千万不能重蹈覆辙。他用歌颂唐玄宗杀杨妃来表达这层意思,既亲切又委婉,言之者无罪,闻之者足以戒。所以《北征》的措意和《哀江头》有天地之别。

最后,杨贵妃是天子的宠姬,又在战乱中被违心地赐死。这件事如果在明清时代,必然是"禁区",诗人不敢触及,即使涉及也要千回百折迷离扑朔地表现,决不能像唐代诗人这样大胆叙写。从这点看,唐代社会比较开放,这是唐诗繁荣的政治条件。评论这件事,诗人们大都独立思考,不是跟着一个调子重复,这种独立思考的精神,表现诗人的素质,也是唐诗繁荣的个人条件。应该根据自己的真实感受来写,才能有百花争艳的繁荣景象。唐人评杨妃诗之丰富多彩,也许会对今天要繁荣创作提供有益的思考,这是我写此文的一点契机。

(原载《淮阴师专学报》1990年第2期)

张志和生卒年考述

张志和在唐诗人中算是较特殊之人物,甚至被沈汾《续仙传》描写成白日飞升之人,对其生卒年,颇多异说。然而与其同时的颜真卿之《浪迹先生玄真子张志和碑铭》,应为了解张志和之第一手材料。文中叙其经历云:

> 年十六,游太学,以明经擢第。献策肃宗,深蒙赏重,令翰林待诏,授左金吾卫录事参军。仍改名志和,字子同。寻复贬南浦尉。经量移,不愿之任,得还本贯。既而亲丧,无复宦情,遂扁舟垂纶,浮三江,泛五湖,自谓烟波钓徒……兄浦阳尉鹤龄,亦有文学,恐玄真浪迹不还,乃于会稽东郭买地结茅斋以居之,闭竹门。十年不出。

按《新唐书·选举志》太学生限年十四以上,十九以下。年十六游太学,正合此限。然此处言"游太学,以明经擢第",两事相承,但不必在一年。宋祁《新唐书·隐逸传》根据颜碑,却删去"游太学"三字,变成"十六擢明经"。清人徐松《登科记考》卷二十七据《新唐书》云"志和十六擢明经",同时又录颜碑,态度较谨慎。

张志和明经擢第究在何时,无明文记载。颜碑接云"献策肃宗,深蒙赏重",今日学者遂以为登策在肃宗朝,以余考之,实不可信。肃宗即位灵武,连年战乱,返京之后,时有播迁之虑,不可能顾及太学明经之事。《旧唐书》卷二十四《礼仪志四》云:

> 自至德后,兵革未息。国学生不能廪食,生徒尽散,堂墉颓坏,常借兵健居止。至永泰二年正月国子祭酒萧昕上言崇儒尚学,以正风教,乃王化之本也。其月二十九日敕曰:……顷以戎狄多难,急于经略,太学空设,诸生盖寡。弦诵之地,寂寥无声。函丈之间,殆将不扫,上庠及此,甚用悯焉。

《新唐书》卷四十四《选举志》云:

> 然自天宝后,学校益废,生徒流散。永泰中,虽置西监生而馆无定员。

《唐会要》卷六十六记大历五年八月归崇敬上疏云:

> 国家创业取士之法,立明经,发微言于众学,释回增美,选贤与能。自艰难以来,取贤颇易。考试不求其文义,及第先取于帖经,遂使专门业废,请益无从,师资礼亏,传授义绝。

归疏所云"自艰难以来",即指安史之乱。综合以上几条材料,可见肃宗之世,学校之法尽废,太学已不存在,张志和决不可能于此时"游太学,以明经擢第"。查《登科记考》卷九载天宝十五载明经有陆康、柳□擢第。终肃宗之世,未见明经擢第。

张志和明经擢第当在天宝之末,则其生年应在开元后期而非天宝初载。而"献策肃宗"应在擢第之后。《唐大诏令集》卷六十九《南郊三》云:

> 乾元元年南郊,赦……京官九品以上许封事极言时政得失,朕将亲鉴,用伫嘉谋。才有可观,时当叙录。草泽及卑位之间有不求闻达,未经推荐者,有一艺以上,恐遗俊乂,令兵部吏部作征召条目奏闻。

疑"献策肃宗,深受赏重"即在此年应求贤之诏而然。待诏翰林及改名赐奴婢等事皆当在此年。

张志和卒于何年,史无明文,今人有大历八年(773)、九年(774)之说,恐因未细绎颜碑而作出错误推断。碑云:

> 大历九年秋八月讯真卿于湖州……真卿以舴艋既敝,请命更之。答曰:倘惠渔舟,愿以为浮家泛宅,沿沂江湖之上,往来苕霅之间,野夫之幸矣。

此处"九年",《知不足斋丛书·玄真子》作"七年",颜集本中亦有作"七年"者,实为误字,颜真卿七年冬赴湖州任,八年春始达,张志和断无七年秋即于湖州访颜之理。而有人却以"九年"为"七年"之误,以曲证卒于大历八年,可谓失在眉睫。颜真卿满足张之要求,为造新舟,且为诗以落成。颜诗虽佚,然诗僧皎然有《奉和颜鲁公真卿落玄真子舴艋舟歌》可证实有其事,诗云:

> 沧浪子后玄真子,冥冥钓隐江之汜。刳木新成舴艋舟,诸侯落舟自此始。得道身不系,无机舟亦闲。从水远逝兮任风还。朝五湖兮夕三山。停纶乍入芙蓉浦,击汰时过明月湾。太公取璜我不取,龙伯钓鳌我不钓。竹竿嫋嫋鱼筵筵,此中自得还自笑。汗漫一游何可期,后来谁遇冰雪姿。上古初闻出尧世,今朝还见在尧时。

颜碑结尾云：

> 忽焉去我，思德兹深。曷以置怀，寄诸他山之石。铭曰：邈玄真，超隐沦。齐得丧，甘贱贫。泛湖海，同光尘。宅渔舟，垂钓纶。辅明主，斯若人。岂烟波，终其身！

碑中云"忽焉去我"言张志和从此浮家泛舟，浪迹江湖，而绝非言此年张已化为异物。皎然之诗可以为证。鲁公此碑非为死者作碑铭而犹如为名宦贤达所立之"去思碑"，碑名冠以"浪迹先生"字样，碑末及铭文之特点正写此四字之神。

张志和大历九年浪迹江湖之后，后人偶有记述。李德裕《李文饶文集·别集》卷七《玄真子渔歌记》：

> 德裕顷在内庭，伏睹宪宗皇帝写真求访玄真子渔歌，叹不能致。余世与玄真子有旧，早闻其名，又感明主赏异爱才见思如此。每梦想遗迹，今乃获之，如遇至宝。

《太平广记》卷二十七引《续仙传》云：

> 其后，真卿东游平望驿。志和酒酣，为水戏，铺席于水上独坐，饮酌笑咏，其席来去迟速，如刺舟声。复有云鹤随覆其上。真卿亲宾参佐观者，莫不惊异。寻于水上挥手以谢真卿，上升而去。

此与颜碑龃龉，事涉无稽，乃有学者竟以此为据云张志和卒于此年，或溺水或因酒病而卒，实可置之不论。宋祁《新唐书·隐逸传》云：

> 尝撰渔歌，宪宗图真求其歌，不能致。李德裕称志和隐而有名，显而无事，不穷不达，严光之比云。

宋祁此说显采李德裕之说。黄庭坚《鹧鸪天》词序云：

> 玄真子《咏渔父》云："西塞山边白鹭飞，桃花流水鳜鱼肥。青箬笠，绿蓑衣。斜风细雨不须归。"东坡尝以《浣溪沙》歌之矣。表弟李如篪云："以《鹧鸪天》歌之，更叶音律，但少数句耳。"因以玄真子遗事足之。宪宗时画玄真子象访之江湖，不可得，因令集其歌诗上之，玄真之兄松龄（淳按：颜碑作鹤龄）惧玄真放浪而不返也，和答其《渔夫》云："乐在风波钓是闲，草堂松桂已堪攀。太湖水，洞庭山，狂风浪起且须还。"此余续成之意也。

词云：

> 西塞山边白鸟飞，桃花流水鳜鱼肥。朝廷尚觅玄真子，何处如今更有诗。　　青箬笠，绿蓑衣。斜风细雨不须归。人间底事风波险，一日风波十二时。

元辛文房《唐才子传》卷三云：

> 自撰《渔歌》，便复画之。兴趣高远，人不能及。宪宗闻之，诏写真求访，并其歌诗，不能致。后传一旦忽乘云鹤而去。

综合以上材料，可知至宪宗时，人传张志和仍浪迹江湖间，所以才"写真求访"，李德裕明言"伏睹宪宗皇帝写真求访玄真子渔歌，叹不能致"，"又感明主赏异爱才见思如此"，此皆指求其人而言。古人"写真"专指画人像，有人理解为画图求是《渔歌》作品，试想作品内容尚不能知，如何画图求访？李文所云"写真求访玄真子渔歌"乃指欲求得玄真子听其渔歌，此歌作动词歌唱之意。《新唐书》亦当作如是解。宪宗求其人而不得。李德裕后来求得玄真子渔歌遗墨(张善画,见颜碑)因而感慨"明主赏异爱才",不可因李德裕所得为图,即上推宪宗求访亦指其图。黄庭坚"朝廷尚觅玄真子"一句最为明白。

综上所述,我意张志和当生于开元末叶,卒年不可知,但宪宗时尚闻其在世,绝非如时贤所论卒于大历八年或九年也。

(原载《江海学刊》1994年第2期)

"迷仙引"又一体作者

万树《词律》卷十二《迷仙引》仅有一体,83字。《钦定词谱》卷二十收《古今词话》无名氏又一体,全文如下:

> 春阴霁。岸柳参差,袅金丝细。画阁昼眠莺唤起。烟光媚。燕燕双高,引愁人如醉。慵缓步,眉敛金铺倚。佳景易失,懊恼韶光改,花空委。忍厌厌地。施朱粉,临鸾镜,腻香消减摧桃李。　　独自个凝睇。暮云暗,遥山翠。天色无晴,四远低垂淡如水。离恨托,征鸿寄。旋娇波,暗落相思泪。妆如洗。向高楼,日日春风里,悔凭栏,芳草人千里。

《词谱》注云:"此词见宋杨湜《古今词话》,与柳永词不同,亦无别词可校。"

按杨湜之书,今日已佚。《词谱》未知何据。此词见于《增修诗话总龟前集·纪梦门上》(月窗本第三十三卷,明抄本第三十五卷)所引《古今诗话》,词乃关永言改石曼卿之诗而成,引之于下:

> 石曼卿尝于平阳会中作代寄尹师鲁一篇云:"十年一梦花空委,依旧河山损桃李。雁声北去燕南飞,高楼日日春风里。眉黛石州山对起,娇波落泪妆如洗。汾河不断天南

流,天色无情淡如洗。"曼卿死后数年(年字原脱,依南图藏明抄本校补),关永言梦曼卿曰:"延年平生作诗多矣,常以为平阳代意篇最得意,而世人少称之,能令余此诗传于世者在永言耳。"永言乃增其词为曲,度以《迷仙引》,于是人争歌之。他日梦曼卿致谢焉。曲云……

此事虽涉怪诞,然此曲为关永言作无疑。且"度以《迷仙引》"云云,可证当时流行此调,"于是人争歌之",惜乎今日仅此一篇。《诗话总龟》非僻书,未知钦定《词谱》何以谓为无名氏?当补正。

(原载《读常见书札记》)

诗的散文化和散文的诗化
——试论欧阳修散文之特色

叶梦得《石林诗话》卷中有这样一则:

> 前辈诗文,各有平生自得意处,不过数篇,然他人未必能尽知也。毗陵正素处士张子厚善书,余尝于其家见欧阳文忠子棐以乌丝栏绢一轴,求子厚书文忠《明妃曲》两篇、《庐山高》一篇。略云:"先公平日未尝矜大所为文,一日被酒,语棐曰:'吾《庐山高》今人莫能为,惟李太白能之。《明妃曲》后篇,太白不能为,惟杜子美能之;至于前篇,则子美亦不能为,惟我能之也。'因欲别录此三篇也。"

胡仔在《苕溪渔隐丛话后集》卷二三撮引了上面一段大意后说:

> 近观《本朝名臣传》乃云:"欧阳修为诗谓人曰:'《庐山高》惟韩愈可及,《琵琶前引》,韩愈不可及,杜甫可及;《后引》,李白可及,杜甫不可及。'其自负如此。"

尽管两处记载的语言有些出入,但欧阳修特别喜欢这三首诗是两者共同的。这三首诗都是七言古诗,句法错落不齐,如

《庐山高》开篇云：

> 庐山高哉几千仞兮，根盘几百里，截然屹立乎长江。长江西来走其下，是为扬澜左蠡分，洪涛巨浪日夕相舂撞。

《明妃曲和王介甫作》首句这样说："胡人以鞍马为家，射猎为俗。"读到这些诗句，使人不禁想起《后山诗话》"退之以文为诗"的话来。七言古诗在初唐一般句法比较整饬，七言中偶杂五言或"君不见"之类的三字句，李白的《蜀道难》、《梦游天姥吟留别》句法多一些变化，但真正散文化的句法并不多，而是有些骚体或四言。在诗中杂以散文句法，杜甫的《桃竹杖引》可称突出，如后半云：

> 重为告曰：杖兮杖兮，尔之生也甚正直，慎勿见水踊跃学变化为龙，使我不得尔之扶持，灭迹于君山湖上之青峰。噫，风尘澒洞兮豺虎咬人，忽失双杖兮，吾将曷从。

李杜当时偶一为之，韩愈却有意识将诗里掺入散文句法，如"落以斧引以墨徽"（《送区弘南归》）之类，而《嗟哉董生行》最为奇特：

> 淮水出桐柏山，东驰遥遥千里不能休。浿水出其侧，不能千里，百里入淮流，寿州属县有安丰，唐贞元时县人董生召南隐居行义于其中。刺史不能荐，天子不闻名声，爵禄不及门。门外唯有吏，日来催租更索钱。嗟哉董生，朝出耕，暮归读古人书。尽日不得息，或山而樵，或水而渔。入厨具甘旨，上堂问起居。父母不戚戚，妻子不咨咨。嗟哉董生孝且慈。人不识，唯有天翁知。生祥下瑞无时期。家有狗乳出求食，鸡来哺其儿。啄啄庭中拾虫蚁，哺之不食鸣声悲。

彷徨踯躅久不去,以翼来覆待狗归。嗟哉董生谁将与俦。时之人夫妻相虐,兄弟为仇。食君之禄而令父母愁。亦独何心,嗟哉董生无与俦。

韩愈以文为诗,毁誉不一,但对诗体的解放和表达的自由,无疑是很起作用,特别是在宋代得到了发展。欧阳修正是继承韩愈而为北宋诗文宗师的。他在《记旧本韩文后》叙述自己学习文章途径说:

> 予少家汉东。汉东僻陋,无学者。吾家又贫无藏书。州南有大姓李氏者,其子尧辅颇好学,予为儿童时多游其家。见有弊筐贮故书在壁间,发而视之,得《唐昌黎先生文集》六卷,脱落颠倒无次序。因乞李氏以归,读之,见其言深厚而雄博。然予犹少,未能悉究其义,徒见其浩然无涯若可爱。是时天下学者杨刘之作,号为时文,能取科第、擅名声,以夸荣当世,未尝有道韩文者。予亦方举进士,以礼部诗赋为事。年十有七,试于州,为有司所黜。因取所藏韩氏之文复阅之,则喟然叹曰:学者当至于是而止尔!因怪时人之不道,而顾己亦未暇学,徒时时独念于予心;以谓方从进士干禄以养亲;苟得禄矣,当尽力于斯文,以偿其素志。后七年,举进士及第,官于洛阳,而尹师鲁之徒皆在,遂相与作为古文。因出所藏《昌黎集》而补缀之,求人家所有旧本而校定之。其后天下学者亦渐趋于古,而韩文遂行于世。至于今,盖三十馀年矣。学者非韩不学也。可谓盛矣。

欧阳修古文得力于韩愈,诗也一样,一扫西昆绮靡之习,诗风如前所举,他继承韩愈以文为诗之特色而加以变化。而文章变韩更甚,我以为如果以一句话概括欧文之特色,则可以说欧是

将散文诗化了。何以言之?欧文一个最大特色是以抒情见长,哀祭之类不必谈了,一些记叙之文也总充满存亡盛衰之感。如:

> 浮屠秘演者,与曼卿交最久,亦能遗外世俗,以气节相高,二人欢然无所间,曼卿隐于酒,秘演隐于浮屠,皆奇男子也。然喜为歌诗以自娱,当其极饮大醉,歌吟笑呼,以适天下之乐,何其壮也!一时贤士皆愿从其游,予亦时至其室。十年之间,秘演北渡河,东之济、郓,无所合,困而归。曼卿已死,秘演亦老病。嗟夫,二人者余乃见其盛衰,则余亦将老矣夫!(《释秘演诗集序》)

> 予尝考前世文章政理之盛衰,而怪唐太宗致治几乎三王之盛而文章不能革五代之馀习,后百有馀年,韩李之徒出,然后元和之文皆复于古。唐衰兵乱,又百馀年而圣宋兴,天下一定,晏然无事,又几百年,而古文始盛于今。自古治时少而乱时多,幸时治矣,文章或不能纯粹,或迟久而不相及。何其难之若是欤!岂非难得其人欤?苟一有其人,又幸而及出于治世,世其可不为之贵重而爱惜之欤!嗟吾子美,以一酒食之过,至废为民而流落以死。此其可以叹息流涕,而为当世仁人君子之职位宜与国家乐育贤才者惜也!(《苏氏文集序》)

欧阳修为朋友诗文集写序,多有一股炽烈的友情贯串其中,如《江邻几文集序》、《杨圣俞诗集序》、《释惟俨文集序》等篇。而一些记事之文如《真州东园记》、《丰乐亭记》、《峡州至喜亭记》之类也都有浓重抒情气氛。至如世人传诵之《泷冈阡表》写父母之情,可以说开归有光同类作品之先河。尤其可贵的是这种感情不是局限于亲故之间,而是对社会人民的命运的关怀。

《五代史》中好多篇都以"呜呼"开头,如《一行传序》:

> 呜呼,五代之乱极矣,传所谓天地闭贤人隐之时欤? 当此之时,臣弑其君,子弑其父,而搢绅之士安其禄而立其朝充然无复廉耻之色者皆是也。

《五代史》传中以"呜呼"二字发端的还有《梁家人传》、《梁臣传》、《死事传》、《义儿传》、《伶官传》、《宦者传》叙述启用"呜呼"发议论者可说不胜统计,另外在写典章制度仅两篇《司天考》、《职方考》也都以"呜呼"起篇。所以曾经有人用俏皮话称欧阳修为"呜呼派古文家"。这种以"呜呼"开篇的方式,正表现作者心中的激情,姚永朴先生云:

> 古人精神兴会之到,往往意在笔先,如周公作《无逸》,凡七更端皆以"呜呼"发之。其后欧阳公作《五代史赞》每篇亦如此,是皆有无穷之意,在于笔先,有不期然而然者。(《文学研究法·神理》)

作为散文诗化的首要条件,我以为是情感的丰富和深沉,而欧阳修这种对时世人民命运的关切是有其主观历史根源的。《能改斋漫录》卷十三《欧阳公多谈吏事》条云:

> 张芸叟言:初游京师,见欧阳文忠公,多谈吏事。张疑之,且曰:"学者之见先生,莫不以道德文章为欲闻者。今先生多教人吏事,所未闻也。"公曰:"不然。吾子皆时才,异日临事,当自知之。大抵文学止于润身,政事可以及物。吾昔贬官夷陵,彼非人境也。方壮年未厌学,欲求《史》、《汉》一观,公私无有也。无以遣日,因以架阁陈年公案,反复观之。见其枉直乖错,不可胜数,以无为有,以枉为直,违

法徇情,灭亲害义,无所不有。且以夷陵荒远偏小尚如此,天下固可知矣。当时仰天誓心,自尔遇事,不敢忽也。出入中外,忝历三事,以此自将。今日以人望我,必为输墨致身;以我自观,亮是当时一言之报也。"张又言:"自得公此语,至老不忘。是时老苏父子,间亦在焉,尝闻此语。"其后子瞻亦以吏能自任,或问之,则答曰:"我于欧阳公及陈公弼处学来。"

张舜民这段话说明欧阳修对人民的关切,这正是他的诗文感情之源泉,他的很多散文作品能从亲朋之存亡联系国运文运之盛衰而使人一唱三叹,我以为这是主要原因。情感是诗化的主要因素,但如果音节上缺少抑扬顿挫、吞咽喷发的特色,也不能说是诗化。欧阳修自称是得力于韩文的,而韩文以简古怪特见长,欧阳修也是致力于简洁的,如传说中的"轶马黄犬"的故事,可以为例。《邵氏闻见录》卷八还有这样的记载:

> 天圣明道中,钱文僖公自枢密留守西都,谢希深为通判,欧阳永叔为推官,尹师鲁为掌书记,梅圣俞为主簿,皆天下之士,钱相遇之甚厚。一日,会于普明院,白乐天故宅也,有唐九老画像,钱相与希深而下,亦画其旁。因府第起双桂楼西城,建阁临驿,命永叔、师鲁作记。永叔文先成,凡千馀言。师鲁曰:"某只用五百字可记。"及成,永叔服其简古。永叔自此始为古文。"

韩愈古文简古奇特,句中和句末少用虚字,以姚鼐论文之观点分为阳刚阴柔两种,韩愈文以阳刚为主,欧公则偏于阴柔(见《复鲁絜非书》。欧阳修学韩愈,但在使用虚词及行文造句上皆与韩愈大不相同,譬如《醉翁亭记》全部用"也"字收尾,一共21

个之多。欧文特别注意音节之美,随举数例;如《祭石曼卿文》,把前后的套语去掉,简直像一首杂言古诗:

> 呜呼曼卿,生而为英,死而为灵。其同乎万物生死而复归于无物者,暂聚之形;不与万物共尽而卓然其不朽者,后世之名。此自古圣贤莫不皆然,而著在简册者,昭如日星。呜呼曼卿,吾不见子久矣,犹能仿佛子之平生。其轩昂磊落、突兀峥嵘而埋藏于地下者,意其不化为朽壤,而为金玉之精。不然,生长松之千尺,产灵芝而九茎。奈何荒烟野蔓,荆棘纵横,风凄露下,走磷飞萤?但见牧童樵叟,歌吟而上下,与夫惊禽骇兽,悲鸣踯躅而咿嘤!今固如此,更千秋而万岁兮,安知不穴藏狐貉与鼯鼪?此自古圣贤亦皆然兮,独不见夫累累乎旷野与荒城!呜呼曼卿,盛衰之理,吾固知其如此,而感念畴昔,悲凉凄怆,不觉临风而陨涕者,有愧乎太上之忘情。

这是祭文,本身就用韵,也许还不足说明欧文诗化在语言上之特色,再举几段叙事写景的文字:

> 修既治滁之明年夏,始饮滁水而甘。问诸滁人,得于州南百步之近,其上丰山耸然而特立,下则幽谷窈然而深藏,中有清泉,滃然而仰出。俯仰左右,顾而乐之。(《丰乐亭记》)

> 若夫日出而林霏开,云归而岩穴暝,晦明变化者,山间之朝暮也。野芳发而幽香,佳木秀而繁阴,风霜高洁,水落而石出者,山间之四时也。朝而往,暮而归。四时之景不同,而乐亦无穷也。(《醉翁亭记》)

> 夫举天下之至美与其乐,有不得而兼者多矣。故穷山

水登临之美者,必之乎宽闲之野、寂莫之乡而后得焉!览人物之盛丽,夸都邑之雄富者,必据乎四达之冲、舟车之会而后足焉,盖彼放心于物外,而此娱意于繁华,二者各有适焉。然其为乐,不得而兼也。(《有美堂记》)

夫琴之为技小矣。及其至也,大者为宫,细者为羽,操弦骤作,忽然变之。急者凄然以促,缓者舒然以和。如崩崖落石,高山出泉,而风雨夜至也;如怨夫寡妇之叹息,雌雄雍雍之相鸣也。其忧深思远,则舜与文王、孔子之遗音也,悲愁感愤,则伯奇孤子、屈原忠臣之所叹也。喜怒哀乐,动人心深,而纯古淡泊,与夫尧舜三代之言语、孔子之文章、《易》之忧患、《诗》之怨刺无以异。其能听之以耳,应之以手,取其和者,道其堙郁,写其忧思,则感人之际亦有至者焉。(《送杨寘序》)

这些文字既有整饬之美,又有错综变化,使整齐对称和变化疏宕得到完美的统一。如果分行写起来,也许在今天就可当成自由体的散文诗。欧阳修文章音节的优美得力于虚字的使用。罗大经《鹤林玉露甲编》卷五《韩柳欧苏》条曾说:"然韩柳犹用奇字重字,欧苏唯用平常轻虚字,而妙丽古雅,自不可及,此又韩柳所无也。"罗在这里所说之平常轻虚字,是对奇字重字而言的。而欧文善用虚字足句使文句有纡徐不迫之节奏,是它的最大特点,如《真州东园记》:

园之广百亩,而流水横其前,清池浸其右,高台起其北。台,吾望以拂云之亭;池,吾俯以澄虚之阁;水,吾泛以画舫之舟;敞其中以为清宴之堂,辟其后以为射宾之圃。芙蕖芰荷之的历,幽兰白芷之芬芬,与夫佳花美木列植而交阴,此

> 前日之苍烟白露而荆棘也；高甍巨桷，水光日景，动摇而下上，其宽闲深靓，可以答远响而生清风，此前日之颓垣断堑而荒墟也；嘉时令节，州人士女啸歌而管弦，此前日之晦冥风雨、鼪鼯鸟兽之嗥音也。

这段音调铿锵韵味悠长的文字，如果把每句中的"之"、"其"、"而"、"以"等字一齐去掉，那韵味也就消失了。

欧文的诗化音韵之美得力于善于运用虚字的传神作用。它的内在情感之美则由于作者的内在修养。我以为欧阳修之所以成功，就在于善于学习前代伟大作家之经验而又根据自身之特点，发展变化，不失自己的面目。诗文之可贵首先在作者本身之真诚。《苕溪渔隐丛话后集》卷二三云：

> 《本朝名臣录》云：欧阳公知开封府，承包拯政猛之后，一切循理，不事风采。或以拯之政励修者，答曰："凡人材性不一，各有长短。用其所长，事无不举；强其所短，政必不逮。吾亦任吾所长尔。"闻者服其言。

欧阳修知开封府（相当今之首都市长），不是一味学习前任包龙图之威猛，也正像他学古文不是一味模仿韩愈之兀傲，而是从自己实际出发走自己的路，这也是他散文诗化之面目的核心。欧公一代宗师，文章丰富多采，博大精深，绝非本文所能概括，而不揣谫陋，贸然提出这一短文者，是在希望今日从事创作的同志或可从欧阳修的成功之路中汲取某些有益的成分来提高自己，繁荣今日之文学园地。

(原载《淮阴师专学报》1992年第4期)

略论王安石苏轼友谊的基础
——金陵之会的思考

众所周知,王安石和苏轼原来不但谈不上友谊,甚至可以说水火不相容,根源可以推到苏轼父亲苏洵身上。《石林避暑录话》卷一说:

> 苏明允本好言兵,见元昊叛,西方用事久无功,天下事有当改作,因挟所著书嘉祐初来京师,一时推其文章。王荆公为知制诰,方谈经术,独不喜之,屡诋于众,以故明允恶荆公甚于仇雠。会张安道亦为荆公所排。二人素相善,明允作《辨奸》一篇密献安道,以荆公比王衍、卢杞,而不以示欧文忠。荆公后微闻之,因不乐子瞻兄弟,两家之隙,遂不可解。《辨奸》久不出,元丰间,子由从安道辟南京,请为明允墓表,特全载之,苏氏亦不入石,比年稍传于世。

《辨奸论》的真伪,曾经引起学术界的争论,拙著《辨奸论并非伪作》(载《南京大学学报》1979 年 1 期)肯定非伪作,兹不赘述。但如叶所述,"两家之隙,遂不可解",苏轼考取制科三等(最高等第,北宋只吴育和苏轼两人得过),得直史馆。苏洵死了,苏轼守制满,"熙宁二年还朝。王安石执政,素恶其议论异己,以判官告院"(《宋史·苏轼传》)。王安石推行新法,苏轼认为不恰当,特别是王安石为了推行新法,怕受朝政议论干扰,怂恿宋神宗要独断,苏轼认为这样很危险,借机讽喻。《司马文正公日录》说:

> 介甫初为政,每赞上以独断,上专信任之。苏轼为开封试官,策问进士以:"晋武平吴以独断而克,苻坚伐晋以独断而亡,齐桓专任管仲而霸,燕哙专任子之而败。事同而功异,何也?"介甫见之不悦。轼弟辙辞条例司,言青苗不便,介甫尤怒。乃定制策登科者,不得与馆职,皆送审官与合入差遣,以轼辙兄弟故也。

《宋史·苏轼传》也讲了试题事,说:"安石滋怒,使御史谢景温论奏其过,穷治无所得。轼遂请外,通判杭州。"可见此时已由家世的芥蒂,转为政见上的对立,王安石对苏轼从"不喜"到要御史"论奏其过"想整倒他,交恶到这种程度。一些小人就千方百计想陷害苏轼。但苏轼做地方官,政绩卓著,在徐州知府任上,战胜了黄河泛滥之灾,保住了徐州城,徙知湖州。御史李定、舒亶、何正臣等曲解苏轼《湖州谢上表》里的话和平常作的诗,认为讥讪朝廷,被逮下御史台狱,几乎送命。苏轼的供词,就是有名的《乌台诗案》。其中苏轼自供的含有讽刺的诗,都是指向执政大臣和新法的,王安石是最主要的讽刺对象。可以说王苏两人的关系进一步恶化了。这是元丰二年的事。苏轼被贬到黄州五个年头,元丰六年(1083)量移汝州,苏轼上表请求到常州居住,朝廷批准了(见《续资治通鉴长编》卷三四二)。这时王安石也已罢相居金陵,两人的关系忽然变得融洽了。《潘子真诗话》说:

> 东坡得请宜兴,道过钟山,见荆公。时公病方愈,令坡诵近作,因为手写一通以为赠。复自诵诗,俾坡书以赠己,仍约坡卜居秦淮。故坡和公诗云:"骑驴渺渺入荒陂,想见先生未病时。劝我试求三亩宅,从公已觉十年迟。"(《苕溪渔隐丛话前集》卷三五引)

潘子真引的苏轼诗见王文诰注本卷二四,题为《次荆公韵四绝》,情真语挚,十分感人。《西清诗话》也有类似的记述:

> 元丰中,王文公在金陵,东坡自黄北迁,日与公游,尽论古昔文字,闲即俱味禅悦。公叹息谓人曰:"不知更几百年,方有如此人物!"东坡渡江,至仪真,和《游蒋山诗》,寄金陵守王胜之益柔,公亟取读之。至"峰多巧障日,江远欲浮天",乃抚几曰:"老夫平生作诗,无此二句。"又在蒋山时,以近制示东坡。东坡云:"若积李兮缟夜,崇桃兮炫昼,自屈宋没世,旷千馀年,无复《离骚》句法,乃今见之。"荆公曰:"非子瞻见谀,自负亦如此,然未尝为俗子道也。"(同前)

《墨庄漫录》还记载王安石将禁中治偏头病的方子传给苏轼,可见厚爱:

> 王安石为相日,奏事殿中,忽觉偏头痛不可忍,奏上请归治疾。裕陵令且在中书偃卧。已而小黄门持小金杯药少许赐之,左痛即灌右鼻,右即反之,左右俱痛,并灌之,即时痛愈。明日入谢,上曰:"禁内自太祖时有此数十方,不传人间,此其一也。"并因赐此方。苏轼自黄州归,过金陵,安石传其方,用之如神,但目赤少时,头痛即愈。法用新萝卜

取自然汁,入生龙脑少许调匀,昂头使人滴入鼻窍。

这些出于笔记、诗话的记载是否可靠呢？我们可从苏轼书简中得到印证。《苏东坡集续集》卷四在给老朋友滕达道的小简里说："某到此,时见荆公,甚喜,时诵诗说佛也。"后来苏轼到了仪真又写信给王安石介绍秦观,希望王能加以荐引：

> 某顿首再拜特进大观文相公执事：近者经由,屡获请见,存抚教诲,恩意甚厚。别来切计台候万福。某始欲买田金陵,庶几得陪杖屦,老于钟山之下。既已不遂,今来仪真,又二十馀日,日以求田为事,然成否未可知也。若幸而成,扁舟往来,见公不难也。向屡言高邮进士秦观太虚,公亦粗知其人,今得其诗文数十首拜呈。词格高下,固已无逃于左右,独其行义饬修,才敏过人,有志于忠义者,其请以身任之。此外博综史传,通晓佛书,讲集医药,明练法律,若此类未易一一数也。才难之叹,古今共之。如观等辈,实不易得,愿公少借齿牙,使增重于世,其他无所望也。秋气日佳,微疾想已失去。伏冀顺时候为国自重。(《续集》卷一一)

王安石也回信赞美秦观：

> 示及秦君诗,适叶致远一见,亦以为清新妩丽,鲍、谢似之。公奇秦君,口之而不置;我得其诗,手之而不释。又闻秦君尝学至言妙道,无乃笑我与公嗜好异乎？(《苕溪渔隐丛话前集》卷五○)

可以确信,两人确实交情深厚,非同一般。为什么从相互水火而变为相互爱慕？换言之,两人的友谊基础是什么？我以为根据现有材料分析，有几点主要的。

首先两人有共同的政治出发点。从表面上看，王安石主张变法，推行熙宁新政，苏轼多方反对，作诗讥刺，两人在政治观点上是对立的。但是深一层看，两人的政治出发点是共同的，是为了赵宋王朝的长治久安，老百姓得免于饥寒冻馁，而不是为了个人的升沉荣辱。王安石在鄞县、苏轼在徐州、杭州等处，都是造福一方的好地方官，他们对赵宋王朝都是赤胆忠心，苦心竭虑希望能如磐石之安。苏轼在青年时期写的许多策论，如《教战守》等，也都有变法图强的思想。王安石变法的出发点决不是为了个人的权势，所以当了宰相并不以之为荣耀。

> 熙宁庚戌（淳按三年，1079）冬，王荆公安石自参知政事拜相。是日，官僚造门奔贺者，相属于路。公以未谢，皆不见之。独与予坐于西庑之小阁。荆公语次，忽颦蹙久之。取笔书窗曰："霜筠雪竹钟山寺，投老归欤寄此生。"放笔揖予而入。（魏泰《临汉隐居诗话》）

《元城先生语录》认为王安石在熙宁为相时，不顾一切有力人的反对而坚持不改，是因为有"八字"为资本，所谓"八字"：

> 虚名，实行，强辨，坚志。当时天下之论，以金陵不作执政为屈，此虚名也；平生行己，无少许点涴，言者虽欲诬之，人主不信，此实行也；论议人主之前，贯串经史古今，不可穷诘，故曰强辨；前世大臣，欲任意行一事，或可以生死祸福恐之而回，此老实不可动，故曰坚志：因此八字，新法所以必行也。故得君之初，与主上若朋友，一言不合己意，则面折之，反复诘难，使人主伏辨乃已。（《苕溪渔隐丛话后集》卷二五）

刘安世是司马光入室弟子,政见上和王安石处于对立地位,决不会对王安石乱加恭维。但这里举出的八个字,不正反映王安石的政治品质吗?一心为国,生死祸福都不能动摇他的决心,而对富贵权势看成外物,不萦于怀。这一点和苏轼完全一致。苏轼常常自称自己上可以陪玉皇大帝,下可以陪悲田院乞儿。富贵权势在他心中没有位置。他反对新法,出发点也是为国为民。他的书简中说:"虽怀坎壈于时,遇事有可尊主泽民者,便忘躯为之。祸福得丧,付与造物。"(《与李公择》)"独立不惧者,唯司马君实与叔兄弟耳。万事委命,直道而行,纵以此窜逐,所获多矣。"(《与千之侄》)因为反对新法,从中央下放到地方,最后被贬为黄州团练副使实际是被管制,他却泰然处之,《答言上人》:"此间但有荒山大江,修竹古木,每饮村酒,醉后曳杖,放脚不知远近,亦旷然天真,与武林旧游未见议优劣也。"《答李寺丞》:"仆虽遭忧患狼狈,然匹如当初不及第,即诸事易了。"对自己心怀坦然,对国事仍很关心,在《与滕达道》说:"西事得其详乎:虽废弃,未忘为国家虑也。"特别难能可贵的是苏轼从国家利益出发,能够对自己进行反思,不是一味自我欣赏,认为一贯正确。在《与滕达道》简里说:

> 某欲见面一言者,盖为吾侪新法之初,辄守偏见。至有异同之论。虽此心耿耿归于忧国,而所言盖谬,少有中理者。今圣德日新,众化大成,回视向之所执益觉疏矣。若变志易守以求进取,固所不敢;若哓哓不已,则忧患愈深。

正因为两人都是以国家利益为出发点,所以过去的政见之争,在大家经历变故之后,能够平心静气,友好相处,共同关心国事。《邵氏闻见录》卷一二:

> （子瞻）移汝州,过金陵,见介甫甚欢。子瞻曰:"某欲有言于公。"介甫色动,意子瞻辨前日事也。子瞻曰:"某所言者,天下事也。"介甫色定,曰:"姑言之。"子瞻曰:"大兵大狱,汉唐灭亡之兆。祖宗以仁厚治天下,正欲革此。今西方用兵,连年不解;东南数起大狱,公独无一言以救之乎?"介甫举手两指示子瞻曰:"二事皆惠卿启之,某在外,安敢言!"子瞻曰:"固也,然在朝则言,在外则不言,事君之常礼耳。上所以待公者非常礼,公所以事上者岂可以常礼乎?"介甫厉声曰:"某须说。"又曰:"出在安石口,入在子瞻耳。"……介甫又语子瞻曰:"人须是知行一不义,杀一不辜,得天下弗为,乃可。"子瞻戏曰:"今之君子争减半年磨勘,虽杀人亦为之。"介甫笑而不言。

这段记载《宋史》采入《苏轼传》。可见苏王在关心国家命运上的一致性,这正是两人从抗争到友好的基础。

其次,两人在学问上有共同点,都是博学多闻而又同信佛法,在世界观上也有共同点。王安石和苏轼都是绝顶聪明而又手不释卷。

> 东坡在黄州日,作《雪诗》云:"冻合玉楼寒起粟,光摇银海眩生花。"人不知其使事也。后移汝海,过金陵,见王荆公,论诗及此云:"道家以两肩为玉楼,以目为银海,是使此否?"坡笑之,退,谓叶致远曰:"学荆公者,岂有此博学哉?"（《侯鲭录》卷一）

赵令時是苏轼的朋友,《雪诗》是在熙宁七年在密州作的,诗末有"试扫北台看马耳,未随埋没有双尖"可证。但王安石极爱此诗是不虚的。李壁《王荆文公诗笺注》卷二七有《读眉山集次韵雪诗五首》,卷二八又有《读眉山集爱其雪诗能用韵复次韵一首》,一共六首七律,都是叉字韵。东坡此诗第一首尖字韵,第二首叉字韵,查注:"按陆放翁云:'苏文忠公《雪诗》用尖叉二韵,王文公有次韵诗,议者谓非二公莫能为也。吕成叔乃顿和至百篇,字字工妙,无牵强凑泊之病。'据此,则尖叉二韵,介甫当时皆有和章,今集中所载,止叉字韵六首耳。至吕成叔百篇世无一传者,古人名作湮没,何可胜道,可发一叹。"

王安石和此诗时,苏轼可能在黄州,他们政见上的矛盾未见公开消除,但王安石确认为苏轼能押险韵,表现十分欣赏。其中如"皭若易缁终不染,纷然能幻本非花",既是刻画雪,又可以看到对两人品格的赞美。苏轼集中又有《谢人见和前篇二首》,王文诰以为是答王安石。但不肯写出姓名,大约如《与滕达道》简里说的,避免"变志易守以求进取"之嫌。此诗结语"台前日暖君须爱,冰下寒鱼渐可叉",又似有化释前嫌之预见。王安石在和苏轼金陵相会公开化解矛盾之前,对苏轼的才气就是赞赏的。

> 舒王在钟山,有客自黄州来。公曰:"东坡近日有何妙语?"客曰:"东坡宿于临皋亭,醉梦而起,作《成都圣象藏记》千有馀言,点定才一两字。有写本,适留舟中。"公遣人取而至。时月出东南,林影在地,公展读于风檐,喜见眉须,曰:"子瞻,人中龙也,然有一字未稳。"客曰:"愿闻之。"公曰:"'日胜日贫',不若曰,'如人善博,日胜日负'耳。"(淳按:《苕溪渔隐丛话前集》卷三八作"日胜日负,不若日胜日贫耳。"《苏东坡续集》卷一二本文题为《胜相院经藏记》文作"如人善博,日胜日负")东坡闻之,抚手大笑,亦以公为知言。(《冷斋夜话》卷五)

东坡这篇文章上写明是元丰三年(1080),已到黄州贬所了。此

前熙宁十年(1077)写了《表忠观碑》,《潘子真诗话》说:

> 东坡作《表忠观碑》,荆公置坐隅。叶致远、杨德逢二人在坐。有客问曰:"相公亦喜斯人之作也?"公曰:"斯作绝似西汉。"坐客叹誉不已。公笑曰:"西汉谁人可拟?"德逢对曰:"王褒。"盖易之也。公曰:"不可草草。"德逢复曰:"司马相如、杨雄之流乎?"公曰:"相如赋《子虚》、《大人》泊《喻蜀文》、《封禅书》耳。雄所著《太玄》、《法言》以准《易》《论语》,未见其叙事典赡若此也。直须与子长驰骋上下。"坐客又从而赞之。公曰:"毕竟似子长何语?"坐客悚然。公徐曰:"《楚汉以来诸侯王年表》也。"

胡仔在引了上面两段记载之后,这样说:

> 熙宁间,介甫当国,力行新法。子瞻讥诮其非,形于文章者多矣,介甫岂能不芥蒂于胸次?想亦未必深喜其文章。今冷斋与子真所笔,恐非其实。(《苕溪渔隐丛话前集》卷三八)

胡仔把王安石看得太狭隘,因此提出这样的疑问,实际是不值一驳的,次韵叉字韵雪诗至六首之多,不正说明对苏轼文才的欣赏吗?王安石对苏轼诗文也曾挑剔过,对苏轼其人,也曾深恶痛绝过,但那是锐意推行新法不顾一切的时期。后来变了,所以坐客才有"相公亦喜斯人之文"的惊叹。王安石二次罢相之后,比较能冷静地思考一切,认识当时一味怂恿自己的吕惠卿是地道的小人,称之为"福建子",而苏轼等却是正直可取。他们毕竟都是诗文大家,又都受过欧阳修的熏陶,诗文上的共同语言很多,在政治利害淡化之后,这种诗文上的修养,自然地成为晚年友谊的基础。

第三,还有一条重要的相同点,两人本身品行都非常端正,真正的君子人,决无随人俯仰的媚骨。王安石在刘安世的眼中"平生行己无少许点涴"(见前),同样刘安世评东坡也说:

> 士大夫只看立朝大节如何,若大节一亏,则虽有细行,不足赎也。东城立朝大节极可观,才气峻迈,惟己之是信。在元丰,则不容于元丰,人欲杀之;在元祐,则虽与老先生议论亦有不合处。非随时上下人也。(《苕溪渔隐丛话后集》卷二六)

当熙宁新法时,苏轼对司马光极为佩服,有《司马君实独乐园》诗可证。但司马光元祐为相时,要尽反新法,苏轼却认为要区别对待,坚持新法的免役不该反,以致和司马光争得面红耳赤,又为台谏所不容,要求外放。他在《与杨元素》短简中说:

> 某近数章乞郡未允,数日来杜门待命,期于必得耳。公必闻其略,盖为台谏所不容也。昔之君子,惟荆是师;今之君子,惟温是随:所随不同,其为随一也。老弟与温,相知至深,始终无间,然多不随耳。致此烦言,盖始于此。然进退得丧,齐之久矣,皆不足道。老兄相知之深,恐愿闻之,不须为人言也。(《续集》卷六)

司马光、王安石、苏轼都是正派人,一时议事有矛盾,但相互了解之后,就会化除而友谊长在。和这相反的,可以举吕惠卿、蔡京做比较。王安石要引吕惠卿协助推行新法,司马光向皇帝上谏章说:"惠卿憸巧,非佳士,使安石负谤于中外者,皆其所为。安石贤而愎,不闲世务,惠卿为之谋主而安石力行之,故天下并指为奸邪。"司马光又写信提醒王安石:"谄谀之士,于公今日诚有顺适之快,一旦失势将必卖公自售矣。"后来果然"惠卿既叛安石,凡可以害王氏者无不为"(《宋史》卷四七一《奸臣·吕惠卿传》)。司马光要恢复差役,苏轼和他争论不下,蔡京却如约只用五天时间"悉改畿县雇役,无一违者",得到司马光的赏识。等到绍圣时章惇为相想变役法,讨论不决:"京谓惇曰:'取熙宁成法施行之尔,何以讲为?'惇然之,雇役递定。差雇两法,光、惇不同。十年间京再莅其事,成于反掌,两人相倚以济,议者有以见其奸。"(《宋史》卷四七二《奸臣·蔡京传》)

从王安石、司马光的教训来看,都是只爱有"顺适之快"而听不得反面意见,因而让小人钻了空子,窃据要津,误国害民。但他们本身毕竟是正人,没有坏心眼,也承认对方的优点。王安石死时,司马光是丞相但也在重病之中,还特地写信给吕公著说:"介甫无他,但执拗耳。褒恤之典,不可不厚。"所以特地申请"赠太傅",由苏轼行制词,肯定王安石:"少学孔孟,晚师瞿聃。网罗六艺之遗文,断以己意;糠秕百家之陈迹,作新斯人。""浮云何有,脱屣如遗","进退之美,雍容可观。"(《经进东坡文集事略》卷三九)可见苏轼对王安石的态度。两人的友谊经得住死生的考验。

北宋新法的是非得失之争是个大问题,非常复杂,一直到今天,还不能说已经论定了。但我以为大家多只注重新法的是非,而较忽视干部的素质。"邪人说正法,正法也成邪。"未必是唯心的呓语。从根本来看,如果不十分重视干部的品德修养,要想国家繁荣昌盛,有似缘木求鱼。考察一下新法始欲强国,终于亡宋的曲折过程,也许能引起我们的有益反思。

(原载《淮阴师专学报》1991年第1期)

苏诗与宋代文化

一代文化哺育一代诗人,而各个时代的伟大诗篇,又总要反映出同一时代的文化特色。魏、晋、南北朝文化,产生了阮籍、陶潜、谢灵运和鲍照那样一大批著名的诗坛人物,盛唐文化薰陶了李白、杜甫和王(维)、孟(浩然)、高(适)、岑(参)等杰出的诗人。读这些人的诗集,时时感受到时代文化的脉搏的跃动。可以说,伟大诗人的作品,和他们所处的文化密不可分。苏轼之于北宋,也如李、杜之在盛唐。宋代文化孕育了苏诗,而苏诗又处处闪耀出宋代文化的光芒。

文化,从广义来说,是指人类在社会历史实践过程中所创造的物质财富和精神财富的总和。文化是一种社会现象,几乎无所不包。伟大诗人的诗集往往触及当时社会文化的各个方面。举凡技术进步、生产经验和人们的劳动技能方面,教育、科学、文学、艺术以及与之相适应的设施方面所达到的水平,几乎都有所反映。以苏诗为例,既有水车、秧马等农具,又有石炭(煤)之发现与应用,真一酒、玉糁羹等饮膳方面的创造,黄鹤楼、芙蓉城、海州石室等神话传说。至于各地保存的文化古迹等,更是触处可见。本文仅就苏诗与宋代文化关系中的几个问题,提出一些看法。

一

宋代是我国历史上的一个极弱的朝代,宋太祖和太宗还想收复燕云十六州,但一败之后,便不敢再议进取,只能以岁币换取西北两面边疆的苟安了。但是,在文化方面,宋代却有了飞跃的发展:印刷术之广泛使用,书籍从写本变成印本,士子得书远较唐代为易。太宗、真宗两代编辑的四部大书——《太平御览》、《太平广记》、《文苑英华》和《册府元龟》,给读书人掌握前人文化遗产提供了方便。宋代诗人从西昆起就欢喜大量用典,这和当时书籍之逐渐普及有密切关系。杜甫曾说:"读书破万卷,下笔如有神。"(《奉赠韦左丞丈二十二韵》)宋人继承和发扬这个传统,读书多,用典富。王安石、苏轼和黄庭坚的诗,都有本朝人为之作注,杜诗的注释也是宋朝开始大量作的。宋人注苏诗者最多。南宋赵夔为《集注分类东坡先生诗》所作的序中说:"东坡先生读书千万卷……崇宁年间,仆年志于学,逮今三十年,一句一字,推究来历,必欲见其用事之处,经史子传,僻书小说,图经碑刻,古今诗集,本朝故事,无所不览,又于道释二藏经文,亦常遍观抄节"。可见注苏诗之难,亦足以证明涉及文化面之广。清人查慎行作《苏诗补注》,所列引用书目就有 644 种,而像《十三经注疏》、《南北史》等都仅作一种。苏诗所引书籍初步估计至少在千种以上。正是宋代书籍印刷术之传播,为宋代读书人创造了物质条件,宋代书画技艺等之进步,又丰富了诗人写的题材。宋代丰厚的文化,给苏诗提供了客观的基础。读苏诗总好像进入文化宝藏。苏诗到处都闪烁着宋代高度文化耀眼的光芒。苏诗的成就,离不开宋代文化基础,而苏诗又充实了宋代文化的内容。

二

宋代文化学术思想特点之一是儒释道三家在思想上的相互融合。宋代学术思想中关系到大之理学,究其源头,如果从陈抟、李之才、周敦颐、邵雍等人来看,都与道家有深刻渊源。后人批评宋代理学家援儒入佛,是非姑且不论,但佛与儒在思想上确已互相渗透。如欧阳修想以韩愈自居而著《本论》,但他的朋友尹师鲁等却非常信佛,欧阳修的儿子也信佛,没有韩愈那样劲道,基本原因,还在于佛教在唐代三百年中已经和中国原有的儒家思想逐渐融合,到宋代已密不可分。在唐代,佛与道常常互争雄长乃至相互水火,如唐武宗之"会昌灭法",宋代在徽宗以前就没有这种情况。宋真宗是迷信道教的,但并不辟佛,他曾制《释典文字法音集》三十卷,见《湘山野录》卷中,该书卷上还记载宋代开国之初,大建译园,还以和尚为译经鸿胪少卿。直到仁宗朝,为了节省开支,惟净主动上疏请求废掉这个官职,仁宗还说:"三圣崇奉,朕乌敢罢!"这种局面,直到徽宗宣和元年,硬要把佛教徒变成道教徒(详见《宋史纪事本末》卷五一《道教之崇》),但那已经是苏轼身后发生的事,北宋不久也就亡了。

傅藻《东坡纪年录》序东坡学术思想云:"初,公与子由师其官师,最好贾谊、陆贽书,后读《庄子》以为得其心,晚读释氏书,深有所悟,参之孔老,博辩无碍,浩然不见其涯也"。可见苏轼思想中,儒释道是融为一体的。在青年时代任凤翔通判时,他就写有《读道藏》的诗。苏轼诗中有关佛道宫观内容,超过七分之一。唐代杜甫写给赞上人等佛教徒的诗全用佛典,仅有《大觉高僧兰若》因写香炉峰,连带及杏林("香炉峰色隐晴湖,种杏仙家近白榆")。写道流则用道典,如《玄都坛歌寄元逸人》则用玄都、王母、芝草、福地等有关道教典故。而苏轼又能融合佛道二家,写仙家常用佛教语,如《三朵花》诗序云:"房州通判许安世以书遗余,言吾州有异人,常戴三朵花,莫知其姓名,郡人因以三朵花名之。能作诗,皆神仙意,又能自写真,人有得之者,许欲以一本见惠,乃作此诗。"从序里看,这位异人当是道流人物,可诗却大量用佛典:

> 学道无成鬓已华,不劳千劫漫蒸砂。归来且看一宿觉,未暇远寻三朵花。两手欲遮瓶里雀,四条深怕井中蛇。画图要识春风面,试问房陵好事家。

二、三、五、六句全用佛教典故。在《赠黄山人》一诗中云:

> 面颊照人原自赤,眉毛覆眼见来乌。倦游不拟谈玄牝,示病何妨出白须。绝学已生真定慧,说禅长笑老浮屠。东坡若肯三年住,亲与先生看药炉。

此诗把佛道典故融为一体来称赞南这位山人。再看《书焦山纶长老壁》:

> 法师住焦山,而实未尝住。我来辄问法,法师了无语。法师非无语,不知所答故。君看头与足,本自安冠履。譬如长鬣人,不以长为苦。一旦或人问,每睡安所措。归来被上下,一夜着无处。展转遂达晨,意欲尽镊去。此言虽鄙浅,故自有深趣。持此问法师,法师一笑许。

这首诗自然是充满禅悦的。中间头足冠履用的却是汉景帝时儒生辕固与黄生辩论的典故。从《虔州景德寺荣师湛然堂》

一诗,更看出这种三教融合的思想:

> 卓然精明念不起,兀然灰槁照不灭。方定之时慧在定,定慧照寂非两法。妙湛总持不动尊,默然真入不二门。语息则默非对语,此话要将《周易》论。诸方人人把雷电,不容细看真头面。欲知妙湛与总持,更问江东三语掾。

这些诗篇充分反映出当时文化学术思想三教相融合的特色。佛教徒也研究儒门书籍,如《湘山野录》卷中记述一个和尚叫能万卷就精研《唐韵》,熟精儒学,当时诸儒"皆抱经授业"。和苏轼交往的有个和尚叫智周就专精《周易》,苏轼《赠治易僧智周》诗云:

> 寒窗孤坐冻生瓶,尚把遗编照露萤。阁束九师新得妙,梦吞三画旧通灵。断弦挂壁知音丧,挥麈空山乱石听。斋罢何须更临水,胸中自有洗心经。

这种三教融合的文化学术思想,在理学家中更突出。苏轼与程颐后来成了洛蜀两党之争的领袖,苏轼门下攻击程颐,极力加以丑化。有人怀疑这是由于两人思想根本不能相容之故,实际上是将一时意气之争误解为学术思想之根本冲突。程颢、程颐弟兄是濂溪先生周敦颐的嫡传,他俩十分尊敬濂溪,称之如光风霁月,而苏轼对周敦颐也十分尊敬,有《故周茂叔先生濂溪》诗可证:

> 世俗眩名实,至人疑有无。怒移水中蟹,爱及屋上乌。坐令此溪水,名与先生俱。先生本全德,廉退乃一隅。因抛彭泽米,偶似西山夫。遂即世所知,以为溪之呼。先生岂我辈,造物乃其徒。应同柳州柳,聊使愚溪愚。

苏诗中表现出的这种三教融合的学术思想,有他本身的特殊性,同时也是北宋文化学术思想共性的反映。

三

书画艺术是一代文化水平集中表现的一个重要方面。宋代书画,在唐代极盛的基础上又有所发展,名家名作如林,而理论上也有总结提高。苏轼本人的书画在北宋都称大家,在时代风气薰染下,成就突出。苏轼诗作中有关书画内容者近二百篇。其中许多名言,被后世评论家奉为圭臬。以书法论,如《和子由论书》诗中既有前人论书之见解,更多自己的体会,其中"端庄杂流丽,刚健含婀娜","体势本阔落,结束入细麽","吾闻古书法,守骏莫如跛。世俗笔苦骄,众中强嵬騀"等,都是论书的至理名言。又,《孙莘老求墨妙亭诗》(以上二诗详见本书《杜甫与苏轼论书诗之比较》所引)对王羲之以后书法艺术的源流正变均有独到见解,这也是唐末宋初书法文化发展的反映。此外,苏轼强调书家学识修养的重要云:"退笔如山未足珍,读书万卷始通神。"(《柳氏二外孙求笔迹二首》)这里化用杜甫"读书破万卷,下笔如有神"(《奉赠韦左丞丈二十二韵》)的观点于书法艺术,对后世影响深远,也可看成苏轼对书艺文化的贡献。

苏轼的题画诗尤其脍炙人口,从画里到画外,从画家到自身,无所不有。如《惠崇画春江晓景》:

> 竹外桃花三两枝,春江水暖鸭先知。蒌蒿满地芦芽短,正是河豚欲上时。

又如《韩幹马十四匹》:

> 二马并驱攒八蹄,二马宛颈鬃尾齐。一马任前双举后,

一马却避长鸣嘶。老髯奚官骑且顾,前身作马通马语。后有八匹饮且行,微流赴吻若有声。前者既济出林鹤,后者欲涉鹤俯啄。最后一匹马中龙,不嘶不动尾摇风。韩生画马真是马,苏子作诗如见画。世无伯乐亦无韩,此诗此画谁当看!

整个图画像是流动的电影镜头,十四匹马与马倌联成一气,相互照顾,从画面到画家到诗人也都联成一气。真是妙绝。

再看《书晁说之考牧图后》:

> 我昔在田间,但知羊与牛。川平牛背稳,如驾百斛舟。舟行无人岸自移,我卧读书牛不知。前有百尾羊,听我鞭声如鼓鼙。我鞭不妄发,视其后者而鞭之。泽中草木长,草长病牛羊。寻山跨坑谷,腾趋筋骨强。烟蓑雨笠长林下,老去而今空见画。世间马耳射东风,悔不长作多牛翁!

和上一首相反,大量篇幅说的是自身,只有一句"老去而今空见画"说到画,有此一笔点睛,全篇皆活,较之杜甫题画诗又多一面目。

苏诗中涉及当时众多画家,除文同、李公麟、王诜、郭熙等著名画家外,尚有一些不甚知名的画人,如写真的何充、妙善,画草虫的雍秀才,画雁的陈直躬,画山的李欣等等,特别是《墨花》序说:"世多以墨画山水竹石人物者,未有以画花者也。汴人尹白能之,为赋一首。"为绘画史中留一故实。苏诗中也可看出随着绘画技艺的发展,修复装裱工作也达到很高水平。《仆曩于长安陈汉卿家见吴道子画佛,碎烂可惜,其后十馀年复见之于鲜于子骏家,则已装背完好,子骏见遗,作诗谢之》中云:

> 素丝断续不忍看,已作蝴蝶飞联翩。君能收拾为补缀,

体质散落嗟神全。志公仿佛见刀尺,修罗天女犹雄妍。

可见当时装裱技艺之发展。

苏轼诗中关于绘画之精辟理论,如论画竹:"交柯乱叶动无数,一一皆可寻其源。"(《王维吴道子画》)论画人物:"细观手面分转侧,妙算毫厘得天契。"(《子由新修汝州龙兴吴画壁》)论画要强调神韵:"论画以形似,见与儿童邻。赋诗必此诗,定非知诗人。"(《书鄢陵王主簿所画折技二首》)论作画时之全神贯注:"与可画竹时,见竹不见人。岂独不见人,嗒焉遗其身。其身与竹化,无穷出清新。庄周世无有,谁知此凝神。"(《书晁补之所藏与可画竹三首》)这些理论,对中国绘画与欣赏影响极为深远。再看《王维吴道子画》中苏轼的评画思想:

> 何处访吴画,普门与开元。开元有东塔,摩诘留手痕。吾观画品中,莫如二子尊。道子实雄放,浩如海波翻。当其下手风雨快,笔所未到气已吞。亭亭双林间,彩晕抹桑暾。中有至人谈寂灭,悟者悲涕迷者手自扪。蛮君鬼伯千万万,相排竞进头如鼋。摩诘本诗老,佩芷袭芳荪。今观此壁画,亦若其诗清且敦。祇园弟子尽鹤骨,心如死灰不复温。门前两丛竹,雪节贯霜根。交柯乱叶动无数,一一皆可寻其源。吴生虽妙绝,犹以画工论。摩诘得之于象外,有如仙翮谢笼樊。吾观二子皆神俊,又于维也欲敛衽无间言。

诗中先指出两人画品之高绝,而最后将吴道子与王维相比。在所作唐代画师之画和文人画之比较中,苏诗的倾向性十分清楚,他先强调"摩诘本诗老"。最后夸他"得之于象外"远远超出画师之画。这种见解对后来绘画文化之发展,对中国画强调诗画相融合之特色,具有开风气之重要性。苏轼能于绘画理论及鉴赏作出自己之贡献,固然有个人的天赋与努力,同时也不能忽略当时留存的大量壁画对他的薰陶。苏辙《龙川略志》卷一说:"予兄子瞻尝从事扶风。开元寺多古画,而子瞻少好画,往往匹马入寺,循壁终日。"可见当时保存的前文化珍品对这位诗人艺术家的重大影响。

四

民俗是文化的重要组成部分。苏诗中的一些关于节令的诗篇,可以和《东京梦华录》对读,以了解当时京城节日的风俗。苏轼"身行万里半天下",极为重视各地之风土人情,且大量摄入诗篇,读苏诗可以看出当时丰富多采之民俗文化。早在青年时期所作《荆州十首》中,就写出荆州的形势、历史、特产和风土习俗,如"野人多问卜,伧叟尽携龟"。尚可想见楚人巫风之遗存。《画鱼歌》"冬寒水落鱼在泥,短钩画水如耕犁"见出三吴水乡冬天取鱼的特色。《於潜女》:"青裙缟袂於潜女,两足如霜不穿屦。觽沙鬢发丝穿柠,蓬沓障前走风雨。"写出当地妇女服饰生活之迥异于北方。苏诗中多处可见各地民俗的精采描写。而最令人神往的是他的故乡四川和晚年谪居的海南。

早在任凤翔通判时期,他就十分怀念故乡的风土人情,特别是传统节日,如过年前后的习俗,在《馈岁》、《别岁》、《守岁》一组诗的总题里说:"岁晚相与馈问,为馈岁;酒食相邀,呼为别岁,至除夜达旦不眠为守岁。蜀之风俗如是。余官于歧下,岁暮思归而不可得,故为此三诗寄子由。"《馈岁》诗中说到互相送年礼的情况:

农功各已收,岁事得相佐。为欢恐无及,假物不论货。

山川随出产,贫富称小大。置盘巨鲤横,发笼双兔卧。富人事华靡,彩绣光翻座。贫者愧不能,微挚出春磨。

《别岁》中云:"东邻酒初熟,西舍豕亦肥。且为一日欢,慰此穷年悲。"《守岁》一诗写出了除夕守夜的情景:"儿童强不睡,相守夜喧哗。晨鸡且勿唱,更鼓畏添挝。坐久灯烬落,起看北斗斜。"这些关于过年前后的描述,许多地方至今还是如此,只不过"别岁"时间有所改变,在春节后才互请春酒而已。《和子由踏青》详细写出蜀地踏青的风俗,使人如身临其境:

春风陌上惊微尘,游人初乐岁华新。人闲正好路旁饮,麦短未怕游车轮。城中居人厌城郭,喧阗晓出空四邻。歌鼓惊山草木动,箪瓢散野乌鸢驯。何人聚众称道人,遮道卖符色怒嗔:宜蚕使汝茧如瓮,宜畜使汝羊如麇。路人未必信此语,强为买服襁新春。道人得钱径沽酒,醉倒自谓吾符神。

《和子由蚕市》写出了眉州二月十五蚕茧市场的情况:

蜀人衣食常苦艰,蜀人游乐不知还。千人耕种万人食,一年辛苦一春闲。闲时尚以蚕为市,共忘辛苦逐欣欢。去年霜降斫秋荻,今年箔积如连山。破瓢为轮土为釜,争买不啻金与纨。忆昔与子皆童丱,年年废书走市观。市人争夸斗智巧,野人喑哑遭欺谩。诗来使我感旧事,不悲去国悲流年。

苏轼晚年被流放海南,海南的风土人情都摄入诗篇,今天的读者尚可想见当时的情况。如说到当时海南人的食物:"五日一见花猪肉,十日一遇黄鸡粥。土人顿顿食薯芋,荐以薰鼠烧蝙蝠。旧闻蜜唧尝呕吐,稍近虾蟆缘习俗。"(《闻子由瘦》)诗中也谈到海南节令有不同于中原:《海南人不作寒食,而以上巳上冢……》记海南人情之淳朴:"半醒半醉问诸黎,橘刺藤梢步步迷。但寻牛矢觅归路,家在牛栏西复西"。"总角黎家三四童,口吹葱叶送迎翁。莫作天涯万里意,溪边自有舞雩风"。在《被酒独行遍至子云威徽先觉四黎之舍三首》诗里,展现出一幅海南风情画。而和陶渊明《拟古九首》,直是海南历史文物民俗的简记:

> 冯冼古烈妇,翁媪国于兹。策勋梁武后,开府隋文时。三世更险易,一心无磷缁。锦缴平积乱,犀渠破余疑。庙貌空复存,碑板漫无辞。我欲作铭志,慰此父老思。遗民不可问,偻句莫予欺。犦牲菌鸡卜,我当一访之。铜鼓壶卢笙,歌此送迎诗。

正因为各地的民俗文化滋养了苏轼的诗篇,今天我们读起来还可以感受到当地民俗文化的氛围。

五

茶在我国饮食文化中占有突出的地位,兴于唐而大盛于宋。苏诗云:"周诗记荼苦,茗饮出近世。"(《问大冶长老乞桃花茶栽东坡》)自唐陆羽著《茶经》,张又新作《煎茶水记》,茶道始兴。但那时从地域讲,以湖常二州为主,福建等地未见品录。从烹饮方式看,唐人只知道煎啜,未知点啜。宋代丁谓、蔡襄均有《茶录》(蔡著,《四库》著录),福建所产得以大行于时,而饮用之法日精,宋代茶文化远过于唐,它吸收唐代之长又加发展。胡仔《苕溪渔隐丛话后集》卷十一里说:"建安北苑茶,始于太宗朝,太平兴国二年,遣使造之,取象于龙凤,以别庶饮,由此入贡。至道间,仍添造石乳。其后大小龙茶又起于丁谓而成于蔡君谟。"《蔡宽夫诗话》云:"自建茶出天下所产皆不可复数,今出处壑源……"《学林新编》:"云茶之佳品,皆点啜之。"这些是说宋代茶文化源于唐代而又胜于唐代。

苏轼有《汲江煎茶》诗:

> 活水还需活火烹,自临钓石取深清。大瓢贮月归春瓮,小杓分江入夜瓶。雪乳(一作茶雨)已翻煎处脚,松风忽作泻时声。枯肠未易禁三碗,坐听荒城长短更。

在首句下苏轼自注云:"唐人云茶须缓火炙,活火煎。"这可作为宋代茶文化绍述唐代之证据。《试院煎茶》也反映了这个特点:

> 蟹眼已过鱼眼生,飕飕欲作松风鸣。蒙茸出磨细珠落,眩转绕瓯飞雪轻。银瓶泻汤夸第二,未识古人煎水意。君不见昔时李生好客手自煎,贵从活火发新泉。又不见今时潞公煎茶学西蜀,定州花瓷琢红玉。我今贫病常苦饥,分无玉碗捧蛾眉。且学公家作茗饮,砖炉石铫行相随。不用撑肠挂腹文字五千卷,但愿一瓯常及睡足日高时。

不但写出了煎茶之特色,而且涉及当时之茶具。在《次韵董夷仲茶磨》中,又见到饮茶工具之日益精便。《到官病倦未尝会客,毛正仲惠茶,乃以端午小集石塔,戏作一诗为谢》后半云:"禅窗丽午景,蜀井出冰雪。坐客皆可人,鼎器手自洁。金钗候汤眼,鱼蟹亦应诀。遂令色香味,一日备三绝。报君不虚授,知我非轻啜。"写出点茶的特色:好水、好器皿、好客人。《寄周安孺茶》、《和钱安道寄惠建茶》和《和蒋夔寄茶》三首长诗涉及更

广的范围,使人了解宋代茶文化之方方面面:

大哉天宇内,植物知几族。灵品独标奇,迥超凡草木。名从姬旦始,渐播桐君录。赋咏谁最先,厥传惟杜育。唐人未知好,论著始于陆。常李亦清流,当年慕高躅。遂使天下去,嗜此偶于俗。岂但中土珍,兼之异邦鬻。鹿门有佳士,博览无不瞩。邂逅天随翁,篇章互赓续。开园颐山下,屏迹松江曲。有兴即挥毫,灿然存简牍。伊予素寡爱,嗜好本不笃。粤自少年时,低回客京毂。虽非曳裾者,庇荫或华屋。颇见绮纨中,齿牙厌梁肉。小龙得屡试,粪土视珠玉。团凤与葵花,碔砆杂鱼目。贵人自矜惜,捧玩且缄椟。未数日注卑,定知双井辱。于兹自研讨,至味识五六。自尔入江湖,寻僧访幽独。高人固多暇,探究亦颇熟。闻道早春时,携籝赴初旭。惊雷未破蕾,采采不盈掬。旋洗玉泉蒸,芳馨岂停宿。须臾布轻缕,火候谨盈缩。不惮顷间劳,经时废藏蓄。綮筒净无染,箬笼匀且复。苦畏梅润侵,暖须人气燠。有如耿介性,不受纤芥触。又若廉夫心,难将微秽渎。晴天敞虚府,石碾破轻绿。永日遇闲宾,乳泉发新馥。香浓夺兰露,色嫩期秋菊。闽俗竞传夸,丰腴面如粥。自云叶家白,颇胜中山醁。好是一杯深,午窗春睡足。清风击两腋,去欲凌鸿鹄。嗟我乐何深,水经亦屡读。子咤中冷泉,次乃康王谷。蟆培顷曾尝,瓶罂走僮仆。如今老且懒,细事百不欲。美恶两俱忘,谁能强追逐。姜盐拌白土,稍稍从吾蜀。沿欲外形体,安能徇心腹。由来薄滋味,日饭止脱粟。外慕既已矣,胡为此羁束。昨日散幽步,偶上天峰麓。山圃正春风,蒙茸万旗簇。呼儿为佳客,采制聊亦复。地僻谁我从,包藏置厨簏。何尝较优劣,但喜破睡速。况此夏日长,人间正炎毒。幽人无一事,午饭饱蔬茹。困卧北窗风,风微动窗竹。乳瓯十分满,人世真局促。意爽飘欲仙,头轻快如沐。昔人固多癖,我癖良可赎。为问刘伯伦,胡然枕糟曲。

这首《寄周安孺茶》也可当饮茶文化史来读。

我官于南今几时,尝尽溪茶与山茗。胸中似记故人面,口不能言心自省。为君细说我未暇,试评其略差可听。建溪所产虽不同,一一天与君子性。森然可爱不可慢,骨清肉腻和且正。雪花雨脚何足道,啜过始知真味永。纵复苦硬终可录,汲黯少戆宽饶猛。草茶无赖空有名,高者妖邪次玩懁。体轻虽复强浮泛,性滞偏工呕酸冷。其间绝品岂不佳,张禹纵贤非骨鲠。葵花玉镑不易致,道路幽险隔云岭。谁知使者来自西,开缄磊落收百饼。嗅香嚼味本非别,透纸自觉光炯炯。粃糠团凤友小龙,奴隶日注臣双井。收藏爱惜待佳客,不敢包裹钻权幸。此诗有味君勿传,空使时人怒生瘿。

《和钱安道寄惠建茶》可算品茶春秋。

我生百事常随缘,四方水陆无不便。扁舟渡江适吴越,三年饮食穷芳鲜。金齑玉脍饭炊雪,海螯江柱初脱泉。临风饱食甘寝罢,一瓯花乳浮轻圆。自从舍舟入东武,沃野便到桑麻川。剪毛胡羊大如马,谁记鹿角腥盘筵。厨中蒸粟埋饭瓮,大杓更取酸生涎。柘罗铜碾弃不用,脂麻白土须盆研。故人犹作旧眼看,谓我好尚如当年。沙溪北苑强分别,水脚一线争谁先。清诗两幅寄千里,紫金百饼费万钱。吟哦烹嗟两奇绝,只恐偷乞烦封缠。老妻稚子不知爱,一半已入姜盐煎。人生所遇无不可,南北嗜好知谁贤！死生祸福久不择,更论甘苦争蚩妍。知君穷旅不自释,因诗寄谢聊相镵。

　　《和蒋夔寄茶》"一瓯花乳浮轻圆","沙溪北苑强分别,水脚一线争谁先",可以看出当时点啜斗茶之宋代特色。

　　苏轼关于茶之诗,《集注分类东坡先生诗》只列了十二首,《古今图书集成》因之,实际上有二十首之多,如果统统抄在一起加以笺注,也可算作东坡茶经。建安黄孺著有《品茶要录》(《四库》著录)苏轼《书黄道辅品茶要录后》评它"委曲微妙,皆陆鸿渐以来论茶者所未及"。可见苏轼对茶有深刻研究。这些皆缘于宋代发达之茶文化为其深厚之基础。

六

　　一代文化包括一代文明的一切成果,而伟大诗人的诗作也触及一代文化的各个方面。苏轼不但是博极群书,关心政治,而且对当时事物之利于民者莫不关注,杭州苏堤就是他关心水利、关切人民生活之力证,涉及这方面的诗篇也不少。各地的文物古迹,民间传说,凡是他接触到的无不有诗,从三峡的屈原塔到海南的佛迹岩,真可谓琳琅满目。本文限于篇幅,只可一概从略。苏轼因为对人民疾苦的关切,很重视医药方剂,《苏沈良方》可为佐证。在诗中除了名医庞安常之外,还有一首《赠眼医王生彦若》诗,其中有一段生动的描述：

　　　　针头如麦芒,气出如车轴。间关脉络中,性命寄毛粟。
　　　　而况清净眼,内景含天烛。琉璃贮沉澄,轻脆不任触。而子

> 于其间,来往施锋镞。笑谈纷自若,观者颈为缩。运针如运斤,去瞖如拆屋。

这是多么精采的一次金针拨障的眼外科表演!足见当时眼科技术之发展水平,在研究科技文化时似亦不可忽略。

总之,苏诗依托当时丰厚的文化沃土,而又保存了宋代文化的各种成果,研究宋代文化史者,也不应忽略苏诗。

(原载《淮阴师专学报》1991年第3期)

略论秦少游的绝句
——从所谓"女郎诗"谈起

"有情芍药含春泪,无力蔷薇卧晓枝"。拈出退之《山石》句,始知渠是女郎诗。(《元遗山诗集笺注》卷十一《论诗三十首》)

在元遗山之前的敖陶孙(1154—1227)曾评论说:"秦少游如时女步春,终伤婉弱。"(《诗人玉屑》卷二)元遗山是否受敖陶孙的影响,无从考证。《论诗绝句》影响较大,赞成元的评论不说,即使反对元的意见的,也缺乏对秦诗的系统分析,只是举出杜诗中也有类似的语句来反诘而已,所以有必要加以澄清。

秦观固然以婉约词风蜚声宋代文坛,但他虽赶不上苏轼,于诗、文、书法也都很有造诣,不妨引几则前人记载来印证一下:

> 李尚书公择初见秦少游上正献公投卷诗云:"雨砌堕危芳,风檐纳飞絮。"再三称赏,云:"谢家兄弟得意诗,只如此也。"(《能改斋漫录》卷十二)

> 东坡初未识少游。少游知其将复过维扬,作坡笔语,题壁于一山寺中。东坡果不能辨,大惊。及见孙莘老,出少游诗词数十篇,读之,乃叹曰:"向书壁者,定此郎也。"(《苕溪

渔隐丛话前集》卷五十引《冷斋夜话》)

苏东坡对秦少游,一见倾心。

> 东坡尝有书荐秦少游于荆公云:"向屡言高邮进士秦观太虚,公亦粗知其人,今得其诗文数十首拜呈,词格高下,固已无逃于左右;此外博综史传通晓佛书,若此类未易一一数也。"荆公答书云:"示及秦君诗,适叶致远一见,亦以谓清新妩丽,鲍、谢似之。公奇秦君,口之而不置;我得其诗,手之而不释。又闻秦君尝学至言妙道,无乃笑我与公嗜好异乎?"(同上)

苏东坡为徐州太守,率领居民防御了黄河泛滥之灾,保全了徐州城。水退以后,修了一座黄楼以为纪念,秦观写了一篇《黄楼赋》。苏东坡作诗为谢,题云《太虚以黄楼赋见寄,作诗为谢》:

> 我坐黄楼上,欲作黄楼诗。忽得故人书,中有黄楼词。黄楼高十丈,下建五丈旗。楚山以为城,泗水以为池。我诗无杰句,万景骄莫随。夫子独何妙,雨雹散雷椎。雄词杂今古,中有屈宋姿。南山多磐石,清滑如流脂。朱蜡为摹刻,细妙分毫厘。佳处未易识,当有来者知。(《淮海集》卷一)

秦观对苏轼非常佩服,在《淮海集》卷四里有首《别子瞻》七古,开头说:

> 人生异趣各有求,系风捕影只怀忧。我独不愿万户侯,惟愿一识苏徐州。

苏轼和诗说:

> 夜光明月非所投,逢年遇合百无忧。将军百战竟不侯,伯郎一斗得凉州。翘关负重非无力,十年不入纷华域。故人坐上见君文,谓是古人吁莫测。新诗说尽万物情,硬黄小纸临《黄庭》。故人已去君未到,空吟河畔草青青。谁谓他乡各异县,天遣君来破吾愿。一闻君语识君心,短李髯孙眼中见。江湖放浪久全真,忽然一鸣惊倒人。纵横所值无不可,知君不怕新书新。千金敝帚那堪换,我亦淹留岂长算。山中既未决同归,我聊尔耳君其漫。(古香斋本《施注苏诗》卷十四)

从这首诗里,可以看出苏轼对秦观诗、字造诣的肯定,对秦观学识的赏识和对他遭遇的同情和不平。苏轼并不是随便赞美人的好好先生。《王直方诗话》记载这样一件事:

> 东坡守钱塘,功父过之,出诗一轴示东坡,先自吟诵,声振左右。既罢,谓坡曰:"祥正此诗几分来?"坡曰:"十分来也。"祥正惊喜,问之。坡曰:"七分来是读,三分来是诗,岂不十分也?"(《苕溪渔隐丛话前集》卷三十七)

从这则玩笑里,看出东坡在诗方面不轻易许人,而对秦观却特别欣赏,可见秦诗的造诣。《后山诗话》说:

> 世语云:"苏明允不能诗,欧阳永叔不能赋;曾子固短于韵语,黄鲁直短于散语;苏子瞻词如诗,秦少游诗如词。"

《后山诗话》并非陈后山所作,前人已有辩正(见方回《桐江集》)。这一条前面冠以"世语"云,说明是当时的传说,但这个说法并不可信。(苏)"明允诗不多见,然精深有味,语不徒发,正类其文。如《读易诗》云:'谁为善相应嫌瘦,后有知音可废弹。'婉而不迫,哀而不伤,所作自不必多也。"(《石林诗话》卷下)黄山谷的题跋尤为著名,可见"短于散语"之说更为无稽。但"苏子瞻词如诗,秦少游诗如词"之说却很流行,其实也不确切。不必讳言,秦少游有些诗句比较婉丽,别人讥刺说"又待入小石调",但那只是个别情况,决不能作为秦诗的主调。以《淮海集》(《四部丛刊》影印明刊本)统计共诗446首,内卷十《三月晦日偶题》与《后集》卷四《首夏》两首内容全同,实为445首,其中五古115首,七古46首,五律37首,五排10首,七律106首,五绝5首,六绝6首,七绝121首(内重一首),可见各体均有而以五古、七律、七绝三体为多。即使少游写得较少的排律,也表现出非凡的才能。《桐江诗话》说:

> 又一岁,太守王左丞二月二十一日生日,程文通诸人前期袖寿诗草谒少游,问曰:"左丞生日,必有佳作?"少游以诗草示之,乃压青字韵俱尽。首云:"元气钟英伟,东皇赋炳灵。莫敷十一英,椿茂八千龄。汗血来西极,抟风出北溟。"诸人愕然相视,读毕,俱不敢出袖中之草,唯唯而退。(《苕溪渔隐丛话前集》卷五十)

黄山谷称"闭门索句陈无已,对客挥毫秦少游",可见他的才思敏捷。陈师道《九日寄秦观》诗说:

> 疾风回雨水明霞,沙步丛祠欲暮鸦。九日清樽欺白发,十年为客负黄花。登高怀远心如在,向老逢辰意有加。淮海少年天下士,可能无地落乌纱?(任渊注《后山诗》卷二)

这也可说明秦少游在苏门中的突出地位,如果只是一味婉媚,怎么能得到苏庭坚、陈师道等的称赞?而且秦少游因为苏轼

的牵连,一生坎坷,在诗里反映他的兀傲和偃蹇不平,如:

> 志士耻弱植,卷迹甘饥寒……岂不慕裘马,诡得非所安。蝉冕多怵迫,绳枢鲜忧患,枉寻竟何补,方枘诚独难。(《淮海集》卷三《春日杂兴十首之三》)
>
> 观也本诸生,早与世参商。方枘不量凿,交亲指为枉。末路辱公知,赐出非所望。相期古人处,岂止事文章。(卷五《送刘贡父舍人二首》)
>
> 儒官饱闲散,室若僧坊静。北窗腹便便,支枕看斗柄。或时得名酒,停午犹中圣。醒来复何事,秉笔赋《秋兴》。焉知懒是真,但觉贫非病。茫茫流水意,会有知音听。钟鼎与山林,人生各天性。(卷五《次韵夏侯太冲秀才》)

秦少游还有一些自诉贫困的诗也反映当时人民的疾苦,如卷二《田居四首》说:

> 艰难稼穑事,恻怆田畴语。得谷不敢储,催科吏旁午。

再如卷六《雷阳书事》、《海康书事十首》不但写出南迁的苦痛,同时也生动地写出南方习俗的独特情况:

> 骆越风俗殊,有疾皆勿药。束带趋祀房,瞽史巫纷若。弦歌荐茧栗,奴主洽觞酌。呻吟殊未央,更把鸡骨灼。(《雷阳书事》)
>
> 白发坐钩党,南迁海濒州。灌园以糊口,身自杂苍头。篱落秋暑中,碧花蔓牵牛。谁知把锄人,旧日东陵侯!(《海康书事十首》其一)
>
> 海康腊己酉,不论冬孟仲。杀牛挝祭鼓,城郭为沸动。虽非尧历颁,自我先人用。大笑荆楚人,嘉平猎云梦。(其

六）

　　畲土桑柘希,蚕月不纺绩。吴绡与鲁缟,取具网船客。一朝南风发,家室相怵迫。半价鬻我藏,倍称还君息。（其八）

这些五言古诗,洗尽铅华,《吕氏童蒙训》云:"少游过岭后诗,严重高古,自成一家,与旧作不同。"(《苕溪渔丛话前集》卷五十)实为中肯之论,这哪里有一点"女郎诗"的意味?

就旧诗的体裁来说,七绝与词的关系最密,说"少游诗似词",如果专就七绝说,还有点根据,但少游七绝的面目也是多种多样,绝非一律。120首中,如《春日五首》:

　　幅巾投晓入西园,春动林塘物物鲜。却憩小庭才日出,海棠花发麝香眠。

　　一夕轻雷落万丝,霁光浮瓦碧参差。有情芍药含春泪,无力蔷薇卧晓枝。

　　夹衣新著倦琴书,散策池塘返照初。翠碧黄鹂相续去,荇丝深处见游鱼。

　　春禽叶底引圆吭,临罢《黄庭》日正长。满院柳花寒食后,旋钻新火爇炉香。

　　金屋旧题烦乙子,蜜脾新采赖蜂臣。蜻蜓蛱蝶无情思,随例颠忙过一春。

这几首的意境与词相近,元遗山指责的根据也就是这方面。至如《秋日三首》:

　　霜落邗沟积水清,寒星无数傍船明。菰蒲深处疑无地,忽有人家笑语声。

月团新碾瀹花瓷，饮罢呼儿课《楚辞》。风定小轩无落叶，青虫相对吐秋丝。

连卷雌霓挂西楼，逐雨追晴意未休。安得万妆相向舞，酒酣聊把作缠头？

这三首中间一首和《春日五首》趣味相近，但如第三首的后二句就颇有点东坡《望湖楼醉书五首》的豪气。《后集》中和《春日五首》意境相似的，也只有卷四《春词绝句五首》、《秋词二首》，一百二十首七绝中，此种仅十馀首。其馀则写景书事言怀或针刺小人，内容既多样，风格也各不相同，不妨略举数例如下：

渺渺孤城白水环，舳舻人语夕霏间。林梢一抹青如画，应是淮流尽处山。（卷十《泗州东城晚望》）

天寒水鸟自相依，十百为群戏落晖。过尽行人都不起，忽闻水响一齐飞。（卷十《还自广陵四首》之四）

西津江口月初弦，水气昏昏上接天。清渚白沙茫不辨，只应灯火是渔船。（《后集》卷四《金山晚眺》）

"濛濛晚雨暗回塘，远树依微不辨行。人物渐稀疏磬断，绿蒲丛底宿鸳鸯。"这些绝句境界虽不阔大，但自有一股清新之气，所谓"状难写之景如在目前"。南宋姜夔七绝颇有此种情趣，少游写景诸绝大都如此。

三年京国鬓如丝，又见新花发故枝。日典春衣非为酒，家贫食粥已多时。（《春日偶题呈上尚书丈丈》）

这里的尚书指当时的户部尚书钱勰。钱以米二石送秦少游并作首绝句。

儒馆优贤盖取《颐》，校雠尤自困朝饥。西邻为禄无多少,希薄才堪作淖糜。

秦少游又写两诗相谢,第一首说:

> 本欲先生一解颐,顿烦分米慰长饥。客无贵贱皆蔬饭,惟有慈亲食肉糜。

这种诗只如说话,也反映少游的贫困。他原来也以为到京师为"黄本校勘",总有机会升迁,施展才能,所以《晚出左掖》充满自豪:

> 金爵觚棱转夕晖,翩翩宫叶堕秋衣。出门尘障如黄雾,始觉身从天上归。

实际的情况并不如他所料想,穷愁潦倒,以致向钱穆父叫苦,得到些许援助。后来他自动请求外任,在途中又被降职。苏轼"乌台诗案",苏辙被贬筠州监酒,元祐党籍的罗织,东坡先贬惠州,再过海。秦少游也曾先贬监处州酒税,再削秩徙郴州,接着又编管横州,又徙雷州,这些地方在当时都是瘴厉之区。秦少游在写到这方面的内容时,绝句一反清新婉丽而为激越悲凉。

> 竹柏萧森溪水南,道人为作小圆庵。市区收罢鱼豚税,来与弥陀共一龛。

> 此身分付一蒲团,静对萧萧玉数竿。偶为老僧煎茗粥,自携修绠汲清宽。

这是到处州监酒税时写的《处州水南庵二首》,还有点自我排遣的味道,诗语也是清新的。

> 孤篷短榜溯河流。无赖寒侵紫绮裘。召伯埭南春欲尽,为公重赋《伴牢愁》。

青荧灯火照深更,逐客舟航冷似冰。到处故应山作主,随方还有月为朋。

冠盖纷纷不我谋,掩关聊与古人游。会须匹马淮西去,云巘风溪遂所求。

这是苏子由被贬筠州,秦观从高邮一直送他到召伯埭,苏子由写了三首绝句留别。第二首云:"笔端大字鸦栖壁,袖里新诗句琢冰。送我扁舟六十里,未嫌罪垢污交朋。"秦少游因此写了《次韵子由召伯埭见别三首》。这些诗看出秦观笃于交友,不随势利迁移的品格。这三首诗充满友朋情义,但此时秦观未出仕遭贬,所以诗语还以慰藉友朋着笔。"逐客舟航冷似冰",已看出世态炎凉和自己对朋友的关切,语渐沉重。到他自己南迁到郴州时,诗语就一转为悲凉激越,如:

门掩荒寒僧未归,萧萧庭菊两三枝。行人到此无肠断,问尔黄花知不知。

哀歌巫女隔祠丛,饥鼠相追坏壁中。北客念家浑不睡,荒山一夜雨吹风。(卷十一《题郴阳道中一古寺壁二绝》)

读之令人酸鼻,正如柳宗元"孤臣泪已尽,虚作断肠声"(《初入黄溪闻猿》)的情味。而《宁浦书事六首》六言绝句就更沉痛了:

挥汗读书不已,人皆怪我何求。我岂更求荣达,日长聊以销忧。(其一)

鱼稻有如淮右,溪山宛类江南。自是行臣多病,非干此地烟岚。(其二)

南土四时尽热,愁人日夜俱长。安得此身作石,一时忘

了家乡？(其三)

身与杖藜为二,对月和影成三。骨肉未知消息,人生到此何堪！(其五)

寒暑更拚三十,同归灭尽无疑。纵复玉关深入,何殊死葬蛮夷！(其六)

如果结合他的《和渊明归去来辞》来读：

属党论之云兴,雷霆发乎威颜。淮南谪于天庑,予小子其何安？岁七官而五谴,越鬼门之幽关。化猿鹤之有日,讵国光之复观！(卷一)

再看他的《自作挽辞》(卷四十)：

婴衅徙穷荒,茹哀与世辞。官来录我橐,吏来验我尸。藤束木皮棺,藁葬路傍陂。家乡在万里,妻子天一涯。孤魂不敢归,惴惴犹在兹。昔忝柱下史,通籍黄金闺。奇祸一朝作,飘零至于斯。弱孤未堪事,返骨定何时！修途缭山海,岂免从阇维？荼毒复荼毒,彼苍那得知？岁晚瘴江急,鸟兽鸣声悲。空濛寒雨零,惨淡阴风吹。殡宫生苍藓,纸钱挂空枝。无人设薄奠,谁与饭黄缁！亦无挽歌者,空有挽歌辞。

秦少游也是用陶渊明的题目,但和陶渊明的超脱,截然异趣,这是饱经忧患的凄怆情怀的倾诉,正好做上引绝句的注脚。

少游的绝句中也还有激昂慷慨的,如：

新淬鱼肠玉似泥,将军唾手取河西,偏裨万户封龙额,部曲千金赐衷蹄。

制诏行闻降紫泥,簪花且醉玉东西。羌人谁谓多筹策,止有黔驴技一蹄。(卷十一《次韵出省马上有怀蒋颖叔》)

但这类作品较为少见。《后集》卷四《冬蚊》又别具一格：

> 蚕蛋蜂虿罪一伦，未如蚊子重堪嗔。万枝黄落风如射，犹自传呼欲噬人。

这里的冬蚊，实际指斥的是欲置元祐党人于死地的绍述之徒，是一首政治讽刺诗。至如：

> 疏帘薄幔对青灯，鹦鹆喧喧自转更。风雨渺漫人卧病，地炉汤鼎更悲鸣。（《病中》，《后集》卷四）
>
> 寒食山州百鸟喧，春风花雨暗川原。因循移病依香火，写得弥陀七万言。（《题法海平阇黎》，《前集》卷十一）

这些感时伤病之作，虽有些消沉情绪，但也绝无一点脂粉气。

综上所述，即使只就绝句看，也不能简单地指出秦少游是"女郎诗"而任意贬低秦的诗作。应该指出，元遗山此诗一出，后人纷纷批驳，姑就明清各举一例。

明瞿佑《归田诗话》卷上《山石句》条：

> 元遗山《论诗三十首》内一首云……初不晓所谓；后见《诗文自警》一编，亦遗山所著，谓"有情芍药含春泪，无力蔷薇卧晚（淳按：当为'晓'）枝"，此秦少游《春雨》诗也。非不工巧，然以退之《山石》句观之，渠乃女郎诗也，破却工夫，何至作女郎诗？按昌黎诗云："山石荦确行径微，黄昏到寺蝙蝠飞。升堂坐阶新雨足，芭蕉叶大栀子肥。"遗山故为此论。然诗亦相题而作，又不可拘以一律。如老杜云："香雾云鬟湿，清辉玉臂寒。""俱飞蛱蝶元相逐，并蒂芙蓉本自双。"亦可谓女郎诗耶？

清薛雪《一瓢诗话》也说：

> 元遗山笑秦少游《春雨》诗……瞿佑极力致辨。余戏咏云："先生休讪女郎诗，《山石》拈来压晚枝。千古杜陵佳句在，云鬟玉臂也堪师。"

这些反驳未尝没有道理，但他们的方法都是在杜诗中找根据，认为不足为病。瞿佑的观点，可惜没有发挥透。我以为元遗山采用的方法是以偏该全，比拟不伦。韩愈的《山石》写的是一种境界，秦少游的《春日五首》写的又是一种境界，天地间的景物有大小之别，反映在诗里也自然各异。韩愈也有："筼筜竞长纤纤笋，踯躅闲开艳艳花。"（《答张十一功曹》，《系年集释》卷二）"春风红树惊眠处，似妒歌童作艳声。"（《和武相公早春闻莺》卷八）"银烛未销窗送曙，金钗半堕座添春"《雨中留上襄阳李相公》卷十二）如果拿这些片段和秦观《海康书事》等诗做对比，那又将给人一种什么印象呢？随手拈出两句诗就下断语，取快唇吻则可，用以论定作家，未免失之轻率。

总之，秦少游诗有时伤于纤巧，所谓"诗似小词"，但那不是秦诗的全部，甚至不能算是主流。敖器之、元遗山等评语，"此论未公吾不凭"，所以不惮辞费，举绝句以推及他诗，庶几稍还少游本来面目。

（原载《考辩评论与鉴赏》）

读《容斋诗话》

《容斋诗话》六卷,共186条,旧本题洪迈撰。《四库全书总目》卷一九七《诗文类存目》云:

> 诸家书目皆不载其名,惟《文渊阁书目》有之。《永乐大典》亦于诗字韵下全部收入,则自宋元以来已有此编。今核其文,盖于迈《容斋五笔》之内,各掇其论诗之语,裒为一编,犹于《玉壶清话》之中别抄为《玉壶诗话》耳。以流传已久,姑存其目于此,以备参考焉。

曹溶刻《学海类编》将《容斋诗话》收入其中,商务印书馆《丛书集成初编》据以排印,始广流传,然未见专文评论。郭绍虞先生《宋诗话考》仅寥寥数行。可见书虽流传,未为世所重视。经与《容斋五笔》逐条核对,除《五笔》卷九《不能忘情吟》一条外,凡与诗歌有关条目悉数收入。文字大异者,如卷三87条:

> 先忠宣公好读书,北困松漠十五年,南窜岭表又九年,重之以风淫末疾,而翻阅书策,早暮不置,尤熟于杜诗。初归国到阙,命迈作谢赐物一剳子,窜定两句云:"已为死别,偶遂生还。"谓迈曰:"此虽不必泥出处,然有所本更佳。东

坡海外表云：'子孙恸哭于江边，已为死别。'杜老《羌村》诗云：'世乱遭飘荡，生还偶然遂。'正用其语。"在乡邦时，招两使者会集，出所将宣和殿书画旧物示之。提刑洪庆善作诗曰："愿公十袭勿浪出，六丁取将飞辟历！"辟历二字如古文，不从雨。公和之曰："万里怀归为公出，往事宣和空历历！"迈请其意，曰："亦出杜诗'历历开元事，分明在目前'也。"

查此条出自《容斋五笔》卷三《先公诗词》。该处此后尚有"绍兴丁巳，所在始歌《江梅引》词……"较引处文字多四倍，引洪皓所作《江梅引》词，末云："第四篇失其稿，每首有一笑字，北人谓之四笑《江梅引》，争传写焉。"

又《容斋四笔》卷十二《贞元朝士》云：

> 刘禹锡《听旧宫人穆氏唱歌》一诗云："曾陪织女度天河，记得云间第一歌。休唱贞元供奉曲，当时朝士已无多。"刘在贞元任郎官、御史，后二纪方再入朝，故有是语。汪藻始采用之，其《宣州谢上表》云："新建武之官仪，不图重见；数贞元之朝士，今已无多。"汪在宣和间为馆职符宝郎，是时，绍兴十三四年中，其用事可谓精切。迈尝四用之，《谢侍讲修史表》云："下建武之诏书，正尔恢张于治县；数贞元之朝士，独怜流落之孤踪。"以德寿庆典，曾任两省官者迁秩，蒙转通奉大夫，谢表云："供奉当时，敢齿贞元之朝士；颂歌大业，愿赓至德之中兴。"充永思陵桥道顿递使，转宣奉大夫，谢表云："武德文阶，愧三品维新之泽；贞元朝士，动一时既往之悲。"主上即位，明堂礼成，谢加恩云："考皇祐明堂之故，操以举行；念贞元朝士之存，今其馀几。"亦

各随事引用。近者单夔以知绍兴府进文华阁直学士,谢表云:"数甘泉法从之旧,真贞元朝士之馀。"夔当淳熙中虽为侍郎,然一朝名臣尚多,又距今才十馀岁,似为未稳贴也。

《诗话》卷六179条采之,但自"汪藻"起大段文章,仅以"汪藻采用于《宣州谢表》"九字了之。

以情理言之,上两则既详记于《五笔》之内,如迈自编《诗话》,则不应在《诗话》中予以省略。且洪迈《容斋五笔》仅完成十卷(前四笔均为十六卷)即已病逝,《诗话》亦收至十卷,可知此时迈已无力著述,更不会再撮抄旧作另为新书,此可证《容斋诗话》绝非洪迈自编。

至于哀集者为谁,则无从考证。且其编纂原则更令人百思不得其解,如于《五笔》内掇其论诗之语,则《诗话》次序应与《五笔》次序相应。然除《诗话》前11条均取自《容斋随笔》卷一外,卷二第一条《唐重牡丹》则在159条,可见并非按《五笔》次序掇其论诗之语。洪迈于唐诗人中最欣赏白居易,《随笔》卷一起《乐天侍儿》等条目达11条,而《黄鲁直诗》一条。"又有《黔南十绝》尽取白乐天语,其七篇全用之,其三篇颇有改易处。"则仍与白居易有关。直至《五笔》卷八尚有《白公说俸禄》、《白公感石》之篇。私意推测,抄录人原想以人为中心,先抄白居易,其后改变主意,遍及唐人,如《随笔》卷二《韦苏州》、《古行宫诗》、《隔是》三条相连,又抄在一处。同时编者很可能不断补充,因此一卷之中常常分在《诗话》几卷,反复摘录,所以与《五笔》次序难以找出关系。以《五笔》论诗之条来看,除《五笔》卷九《不能忘情吟》确为论诗而《诗话》未收外,其馀凡与诗词有关之条目,尽行收入。

洪迈为南宋大学问家博闻强记,其著作影响后世最大者当为《容斋五笔》,明朝弘治年间,李瀚在《序》里说:

>文敏公洪景卢,博洽通儒,为宋学士。出镇浙东,归自越府,谢绝外事,聚天下之书而遍阅之。搜悉异闻,考核经史,捃拾典故,值言之最者必札之,遇事之奇者必摘之,虽诗词、文翰、历谶、卜医,钩纂不遗,从而评之。参订品藻,议论雌黄,或加以辨证,或系以赞繇,天下事为,寓以正理,殆将毕载,积廿馀年,率皆成书,名曰《随笔》,谦言顺笔录之云尔。加以《续笔》、《三笔》、《四笔》,绝于《五笔》,莫非随之之义,总若干万言。比所作《夷坚志》、《支志》、《盘洲集》,踔有正趣。可劝可戒,可喜可愕,可以广见闻,可以证讹谬,可以祛疑贰,其于世教未尝无所裨补。予得而览之,大豁襟抱,洞归正理,如跻明堂,而胸中楼阁四通八达也。惜乎传之未广,不得人挟而家置,因命纹梓,播之方舆,以弘博雅之君子,而凡志于格物致知者资之,亦可以穷天之理云。

李瀚这段话,大体平允。后人将《容斋五笔》的价值,与前此沈括之《梦溪笔谈》与后此王应麟之《困学纪闻》相提并论,为宋代笔记之翘楚。

尽管《容斋诗话》非洪迈手编,然而《容斋五笔》的内容非常广泛,谈论诗词只占其中很少部分,把这部分集中起来,除了解一些作品背景掌故为知人论世之资外,洪迈对诗歌的一些见解,对我们今天评论与创作也还有启发。

洪迈论诗非常重视历史的真实,常以考订家眼光来评论。如《续笔》卷二《开元五王》(《诗话》见卷六160条)云:

> 唐明皇兄弟五王,兄申王㧑以开元十二年,宁王宪、邠王守礼以二十九年,弟岐王范以十四年,薛王业以二十二年薨,至天宝时已无存者。杨太真以三载方入宫,而元稹《连昌宫词》云:"百官队仗避岐薛,杨氏诸姨车斗风。"李商隐诗云:"夜半宴归宫漏云,薛王沉醉寿王醒。"皆失之也。

从考订家眼光或解决历史难题或指出诗人疏漏,令人耳目一新。再举三例:

1. 卷二 58 条:

> 李太白诗云:"山阴道士如相见,应写《黄庭》换白鹅。"盖用王逸少事也。前贤或议之曰:"逸少写《道德经》,道士举鹅群以赠之,元非《黄庭》,以为太白之误。予谓太白眼高四海,冲口成章,必不规规然旋检阅晋史看逸少传,然后落笔。正使误以《道德》为《黄庭》,于理正自无害,议之过矣。东坡雪堂既毁,绍兴初,黄州一道士自捐钱粟再营建,士人何颉斯举作上梁文,其一联云:"前身化鹤,曾陪赤壁之游;故事换鹅,无复《黄庭》之字。"乃用太白诗为出处,可谓奇语,按张彦远《法书要录》载褚遂良《右军书目》,正书有《黄庭经》,云注六十行与山阴道士。真迹故在。又武平一《徐氏法书记》云,武后曝太宗时法书六十馀函,有《黄庭》,又徐季海《古迹记》:玄宗时大王正书三卷,以《黄庭》为第一,皆不云有《道德经》,则知乃晋传误也。

2. 卷三 70 条:

> 李太白、杜子美,在布衣时同游梁宋,为诗酒会心之友,以杜集考之,其称太白及怀赠之篇甚多,如"李侯金闺彦,

脱身事幽探","南寻禹穴见李白,道甫问讯今何如","李白一斗诗百篇","自称臣是酒中仙","近来海内为长句,汝与山东李白好","昔者与高李,晚登单父台。""李侯有佳句,往往似阴铿。""忆与高李辈,论交入酒垆。""白也诗无敌,飘然思不群。""昔年有狂客,号尔谪仙人。""落月满空梁,犹疑照颜色。""三夜频梦君,情亲见君意。""秋来相顾尚飘蓬,未就丹砂愧葛洪。""寂寞书斋里,终朝独尔思","凉风起天末,君子意何如","不见李生久,佯狂真可哀"。凡十四五篇,至于李白与子美诗,略不见一句,或谓《尧祠亭别杜补阙》者是已。乃殊不然,杜但为右拾遗,兼自谏省出为华州司功,迤逦避难入蜀,未尝复至东州,所谓饭颗山头之嘲,亦好事者所撰耳。

3. 卷四 111 条:

《文选》编李陵、苏武诗凡七篇,人多疑"俯观江汉流"之语,以为苏武在长安所作,何为乃及江汉。东坡云皆后人所拟也。予观李诗云:"独有盈觞酒,与子结绸缪。"盈字正惠帝讳,汉法,触讳者有罪,不应陵敢用之。益知坡公之言为可信也。

此外卷三82条,以梁武帝《河中之水歌》正明莫愁为郢州石城人,周美成《西河》咏金陵事而有"莫愁艇子谁系"之语,则误以石头城为石城。卷四98条引黄鲁直题《牧护歌》后,以为牧护、穆护即木瓠,以证郭茂倩之说为不知本原。卷五134条以天文观察证明人习用"月落参横"之语为误。卷五136条以大量材料证明曲名当为"凉州",而多误为"梁州",皆信而有证,可以祛疑辨惑。欧阳修《牡丹释名》云:"牡丹初不载文字,唐人如沈宋元白之流皆善咏花,当时一花之异者,彼必形于篇什,而寂无传焉,惟刘梦得有《咏鱼朝恩宅牡丹》诗,但云一丛千朵而已。"《诗话》卷六159条引证大量诗句断言"元白未尝无诗,未尝不重此花",以明欧公之失。

洪迈以多方面的知识来评论诗词中的问题令人折服,但另一方面,他并不拘泥于考据,死于句下,而是善于从诗人命意、诗歌意境、情趣等方面来体会诗味,往往得其玄解。如卷三93条:

> 白乐天《琵琶行》一篇,读者但羡其风致,敬其词章,至形于乐府咏歌之不足,遂以谓真为长安故娼所作,予窃疑之。唐之法网虽于此为宽,然乐天尝居近密,且谪官未久,必不肯乘夜入独处妇人船中,相从饮酒,至于极弹丝之乐,中夕方去,岂不虞商人者他日议其后乎?乐天之意直欲摅写天涯沦落之恨耳。东坡谪黄州,赋《定惠院海棠》诗,有"陋邦何处得此花,无乃好事移西蜀","天涯流落俱可念,为饮一尊歌此曲"之句,其意亦尔也。或谓殊无一语一言与之相似,是不然。此真能用乐天之意者,何必效常人章摹句写而后已哉?

可谓发前人所未发。而另一方面又从诗味着眼,如卷二39条:

> 白乐天《长恨歌》、《上阳人歌》,元微之《连昌宫词》,道开元间宫禁事最为深切矣。然微之有《行宫》一绝句云:"寥落古行宫,宫花寂寞红,白头宫女在,闲坐说玄宗。"语少意足,有无穷之味。

晚唐以来,次韵变成和诗之主要形式,宋朝风气更甚,如苏黄次韵往往至十次以上,一时以此相尚,而洪迈在卷一15条里却说：

古人酬和诗必答其来意，非若今人为次韵所局也。观《文选》所编何劭、张华、卢谌、刘琨、二陆、三谢诸人赠答可知矣。唐人尤多，不可具载，姑取杜集数篇，略记于此，高适寄杜公云："愧尔东西南北人。"杜则云："东西南北更堪论。"高又有诗云："草《玄》今已毕，此外更何言？"杜则云："草《玄》吾岂敢，赋或似相如。"严武寄杜云："兴发会能驰骏马，终须重到使君滩。"杜则云："枉沐旌麾出城府，草茅无径欲教锄。"杜公寄严诗云："何路出巴山"，"重岩细菊斑。遥知簇鞍马，回首白云间。"严答云："卧向巴山月落时"，"篱外黄花菊对谁，跂马望君非一度。"杜送韦迢云："洞庭无过雁，书疏莫相忘。"迢云："相忆无南雁，何时有报章？"杜又云："虽无南去雁，看取北来鱼。"郭受寄杜云："春兴不知凡几首？"杜答云："药裹关心诗总废。"皆如钟磬在簴，叩之则应，往来反复，于是乎有馀味矣。

卷四110条：

韦应物在滁州以酒寄全椒山中道士，作诗曰："今朝郡斋冷，忽念山中客。涧底束荆薪，归来煮白石。欲持一樽酒，远慰风雨夕。落叶满空山，何处寻行迹。"其为高妙超诣，固不容夸说，而结尾两句，非复语言思索可到。东坡在惠州，依其韵作诗寄罗浮邓道士曰："一杯罗浮春，远饷采薇客。遥知独酌罢，醉卧松下石。幽人不可见，清啸闻月夕。聊戏庵中人，空飞本无迹。"刘梦得"山围故国周遭在，潮打空城寂寞回"之句，白乐天以为后之诗人无复措词，坡公仿之曰："山围故国城空在，潮打西陵意未平。"坡公天才,出语惊世。如追和陶诗,真与之齐驱。独此二者,比之韦刘为不侔。岂非绝唱寡和,理自应尔耶!

卷二 49 条:

嬉笑之怒,甚于裂眦,长歌之哀,过于恸哭,此语诚然。元微之在江陵,病中闻白乐天左降江州,作绝句云:"残灯无焰影幢幢,此夕闻君谪九江。垂死病中惊起坐,暗风吹雨入寒窗。"乐天以为"此句他人尚不可闻,况仆心哉!"微之集作"垂死病中仍怅望",此三字既不佳,又不题为病中作,失其意矣。东坡守彭城,子由来访之,留百馀日而去,作二小诗曰:"逍遥堂后千寻木,长送中宵风雨声,误喜对床寻旧约,不知飘泊在彭城。""秋来东阁凉如水,客去山公醉似泥。困卧北窗呼不醒,风吹松竹雨凄凄。"东坡以为读之殆不可为怀。乃和其诗以自解,至今观之,尚能使人凄然也。

卷二 47 条:

李益、卢纶皆唐大历十才子之杰者,纶于益为内兄。尝秋夜同宿,益赠纶诗曰:"世故中年别,馀生此会同。却将悲与病,独对朗陵翁。"纶和曰:"戚戚一西东,十年今始同。可怜风雨夜,相问两衰翁。"二诗虽绝句,读之使人凄然,皆奇作也。

洪迈评诗,以儒家诗教为准绳,强调教化作用和传统道德,以对陶渊明作品的体会来看,如卷一 31 条:

陶渊明作《桃源记》云:源中人"自言:先世避秦时乱率妻子邑人来此绝境,不复出焉。""乃不知有汉,无论魏晋。"系之以诗曰:"嬴氏乱天纪,贤者避其世。黄绮之商山,伊人亦云逝","愿言蹑清风,高举寻吾契。"自是之后,诗人多赋《桃源行》,不过称赞仙家之乐。惟韩公云:"神仙有无何渺茫,桃源之说诚荒唐。""世俗那知伪与真,至今传者武陵人。"亦不及渊明所以作记之意。按《晋书》本传云:"潜自以曾祖晋世宰辅,耻复屈身后代。自宋高祖王业渐隆,不复肯仕。所著文章,皆题其年月。义熙以前,则书晋氏年号,自永初以来,唯云甲子而已。"故五臣注《文选》用其语,又继之云:"意者耻事二姓,故以异之。"此说虽经前辈所诋,然予窃意桃源之事,以避秦为言。至云"无论魏晋",乃寓意于刘裕,托之于秦,借以为喻耳。近时胡宏仁仲一诗,屈折有奇味。大略云:"靖节先生绝世人,奈何记伪不考真?先生高步窘末代,雅志不肯为秦民。故作斯文写幽意,要似寰海离风尘。"其说得之矣。

卷六 173 条又云:

渊明诗文率皆纪实,虽寓兴花竹间亦然。《归去来辞》云:"景翳翳以将入,抚孤松而盘还(通作桓)",其《饮酒诗》二十首中一篇云:"青松在东园,众草没其姿。凝霜殄异类,卓然见高枝。连林人不觉,独树众乃奇。"所谓孤松者是己。此意盖以自况也。

卷四 113 条云:

元微之、白乐天在唐元和长庆间齐名,其赋咏天宝时事,《连昌宫词》、《长恨歌》皆脍炙人口,使读者之情性荡摇,如身生其时,亲见其事,殆未易以优劣论也。然《长恨歌》不过述明皇追怆贵妃始末,无他激扬,不若《连昌词》有鉴戒规讽之意,如云:"姚崇宋璟作相公,劝谏上皇言语切。""长官请平太守好,拣选皆言由相公。开元之末姚宋死,朝廷渐渐由妃子。禄山宫中养作儿,虢国门前闹如市。弄权宰相不记名,依稀忆得杨与李。庙谟颠倒四海摇,五十年来作疮痏。"其末章及官军讨淮西,乞庙谟休用兵之语,盖元和十一二年间所作,殊得风人之旨,非《长恨》比云。

卷六 171 条:

前辈谓杜少陵当流离颠沛之际,一饭未尝忘君,今略纪其数语云:"万方频送喜,无乃圣躬劳。""至今劳圣主,何以报皇天。""独使至尊忧社稷,诸君何以答升平。""天子亦应厌奔走,群公固合思升平。"如此之类非一。

洪迈之于杜诗不独重其一饭不忘君之内容,而且对章法字法研究亦颇细密。《诗话》中多处提及,如卷三 76 条:

杜公诗命意用事,旨趣深远,若随口一读,往往不能晓解。姑纪一二篇以示好事者,如:"能画毛延寿,投壶郭舍人。每蒙天一笑,复似物皆春。政化平如水,皇恩断若神。时时用抵戏,亦未染风尘。"第三联意味颇与前语不相联贯,读者或以为疑。按杜之旨,本谓技艺倡优不应蒙人主顾盼赏接,然使政化如水,皇恩若神,为治大要既无所损,则时时用此辈亦无害也。又如:"乱后碧井废,时清瑶殿深。铜瓶未失水,百丈有哀音。侧想美人意,应悲寒鬓沉。蛟龙半缺落,犹得折黄金。"此篇盖见故宫井内汲者得铜瓶而作,然首句便说废井,则下文反复铺叙为难,而曲折宛转如是,他人毕一生模写,不能到也。

卷五 141 条：

杜诗所用受觉二字皆绝奇，今撼其受字云："修竹不受暑"，"勿受外嫌猜"，"莫受二毛侵"，"监河受贷粟"，"轻燕受风斜"，"能事不受相迫促"，"野航恰受两三人"，"一双白鱼不受钓"，"雄姿未受伏枥恩"。其觉字云："已觉糟床注"，"身觉省郎在"，"自觉成老丑"，"更觉松竹幽"，"日觉死生忙"，"最觉润龙鳞"，"喜觉都城动"，"更觉老随人"，"每觉升元辅"，"觉而（集作儿，淳注）行步奔"，"尚觉王孙贵"，"含凄觉汝贤"，"厨烟觉远庖"，"诗成觉有神"，"已觉披衣惯"，"自觉酒须赊"，"早觉仲容贤"，"城池未觉喧"，"无人觉来往"，"人才觉弟优"，"直觉巫山暮"，"重觉在天边"，"行迟更觉仙"，"深觉负平生"，"秋觉追随尽"，"追随不觉晚"，"熊罴觉自肥"，"自觉坐能坚"，"已觉良宵永"，"更觉彩衣春"，"已觉气与嵩华敌"，"未觉千金满高价"，"梅花欲开不自觉"，"胡来不觉潼关隘"，"自得隋珠觉夜明"，"放箸未觉金盘空"，"东归贪路自觉难"，"更觉良工心独苦"，"始觉屏障生光辉"，"不觉前贤畏后生"，"吏情更觉沧洲远"，"我独觉子神充实"，"习池未觉风流尽"。用之虽多，然每字命意不同，又杂于千五百篇中，学者读之，惟见其新工也。

卷三 86 条：

律诗用自字、相字、共字、独字、谁字之类，皆是实字，及彼我所称，当以为对，故杜老未尝不然。今略纪其句于此："径石相萦带，川云自去留。""山花相映发，水鸟自孤飞。""衰颜聊自哂，小吏最相轻。""高城秋自落，杂树晚相迷。"

"百鸟各相命,孤云无自心。""胜地初相引,徐行得自娱。""云里相呼疾,沙边自宿稀。""暗飞萤自照,水宿鸟相呼。""猿挂时相学,鸥行炯自如。""自吟诗送老,相劝酒开颜。""俱飞蛱蝶元相逐,并蒂芙蓉本自双。""自去自来堂上燕,相亲相近水中鸥。""此时对雪遥相忆,送客逢春可自由?""梅花欲开不自觉,棣萼一别永相望。""桃花气暖眼自醉,春渚日落梦相牵。"此以自字对相字。""自须开竹径,谁道避云萝!""自笑灯前舞,谁怜醉后歌。""死去凭谁报,归来始自怜。哀歌时自短,醉舞为谁醒。""离别人谁在,经过老自休。""永夜角声悲自语,中天月色好谁看。"此以自字对谁字也。"野人时独往,云水晓相参。""正月莺相见,非时鸟共闻。""江上形容吾独老,天涯风俗病相亲。""纵饮久拚人共弃,懒朝真与世相违。""此日此时人共得,一谈一笑俗相看。"此以共字、独字,对相字也。

洪迈对诗歌用字造句十分重视,尤其喜以杜诗为例,如卷二51条:

唐人诗文,或于一句中自成对偶,谓之当句对,盖起于《楚辞》蕙烝兰藉,桂酒椒浆,桂棹兰枻,斲冰积雪,自齐梁以来江文通、庾子山诸人亦如此,如杜诗……春来秋去、枫林橘树、复道重楼之类不可胜举。

除杜诗外,洪迈也注意其他诗人用字特色,如卷三75条云:"东坡赋诗,用人姓名,多以老字足成句",其下列举20句诗云:"是皆以为助语,非真谓其老也。"卷六166条引王荆公绝句诗草改字更为修辞界所乐道。

当时江西诗派正盛,强调遣词造句,卷三67条云:

> 大观初年，京师于元夕张灯开宴，时再复湟鄯，徽宗赋诗赐群臣，其颔联云："午夜笙歌连海峤，春风灯火过湟中。"席上和者皆莫及。开封尹宋乔年不能诗，密走介求援于其客周子雍，得句云："风生阊阖春来早，月到蓬莱夜未中。"为时辈所称。子雍，汝阴人，曾受学于陈无己，故有句法，则作文为诗者可无师承乎？

强调师承，强调无一字无来处，为当时风尚，然洪迈却自有见解，如卷五152条：

> 作诗要有来处，则为渊源宗派，然字字执泥，又为拘涩，予于此学无自得之见，少年时尤失之雕琢，记一联初云："雨深荒病菊，江冷落愁枫。"后以其太险，改为："雨深人病菊，江冷客愁枫。"比前句微有蕴藉，盖取崔信明"枫落吴江冷"，杜老"雨荒深院菊"、"南菊再逢人卧病"，严武"江头赤叶枫愁客"，合而用之，乃如补衲衣裳殊为可笑，聊书之以示儿辈云。

总之，《容斋诗话》中反映对诗歌的观点相当辩证，它既以考证眼光强调细节不能疏漏，又从诗歌意境情趣出发，体会诗人用心及诗歌情味；既重视诗之教化功能，又强调句法字法之重要，对杜诗揣摩入细，尤为突出。既强调作诗要有来处，又不造成失之雕琢，变成执泥。这些对今天评诗仍有借镜作用。本文写作动机实在于此。

（原载《淮阴师范学院学报》1998年第1期）

《诗话总龟》版本源流考略
——兼向郭绍虞先生请教

今天看到的宋人所编诗话总集主要有三大部,胡仔的《苕溪渔隐丛话》,魏庆之的《诗人玉屑》和《诗话总龟》。前两部成于一手,迄无异议,而《诗话总龟》由阮阅的《诗总》到明代月窗道人刊行的《诗话总龟》,几经增益,问题较为复杂。从《苕溪渔隐丛话》到郭绍虞先生的《宋诗话考》,都有论述。郭先生为文学批评史专家,早岁就有《宋诗话辑佚》之作问世,于《诗话总龟》论说尤详。可惜郭先生所见的只是《四部丛刊》第一次印的月窗本,于明清抄本及缪荃孙校本,似未寓目。《宋诗话考·诗总》未免千虑之一失。我因为人民文学出版社校点《诗话总龟》,尽力寻求海内所存之抄本、校本,以核对月窗本,对《诗话总龟》之版本源流,粗有探索,因草成此文,以就教于郭先生。

《诗话总龟》初名《诗总》,作者是阮阅。古今无异词。阮阅经历和著述存佚情况,略述如下:阅字闳休,自号散翁,亦号松菊道人,舒城人。元丰八年(1085)中进士,榜名"美成"。做过钱塘幕官,后来从户部郎官出为巢县知县。宣和中做郴州知州。(依《诗总序》及《郴江百咏序》始官为宣和二年,《郴州志·秩官表》"知军"作政和七年"由朝散大夫任")曾经用七绝写了

《郴江百咏》(《四库》著录,实存92首)。因为擅长绝句,所以有个"阮绝句"的外号。南宋建炎元年(1127)以中奉大夫做袁州知州,官声很好,后来"致仕"了,就住在宜春。明抄本《诗话总龟》的序里提到"戊辰(绍兴十八年,1148)宦游闽川",以常理推测,不可能,当出书贾附会。阮阅著作有《松菊集》五卷(今佚),《郴江百咏》,《诗总》十卷(为《诗话总龟》之前身),《巢令君阮户部词》一卷(唯见于《皕宋楼藏书志》),《全宋词》存词六首。正德本《袁州志》有他作的《重修郡城记》、《无讼堂诗序》两文,及《宣风道上》《题春波亭》两首七绝,《诗话总龟后集》所引书目有《阮户部诗》,疑即阮阅,所引仅七绝一首。

阮阅所著原名《诗总》,胡仔《苕溪渔隐丛话》对这部书十分重视,先后提及三次。先在《苕溪渔隐丛话·序》里介绍《诗总》的内容,并且强调自己对这部书的重视,胡仔说:

> 绍兴丙辰,余侍亲赴官岭右,道过湘中,闻舒城阮阅昔为郴江守,尝编《诗总》,颇为详备……后十三年,余居苕水。友生洪庆远从宗子彦章获传此集,余取读之,盖阮因《古今诗话》附以诸家小说,分门增广,独元祐以来诸公诗话不载焉。考编此《诗总》,乃宣和癸卯,是时元祐文章禁而弗用,故阮因以略之。余今遂取元祐以来诸公诗话及史传小说所载事实可以发明诗句及增益见闻者,纂为一集。凡《诗总》所有,此不复纂集,庶免重复。

在《前集》、《后集》里,胡仔又说:

> 闽中近时又刊《诗话总龟》,此集即阮阅所编《诗总》也。余于《渔隐丛话·序》已备言之。阮字闳休,官至中大夫,尝作监司郡守,庐州舒城人。其《诗总》十卷分门编集,

今乃为人易其旧序,去其姓名,略加以《苏黄门诗说》,更号曰《诗话总龟》以欺世盗名耳。(《前集》卷十一)

闽中近时刊行《诗话总龟》,即舒城阮阅所编《诗总》也。余家有此集,今《总龟》不载此序,故录于此云。(《后集》卷三十六)

胡仔这些话既表现对《诗总》的重视,又在时间上提供《诗总》变为《诗话总龟》的线索。《诗总》的序,写明"宣和五年(1123)十一月朔"。胡仔于《苕溪渔隐丛话·序》里提到他在绍兴丙辰(1136)听到《诗总》的名字,到绍兴十三年(1143)才见到这部书,书名未变。胡仔序里提的"后十三年",当指绍兴十三年,否则绍兴六年后之十三年当为绍兴十九年,与序作于十八年不合,如果连头带尾则为绍兴十八年,文例似当用"今年"。如果当成绍兴十八年(1148),那么从1123年,到1148年,阮阅的书,名为《诗总》。胡仔写到《前集》十一卷时,这时《诗总》已变成《诗话总龟》,并且在闽中刊行了。《苕溪渔隐丛话前集》先写序,后成书,约在绍兴之末,详见拙文《〈苕溪渔隐丛话前集〉决非成于绍兴戊辰说》,这里不赘举。可惜的是,胡氏未指《诗话总龟》的卷数,只是说两书内容相同,不过是增加了《苏黄门诗说》而已。大约从此以后,《诗总》的名字就为《诗话总龟》所代替,而且《诗总》也就不为人所见。尤袤《遂初堂书目·文史论》只有《诗话总龟》没有《诗总》,元初的方回对《诗总》也无从求得,而见到的只是七十卷本的《诗话总龟》,《桐江集》(《宛委别藏》本)卷七《渔隐丛话考》说:

阮休《诗总》旧本,余求之不能得。今所谓《诗话总龟》者,删改阮休旧序,合《古今诗话》与《诗总》(淳按:方回未见《诗总》原书，以为《诗总》中无《古今诗话》，不可信。胡仔已明言之），添入诸家之说名为《总龟》，标曰"益都褚斗南仁杰纂集"前、后续刊七十卷，麻沙书坊捏合本也。

在《诗话总龟考》中，方回又说：

《诗话总龟》前、后、续、别七十卷，改阮闳休旧序冠其首……按今《总龟》又非胡元任闽本《总龟》矣。今余所见序乃见用闳休语而文甚不佳，序之尾曰岁在屠维赤奋若，即当是绍定二年己丑书坊本也。书目引南轩、东莱集，便知非乾道五年己丑。所谓作序人华阳逸老者，书坊伪名；所谓集录益都褚斗南仁杰者，其姓名不芳。中间去取不当，可备类书谈柄之万一，初学者恐不可以此为准也。

郭先生《宋诗话考》根据上面一段话，认为方回所见《诗话总龟》在南宋有两种刊本：

至于刊本亦有两种，一为乾道五年（1169）刊本，有华阳逸老之序。一为绍定二年（1229）刊本，为褚斗南仁杰集录之本。二书均见方回《桐江集》卷七《诗话总龟考》。

郭先生可能把"所谓作序人华阳逸老者"连上"乾道五年己丑"为句，因而认为有两种刊本，一有序，一无序。实则两个"所谓"作排比句十分明显，方氏强调为绍定，只在用该书引及张栻、吕祖谦等人文集而断定不是乾道，不能据以推定乾道五年有刊本。我以为方回两处提到的只是"麻沙书坊捏合本"的七十卷本。《桐江集》为抄本，错字很多，在前引《渔隐丛话考》及《诗话总龟考》中，文字小异，其中"刊"和"别"两字必有一误。可惜是方回提到的这个七十卷本没有流传，无从论定。

南宋刊的《诗话总龟》后代未见,但从今天见到的明代抄本和刻本来推断,宋代除方回说的七十卷本《诗话总龟》之外,至少还有三种一百卷的传抄本。一种是明宗室月窗道人据以刊刻的底本(《四部丛刊》所用即月窗本)虽只九十八卷,实则《前集》"寄赠门"有"上"而佚去"中"、"下"两卷。这个底本是抄本,程珌在刻本跋语中说:

> 龙舒阮子《集百家诗话总龟》,前卷四十有八,后卷五十,实抄录未传之书也。

这个刻本遇到宋朝皇帝都提行或空格,以示尊敬,许多地方保留避宋讳的特点,这都表明底本是宋代的抄本。

明抄本我见到两部,南京图书馆藏的有丁丙识语,为八千卷楼旧藏。北京图书馆藏的有莫棠跋,但不是莫友芝旧藏,《邵亭知见传本书目》中的《诗话总龟》仍为九十八卷的月窗本。这两种抄本同出一源,但抄手都很拙劣。北京图书馆另有宋兰挥"友竹轩"藏的清抄本,抄手很精。细加核校,三抄同出一源,但是和月窗本不同。月窗本是把《集一百家诗话总目》放在最前面。三个抄本都把《增修诗话总龟分门目录》放在开头。抄本比月窗本不仅多出"寄赠门"的中、下两卷,而且许多卷中又多出若干条。在"咏茶"、"神仙"、"释氏"、"丽人"等门,编排次序也大不相同。所以说,月窗本和三个抄本不是同一底本。

另外,《天禄琳琅书目后续》卷二十里也著录一部一百卷的明抄本《诗话总龟》,提要说:

> 宋阮阅撰……在诗话中荟萃最为繁富。前有绍兴辛酉阅自序。是书明宗室月窗道人曾有刊本,讹舛特甚。此本抄手极工。

这个抄本已不在大陆,丁丙在《明抄本题识》里说:

> 按阮阅字宏休,自号散翁,舒城人。尝为郴江守,见《苕溪渔隐丛话》。《四库》所收,《前集》四十八卷,四十五类;《后集》五十卷,六十一类。明宗室月窗道人所刊。《天禄琳琅书目》载书凡百卷,《前集》五十卷,分四十五门;《后集》五十卷,分六十一门。月窗本讹舛特甚,此本抄手极工云。今本与《天禄》卷数相同,惟《前集》多《苦吟》一类,《后集》多《御宴》一类。而抄手拙劣,鲁鱼成队,非精校不能悦目,特校之月窗本为善耳。

《天禄琳琅书目》中这个抄本,《后集》门类的次序列《丽人》于《释氏》前,这一点和三个抄本相同,而不同于月窗本。而根据丁丙的话,它又比其他抄本少两类,所以它的来源可能和三个抄本不完全相同,因此说宋代至少有三个不同的一百卷抄本。郭先生《宋诗话考》说:

> 明代刊本亦有二种:一为前集四十八卷,后集五十卷,即明宗室月窗道人刊本。又一种则前后集均五十卷,是为《天禄琳琅》著录之本。

> 《天禄琳琅书目》著录之本,余未见。惟其既言"明板",又言"是书明宗室月窗道人曾有刊本,讹舛特甚,此本抄手极工"。疑此所谓抄手,当指刻本之抄手,非指是书为传抄本也。但此书自传抄本出,则无可疑。据是书提要,称"前集五十卷,分四十五门,后集五十卷,分六十门",并列举其目。今与月窗道人本核对,并无大差异,则知二书当同出一源,惟抄手精粗有别耳。

《宋诗话考》认为明代有两种刊本并且同出一源,这个推论是站不住的。月窗本和抄本(包括《天禄琳琅书目》著录的)门类次序不同,不能认为同出一源。《天禄琳琅书目》所著录为抄本,所以说"抄手极精"而不云"刻工"如何。丁丙正是拿自己藏本的"抄手拙劣"和《天禄琳琅书目》里所说的"抄手极工"做对比。《天禄琳琅书目后续》卷二十总标为"明版集部",但后面附有"明抄诸部",从《尚书纂传》到《百家诗话总龟》一共六部抄本。不知郭先生何以看成刊本。

总之,从现存明抄本及明刻本分析,在宋代,《诗话总龟》除方回所见七十卷本外,还有三个不同的传抄本,而明代仅有一种刊本。

若就今日见到的《诗话总龟》一书内容加以考察,则前后两集当分别对待。我以为今天的《诗话总龟前集》基本上为阮阅所编。它所引各书,没有南宋的。各门引书大体上依时代先后,而最后者是《冷斋夜话》。在书前开列的《集一百家诗话总目》中,唯有《碧溪诗话》一种是乾道四年(1168)才成书的。然而细检五十卷各条,根本没有用《碧溪诗话》一条材料。所以我认为这五十卷材料基本为阮书,而那个"总目"却是想刻这部书的商人加上去的,用以炫卖。而且前面列的书名和书中各条所注的名称,有很多不一致的地方,也令人怀疑。各本的《前集》都称《增修诗话总龟》,《后集》称《百家诗话总龟》,其中四十、四十二、四十九又称《集一百家诗话总龟》也可看出两集的重大区别。胡仔所见,应该只是《前集》。胡氏对《诗话总龟》的抨击,也不可看成定论。缪荃孙《诗话总龟跋》说:

再考《渔隐丛话序》云,阅所编《诗总》颇为详备,独元祐诸公诗话不载焉，遂谓此书成于癸卯，是时禁元祐文字，因而未采。《提要》一仍其语。细读一过，内采二苏、黄、秦诗话，卷卷有之，并录《玉局遗文》、《东坡诗话》，并采《百斛明珠》，亦东坡手笔。岂元任未见之耶？馆臣亦未见之耶？又云：阅书惟采旧文，无所考正，此则多附考证之语，尤足以资参订，然此书有辩证者多与《丛话》同。又元任序云《诗总》所载皆不录，是元任撰书在散翁之后，何以两书相同者甚多并标有"苕溪渔隐"云云，又似互相采摭，殊不可解。疑此集残缺，后人取《渔隐丛话》补之。即月窗本不足据，抄本亦如此，不知天壤间尚有善本以决吾疑否也？（《艺风堂文漫存》卷五）

缪艺风为晚清民初目录版本专家，博极群书，众推翘楚。对《诗话总龟》曾以月窗本为底本，校以明抄本，故言之有物，不是捕风系影。但缪文未分《诗总》与《诗话总龟》，胡仔有知，谅难心服。胡氏以为《诗总》加《苏黄门诗说》就成《诗话总龟》，恐怕也不可信。撇开缪氏所举二苏、秦、黄不谈，即以《古今诗话》为例，两书相同，何可胜数！《古今诗话》总与禁元祐文章无干吧！胡氏所说避免重复的话，原来只是主观设想，在实际写书的过程中，并未能贯彻始终。胡氏以为《诗总》改成《诗话总龟》是"欺世盗名"，"欺世"还勉强可说，人家未署名字，怎么能加上"盗名"的帽子呢？我以为认真分析一下《诗话总龟前集》内容引书未及南渡，成书只在高宗朝，如绍兴辛酉（十一年，1141）之序可信则距建炎仅十一年，当时阮阅健在，元祐文禁既开，在《诗总》各门中充实苏黄等人之说，因而改个书名叫《诗话总龟》，也并非不可能。名字为什么不写或者改成"一阅"，这在古人中并不稀奇。何况标"阮一阅"的月窗本，在"壬集"中却明标为"阮阅"？所以个人认为《诗话总龟前集》基本为阮氏原书，只是书前略有增添（如所谓"一百家诗话"）因此书名前加上"增修"二字。胡仔所见的只叫《诗话总龟》，恐无"增修"二字，否则他会提到。可惜是这个闽中刊本已失传，到方回时的七十卷本也已失传，只能推知其大略。

《后集》决为"书坊捏合"，非阮氏所有。《后集》五十卷，虽然也列一百家的名目，但取材于《碧溪诗话》、《韵语阳秋》和《苕溪渔隐丛话》三部书的，几乎占一大半。而且《总龟》体例，引文在前书名旁注于条末。《苕溪渔隐丛话》则所引书名在前下有"云"、"曰"等字样。《总龟前集》条例井然，《后集》就时有混乱。如缪艺风所怀疑的情况，极有可能。所谓引书百家，实际是凑数。《后集》所列《丹阳集》、《葛常之诗话》、《韵语阳秋》三部，实际只出《韵语阳秋》一书。（仅两条未查着）《三山语录》、《三山老人语录》也是一书二名，条末所注书名和书前所列，往往歧异。这些都看出杂抄的痕迹。

《后集》成书的时间，依所引各书推断，当在南宋宁宗时代。《后集》引用《挥麈录·馀话》，据余嘉锡先生考证，《馀话》当成于庆元二三年间。陆游《老学庵笔记》始刻于理宗绍定元年，从体例说，《老学庵笔记》最适于引用，而《后集》未见征引。其所引书除前举三书外，多用张南轩、吕东莱、朱晦庵等集。朱熹嘉定二年末赐谥曰"文"，《后集》只称"晦庵"，可知为"朱文公"之称尚未流行之时所编，所以我疑此书下限在宁宗朝嘉泰初学禁稍弛之后，嘉定赐谥之前。

（原载《读常见书札记》）